毛姆 短篇 小说 全集

ASHENDEN OR THE BRITISH AGENT

英国特工

〔英〕毛姆 著

薄振杰 主编

王越西 译

人民文学出版社
PEOPLE & LITERATURE PUBLISHING HOUSE

William Somerset Maugham
Ashenden: Or the British Agent

图书在版编目(CIP)数据

英国特工/(英)毛姆著;王越西译. —北京:
人民文学出版社,2020(2023.1重印)
(毛姆短篇小说全集)
ISBN 978-7-02-013427-4

Ⅰ. ①英… Ⅱ. ①毛… ②王… Ⅲ. ①短篇小说-小
说集-英国-现代 Ⅳ. ①I561.45

中国版本图书馆 CIP 数据核字(2019)第 169716 号

责任编辑　朱卫净　邱小群
封面设计　钱　珺

出版发行　**人民文学出版社**
社　　址　**北京市朝内大街 166 号**
邮政编码　**100705**

印　　制　**山东新华印务有限公司**
经　　销　**全国新华书店等**

开　　本　**890 毫米×1240 毫米　1/32**
印　　张　**8.75**
字　　数　**219 千字**
版　　次　**2020 年 6 月北京第 1 版**
印　　次　**2023 年 1 月第 3 次印刷**

书　　号　**978-7-02-013427-4**
定　　价　**55.00 元**

如有印装质量问题,请与本社图书销售中心调换。电话:010－65233595

"一花一世界"

——《毛姆短篇小说全集》总序

一　引言

在现代英国文学史上，毛姆（William Somerset Maugham，1874—1965）是一位多才多艺、成就斐然的重要作家。他的社会阅历之广博，创作生涯之漫长，几乎无人堪比。毛姆一生著有二十一部长篇小说、一百五十多篇短篇小说、三十一部戏剧、两部文学评论集、三部游记、四部散文集和两部回忆录，是二十世纪上半叶英国文坛极负盛名的一位能工巧匠。尽管评论家们历来对他褒贬不一，毛姆本人也曾戏称自己为"二流作家中的佼佼者"，但他却是同时代的英国作家群体中寥若晨星的几位雅俗共赏的经典作家之一。他在读者中所享有的声誉远胜于文艺批评界对他的认可度。他的作品，尤其是短篇小说，一直深受读者的喜爱，不仅在欧美反复再版，而且被翻译成多种文字，并改编为戏剧或拍摄成电影，在世界各地广为流传，甚至走进了各类教材。人们对他作品的阅读和研究兴趣至今方兴未艾。

文学向来是生活和时代的审美反映。文学创作的对象是人的社会生活，或者说是社会生活中的人，而社会生活则是文学创作的唯一源泉。作家靠着充实的生活，才可能写出真正的作品。毛姆丰赡的文学成就与他纷繁复杂的生活经历以及独特的审美经验密不可分。他所描写的生活是一个现象与本质、偶然性与规律性、具体性与概括性相融合的不可分割的整体，表现了他对生活和时代整体的透视和评价。他笔下的每一个故事都不啻为一个完整的"自我世界"，一个具体场景的展现即可烛照出一个时代和一代人生活的整体面貌。

毛姆很会讲故事。他在创作中常常刻意追寻人生的曲折离奇，布下疑局，巧设悬念，描述各种山穷水尽的困境和柳暗花明的意外结局。他的作品对上流社会的揭露和批判入木三分，对人的本性的刻画尤为深刻，而且故事性强，情节跌宕多变又不落窠臼。他的故事融思想性和娱乐性于一体，在艺术表现手法上常有神来之笔，隽语警句俯拾即是，幽默的揶揄或辛辣的讽刺随处可见，达到了内容与形式的完美结合。

二　毛姆小传

毛姆出身于律师世家，祖父是英国声名显赫的律师，父亲是英国派驻法国大使馆的律师，其长兄也是闻名遐迩的律师，曾担任过英国大法官兼上议院议长，另外两个哥哥也都是著名律师。毛姆于一八七四年一月二十五日出生在巴黎，他的第一语言是法语，自幼便接受了法国文化的熏陶。他八岁时母亲死于肺结核，十岁时父亲死于癌症，双亲的早逝给他留下了难以磨灭的心灵创伤。一八八四年，他被伯父接回英国，送入坎特伯雷一所贵族寄宿制学校就读。由于英语不好，且身材矮小，常常被同学耻笑，加之伯父生性严峻高冷，缺少沟通，致使毛姆落下了终身间隙性口吃的缺陷。幸运的是，童年的种种不幸遭遇竟然变成了一种伟大而珍贵的馈赠，不仅激发了他的语言和文学天赋，也造就了他善于精妙讥诮、辛辣讽刺的本领，这种本领在他以后的文学创作中随处可见。

毛姆十六岁中学毕业。在伯父的支持下，他于一八九〇年赴德国海德堡大学修习文学、哲学和德语。在此期间,他编写了一部描写歌剧作曲家生平的传记作品《贾科莫·梅耶贝尔传》(*A Biography of Giacomo Meyerbeer*, 1890),并与一个年长他十岁的英国青年相恋。次年他返回英国,被伯父安排在一家会计事务所工作,但一个月后他便辞去了这份工作。伯父希望他继承家族传统当律师,但他不感兴趣;伯父继而又劝说他在教会担任牧师,他又因为口吃无法胜任;他想在政府任职,但伯父认为这不是一个高尚的绅士应当从事的职业。最后,在朋友劝说下,伯父勉强同意他进入伦敦圣托马斯医学院学医,同时以实习医生的身份在贫民区兰贝斯为穷苦人接生、治病。五年后,他取得外科医师资格,但并未正式开业行医,因为他从十五岁起就开始练笔写作,渴望成为一名职业作家。他的第一部长篇小说《兰贝斯的丽莎》(*Liza of Lambeth*, 1897),就是根据他当见习医生在贫民区为产妇接生的经历,用自然主义手法写成的。他在作品中以冷静、客观甚至挑剔的目光审视人生,笔锋凌厉、超逸,富有强烈的嘲讽意味。这部小说大获成功,首版几周之后便告售罄,这促使他立即放弃了医生职业,从此开启了长达六十五年的文学生涯。为积累创作素材,他在西班牙、法国等欧洲各国游历了近十年,创作了十部长篇小说、大量散文、文学评论、新闻报道和短篇故事。一九〇七年,他的剧作《弗里德里克夫人》(*Lady Frederic*, 1903)首次在伦敦公演,好评如潮。第二年,伦敦西区有四家剧院同时上演他的四部剧本,盛况空前,他成为了英国名噪一时的剧作家,从而也使他创作舞台剧的热情一发不可收。一九〇三至一九三三年间,他编写了近三十部剧本,深受观众的欢迎。

第一次世界大战爆发时,毛姆因已超过服兵役年龄,便自告奋勇地加入了英国红十字会组织的"文艺界战地救护车队"(Literary Ambulance Drivers),在欧洲前线救治伤员。这支救护车队的二十四名成员里有美国作家约翰·多斯·帕索斯、E.E.卡明斯、欧内斯特·海明威等人。一九一四年十一月初，毛姆结识了同在这支救护车队中、来自美国旧金山的文学青年弗里德里克·哈克斯顿（Frederic Gerald Haxton，1892—1944），俩人遂成为好友并发展成同性恋人，这种关系一直存续了三十一年，直至哈克斯顿于五十二岁时在纽约死于肺癌。在此期间，毛姆始终孜孜不倦地坚持创作，并在敦刻尔克附近的军营里校对了他的长篇巨作《人生的枷锁》（*Of Human Bondage*，1915）。这是一部具有自传性质的小说，描写了医科大学生菲利普·凯里受到不合理的教育制度的摧残和宗教思想的束缚，在爱情上屡遭打击的人生经历，表现了作者对新思想和新的人生道路的向往与追求，是毛姆最重要、流传最广的作品之一。小说出版之初曾受到英美两国一些评论家的抨击，但是美国小说家兼文学评论家西奥多·德莱塞却对它赞誉有加，称它为"天才之作"、"堪与贝多芬的交响曲相媲美"，将这部小说高举到了经典之作的地位。

一九一五年九月，毛姆加入英国情报机构，负责在瑞士搜集情报，监视和记录参战各国派驻日内瓦的使节们的外交活动。一九一六年，他辞去间谍工作，与哈克斯顿结伴而行，首次前往南太平洋诸岛，为他的长篇小说《月亮和六便士》（*The Moon and Sixpence*，1919）收集素材。这部小说以法国印象派画家保罗·高更的经历为原型，描写一位画家来到南太平洋中的塔希提岛，与当地土著人共同过着原始的生活，创作了不少名画。小说表现了这位天才画家对社会的逃避和对艺术的执著追求，这是毛姆又一部广为流传的重要作品。一九一七年六月，他再次受聘为英国"秘密情报局"（后简称"MI6"）的军官，被秘密派往俄国，肩负劝阻俄国退出战争的特殊使命，并与临时政府的首脑克伦斯基有过接触。两个半月后他回国述职时，俄国爆发了"十月革命"。毛姆自认为继承了父亲的律师天赋，具有沉着冷静、多谋善断、慧眼识人的本领，不会被表象所迷惑，是适合做间谍的人才。后来，他以这段当间谍和密使的经历为素材，写出了脍炙人口的《英国特工》(*Ashenden: Or the British Agent*, 1928)。他在该系列故事中，塑造了一位风度翩翩、精明强干、特立独行的特工阿申登。这部小说对英国小说家伊恩·弗莱明（Ian Lancaster Fleming, 1908—1964）影响颇深，在他后来创作的长篇系列小说《詹姆斯·邦德》(*James Bond*)中的那位风靡全球的主人公邦德，可谓与阿申登一脉相承。

在一九一五至一九一六年间，毛姆与英国著名药业巨擘亨利·卫尔康姆（Henry Wellcome, 1853—1936）风姿绰约的妻子赛瑞（Syrie Wellcome, 1879—1955）有过一段婚外情，并与她生下女儿丽莎。他们于一九一七年五月正式结婚，遂将女儿改名为玛丽·毛姆（Mary Elizabeth Maugham, 1915—1998）。然而这段婚姻并不幸福，俩人终于在一九二七年宣告离婚。毛姆于一九二八年迁居法国，在海滨度假胜地里维埃拉的卡普费拉镇买下了占地面积达九英亩的莫雷斯克别墅。此后他的大部分岁月都在这里度过。这座豪华别墅也是当时英法文人和上流社会名流常相聚的文艺沙龙之地。

一战结束后，毛姆曾多次前往远东和南太平洋地区旅行，足迹遍布东南亚各国、南太平洋诸岛、中国和印度等地。毛姆历来喜欢将沿途的所见所闻、风土人情和自己的真实感受详细记录下来。正因如此，他的许多游记、随笔、散文、戏剧和长短篇小说都写得栩栩如生，具有鲜活的生活气息和时代的可感性。一九二〇年，他来到中国的大陆和香港，写下游记《在中国的屏风上》(*On A Chinese Screen*, 1922)，并以中国为背景，创作了长篇小说《面纱》(*The Painted Veil*, 1925)和若干短篇小说。此后他又游历了拉丁美洲。毛姆的作品之所以能够引起不同国家、不同时代和不同阶层读者的兴趣，都与他作品中富有浓郁的异国情调和他丰富的阅历息息相关。

二十世纪二十至三十年代，毛姆依然保持着旺盛、高产的创作势头，各类作品层出不穷。长篇小说《寻欢作乐》(*Cakes and Ale*，1930) 堪称他艺术上最圆熟的作品。这部小说以漫画式的笔调描绘一战后英国文艺圈内各种可笑和可鄙的人与事，锋芒毕露地鞭笞和嘲讽西方社会种种光怪陆离、尔虞我诈的丑陋现象。迷人的酒吧侍女罗西，是毛姆笔下最为丰满的女性形象，而故事里的另外两位作家则是毛姆在影射英国作家托马斯·哈代和休·华尔浦尔。短篇故事《相约萨马拉》(*An Appointment in Samarra*，1933) 以巴比伦的古老神话为题材，表现"叙事者和主人公的最终归属都是死亡"的主题。美国小说家约翰·奥哈拉 (John O'Hara，1905—1970) 曾宣称，他的同名长篇小说《相约萨马拉》(*Appointment in Samarra*，1934) 的创作灵感即得益于毛姆。《总结》(*The Summing Up*，1938) 则是一部文字优美、可读性极强的作家自传，毛姆以直白、坦诚的语言描述了自己的创作生涯和心路历程。

二战爆发后，由于法国沦陷，毛姆在一九四〇年逃离了里维埃拉，旅居美国。在此期间，他应英国政府的要求发表过数次爱国演讲，号召美国政府支持英国联合抗击纳粹法西斯。在洛杉矶时，他改编了不少电影脚本，是当年稿酬最高的作家之一。之后他相继在南卡罗来纳、纽约、罗德岛等地居住，潜心于文学创作。长篇小说《刀锋》(*The Razor's Edge*，1944) 即是他旅美期间的作品。《刀锋》是毛姆的重要代表作，描写一名年轻的美国复员军人如何丢掉幻想、探索人生终极意义和存在价值的艰苦历程，富有哲学和美学意蕴。故事的场景大多在欧洲和印度，但主要人物均为美国人，主人公拉里·达雷尔以著名哲学家维特根斯坦为原型。作品中表现的东方神秘主义和厌战情绪，激起了正身处二战硝烟烽火中读者的心灵共鸣，那些引人入胜的故事情节和通俗易懂的艺术表达形式，也深得历代读者的喜爱。

一九四四年毛姆回到英国，两年后再度返回他在法国的别墅。此后，除外出采风，他常年居住在此，尽管已年逾七十，却仍笔耕不辍，主要撰写回忆录、文学评论和整理旧作。一九四七年，他设立了"萨默塞特·毛姆文学奖"（Somerset Maugham Award），用于奖励优秀作品和资助三十五岁以下杰出文学青年。英国著名作家 V. S. 奈保尔、金斯利·艾米斯、马丁·艾米斯、汤姆·冈恩等，都曾获此奖项。一九四八年，他出版了以十六世纪西班牙为背景的长篇小说《卡塔丽娜》（Catalina: A Romance），并陆续发表了《作家笔记》（A Writer's Notebook，1948）、《随性而至》（The Vagrant Mood，1952）、《观点》（Points of View，1958）、《回望》（Looking Back，1962）等著作。毛姆曾收藏了大量戏剧油画，数量仅次于英国嘉里克文艺俱乐部的藏品。从一九五一年起，这些油画在英、法各地巡回展出达十四年之久，一九九四年被收藏在英国戏剧博物馆。为表彰毛姆卓越的文学成就，牛津大学在一九五二年授予他荣誉博士学位，英国女王在一九五四年授予他"荣誉爵士"称号，并吸纳他为英国"皇家文学会"成员。一九五九年，毛姆完成了最后一次远东之行。一九六五年十二月十六日，毛姆在法国与世长辞，享年九十一岁。去世前夕，他将自己的全部版税捐赠给了英国皇家文学基金会。

三 毛姆短篇小说的艺术特色

毛姆享有"故事圣手""英国的莫泊桑""二十世纪最伟大的短篇小说家"之盛誉。在跨越两个世纪的文学生涯中，毛姆曾数度将他的短篇小说汇编成册出版，如《方向集》（Orientations，1899）、《叶之震颤》（The Trembling of A Leaf，1921）、《木麻黄树》（The Casuarina Tree,

1926）、《阿金》（*Ah King*，1933）、《四海为家的人们》（*Cosmopolitans*，1936）、《杂如从前》（*The Mixture As Before*，1940）、《环境的产物》（*Creatures of Circumstance*，1947）等。一九五一年，他从中甄选出九十一篇精品佳作，汇编为洋洋三大卷《短篇小说全集》。一九六三年，英国企鹅出版公司将其改为四卷本重新刊印。此后，该版本被多次再版，并被翻译成各种文字，在世界各地广为流传至今。这套《毛姆短篇小说全集》（7卷）即据此译出，以飨我国读者。

毛姆的创作始终坚持把读者放在首位，力求"投读者所好"，创作"具体、充实、戏剧性强的故事"。他的短篇小说有伏笔、有悬念、有高潮、有余音，结构紧凑、情节曲折，强调故事的完整、连贯和生动。他的短篇小说大体可分为三大类：以欧美为背景的"西方故事"；以南太平洋、东南亚、中国和印度等为背景的"东方故事"；以及"阿申登间谍故事"系列。

叙事视角与叙事声音　毛姆的短篇小说大多采用第一人称视角讲述，故事中的"我"几乎就是毛姆本人的形象：温厚、友善，喜欢读书和打桥牌，对世事和人生的千变万化充满好奇。故事常常用一种漫不经意的口吻开头，然后娓娓道来发生在普通人身上的那些富有传奇色彩的经历，犹如在向朋友闲聊他道听途说来的轶事趣闻，因而能快速地拉近作品与读者间的距离。即便在以第三人称讲述的故事中，叙事者通常也是个置身局外的旁观者，只是用其敏锐的目光观察事件的发展，偶尔加以评判，与毛姆的"我"如出一辙。在聆听那些或身陷囹圄、或心怀鬼胎、或历经磨难，往往也是可笑之人的主人公诉说衷肠时，这位"旁观者"至多只是点点头，或宽慰地附和几声。换言之，故事里"重中之重"的叙述者常常扮演着一个次要的角色，但他始终是一位饱经世故、处事不惊、温文尔雅的人。

他的叙事声音富有通感，文情并茂，言近旨远，斐然成章，即使是讽刺挖苦也不乏幽默感，而且总是那么超然而儒雅。在很多故事中，叙事声音通常出自一个见多识广的作家，他周围的大都是上层社会的名流，如作家、歌手、演员、政要，或他所熟悉的绅士，而作为作者的毛姆与他笔下的叙事者间的界线却被有意混淆了。采用这种若是若非的叙事声音，无疑增添了故事的可信度，然而这种将真实生活中的人与事作为创作原型的手法，难免会使心虚者"对号入座"，招来非议。我们不难看出，在他创造的这个首尾呼应的文学世界里，既有令人着迷的社会各阶层人物的百态脸谱，也有出人意表的启示和顿悟。

人物塑造 一个多世纪以来，受弗洛伊德和拉康理论的影响，文学创作和文艺批评越来越重视"意识流"和"心理现实主义"，试图通过心理分析来解读人的内心世界，解构人脑的思维机理和对客观世界的认知。但毛姆既没有像詹姆斯·乔伊斯和弗吉尼亚·伍尔夫那样采用"意识流"手法，通过心理描写"由内向外"地塑造人物，也没有像 E. M. 福斯特和 D. H. 劳伦斯那样去深入探究两性关系相和谐或相对抗的深层原因，而是在他创作中始终坚持现实主义和自然主义传统。尽管他在一些作品里对人物的心理活动和情感变化也描绘得细致入微，富有艺术张力，但这不是他关注的焦点。他的大部分故事主要涉及的是社会生活中人的世态百相，叙事者似乎也只关心眼前人物的外表形象。正因为如此，他的故事能最大程度地贴近读者的现实生活。

毛姆笔下的人物大多是肖像式的，常"以貌取人"，通过对人物直观、具体的描绘来揭示其内在的心理和性格特征，寥寥数笔就将人物从外表到灵魂刻画得活灵活现，有时甚至连故事情节也因此而外化地显现出来。毛姆不仅采用人物的对话和各种错综复杂的矛盾冲突来铺设和展开情节，而且常常以人物的仪表容貌为线索，着重描写他们在面对一系列事件、场景和紧要关头时做出的反应，细腻地刻画他们在表情、姿势、言行举止、生存方式甚至穿着打扮等方面出于本能或习惯性的细节变化，以此突显人物的本质特征，由表及里、有血有肉地塑造人物形象。即使在那些描写惊心动魄的谋杀或惨不忍睹的自杀事件的故事中，人物的心理活动往往也是通过其外表形象及其微妙的变化表现出来，而叙事者则不露声色，保持着冷峻、超然的态度。读者看到的往往是表象，并保持着一定的审美距离，很少能走进这些各具特色人物的内心世界，因为叙事者讲述的大多是他"事后"听来的，或通过"第三者的叙述"得来的故事。这种由"物理境"向"心理场"渗透的写法使人物形象显得更加丰满，也更容易使读者有身临其境的感觉，诚如奥斯卡·王尔德的那句绝妙的遁词所言："只有浅薄的人才不以貌取人。"①

艺术真实 艺术真实是文学的基本品格，文学作品所反映的善与美必须以真为伴。毛姆短篇小说的成功秘诀就在于其源于生活又高于生活。他的很多故事，究其本质而言，是经过他自出机杼的拔高，已经升华为艺术真实的"街谈巷议"。除了利用第一人称或第三人称的叙事者在故事中夹叙夹议、推波助澜之外，毛姆还时常别出心裁地呼唤读者的"群体意识"，因为他笔下的人物及其非凡的人生故事，往往正是人们在日常生活中耳熟能详或津津乐道的人与事。这些源自生活、为大众所喜闻乐见的"民间杂谈"、"桌边闲话"和"内幕新闻"，经过作者融会贯通的再创造之后，往往被赋予了崭新的艺术魅力，既能满足读者的猎奇心理，也能激发人们的心灵共鸣。尤其在以南太平洋诸岛和远东各地为背景的故事中，毛姆不但以精湛的笔触如实记述了英属末代殖民地的社会风貌、生活习惯和旖旎的自然风光，还刻意使用当地的土语和词汇来描写富有东方神秘色彩的宗教礼俗、田园房舍，以及人们的服饰装束、菜肴饮品、交往方式等，栩栩如生地展现

---

① 语出《道林·格雷的画像》第二章。

了当地原生态的生活。这些富有原始质朴的乡土气息的故事，使人百读不厌。

　　毛姆一生走南闯北，交游广阔，结识了大量禀赋各异的人，从高官贵族，到平民百姓，从欧洲白人到土著居民，三教九流无所不有。如同他在很多故事中所说，作为深谙人情世故的作家，人们愿意向他敞开心扉，吐露衷肠，使他获得了大量真实的创作素材。经过艺术提炼后，这些或凄婉动人、或骇人听闻的奇人逸事都被他绘声绘色地融化在作品里。毛姆喜欢搜集和讲述来自现实生活中的人们千姿百态的人生故事，他笔下的主人公们也喜欢讲故事和听故事，而不少故事本身也会交待或评判故事的来龙去脉（即所谓"环环相扣"的"故事套故事"）。这些具有艺术品质的真实故事，既使读者真实地认识和了解历史的原貌，感悟人生，也使作品拥有了持久的生命力。

　　反讽　在人类思想史和文学批评史上，反讽是理论家们争论已久、各执己见的话题。长期以来，研究者们从哲学、语言学、修辞学、叙事学、跨文化研究等领域对其进行阐发，使反讽得到了较为全面的诠释。

　　反讽源于古希腊语 *eironeia*，意为"装傻"，原指苏格拉底式的谈话方式：即在智者面前装作一无所知地请教问题，结果却推演出与之相反的命题。反讽的基本特征是"言非所指"或"言此而意反"的二元对立。言语反讽又称反语（verbal irony），是一种修辞手段，与讽刺和比喻相近，其意义产生于话语的字面意思与真实内涵的不符甚至悖反，并能不动声色地传递某种情感诉诸，听者／读者可从这种"表象与事实"相互矛盾的对比反观中解读出具有幽默或讽刺意味的"韵外之韵"。戏剧性反讽则是一种文学表现方法，具体可分为悲剧性反讽、结构性反讽、情境反讽和随机反讽等，其意义蕴涵在作品的整体结构之中，通过故事的语境和情节铺展来实现：读者对故事里的事件、场景、个人命运的了解会先于或高于"身在其中"的人物，因此，故事中的人物的言行举止、动机和目的往往与读者的理解和审美体验相冲突，呈现出截然不同甚至完全相反的意义。在文学叙事中，作者不仅通过话语层面的反讽，更通过现象与本质、期望与现实、主观意志与现存伦理等方面的相互矛盾、相互排斥、相互消解来表现人的认识能力和价值取向的相对性、多重性和心智活动的复杂性，藉以形成强烈的反讽意味，从而增强故事的戏剧性效果和艺术张力。

如同欧·亨利、契诃夫、莫泊桑，毛姆也是善于使用戏剧性反讽的行家里手。我们可以看到，在悲剧故事中，他常常直截了当地采用悲剧性反讽，故事的主人公大多是"被命运之神捉弄的傻瓜"——满怀希望、孜孜以求地想实现某个既定目标，经过百般努力和抗争后却发现，结果总是事与愿违、适得其反。在言情故事、间谍故事和寓言故事中，毛姆常巧妙运用随机反讽、情境反讽和结构性反讽，由低到高、张弛有度地构建不同层级的反讽意义，使故事情节峰回路转，并逐步将故事推向高潮。在叙事进程中，毛姆常将叙述的焦点集中在读者、叙事者与主人公之间在伦理判断和心理期待等方面的审美差距上，通过多角度的交替变换和对比关照，形成多层次、多维度的反讽。故事戛然而止的零度结尾或出人意表的结局往往蕴含着幽默而又深刻的道德意义，耐人反复回味。这是他的短篇故事常使人掩卷之余久久难以忘怀的另一个原因。

中年视阈　毛姆在短篇小说创作上取得卓越成就的另一重要原因或许与他的年龄有关。早在一八九九年毛姆就有短篇小说集问世，但他自认为这些故事不够成熟。晚年他在选编这套《短篇小说全集》时，便没有将那些早期作品纳入其中。毛姆真正开始热衷于创作短篇小说是在一战结束之后。一九二一年出版的《叶之震颤》标志着他在这一领域的新高度。这时他已人到中年，具有宽广的视野、丰富的经验和敏锐独到的见解。他创作的优秀、精湛的短篇小说，大都是他年届五十之后写成的。

　　毛姆已臻成熟的创作观和审美取向使他讲述的故事都带有意味深长的人生哲理和岁月的厚重感。毛姆经历过爱德华时代的歌舞升平和维多利亚时代的空前繁荣，纵情参与过英国上流社会声色犬马的时尚生活和法国名人荟萃、灯红酒绿的社交聚会，但他并没有像司各特·菲茨杰拉德那样去描绘朝气蓬勃、怀揣理想的年轻一代在面对令人眼花缭乱的现实世界和"美国梦想"时的惊奇不已以及他们在理想幻灭之后的失望、彷徨与悲哀，也没有像海明威那样浓笔重墨地记叙"迷惘的一代"在巴黎天马行空、纸醉金迷、放浪不羁的生活景象。他描写的常常是年长的一代人稳练达观、富有雅趣的行事作风和虚怀若谷的境界。作为一个饱经沧桑、老成持重的作家，他的激情已经渐渐淡去，能够以冷静、超脱的姿态看待世态炎凉和生死人生。他笔下的主人公们也常以疑惑、忧戚、嘲讽的眼光看世界，尽管偶有迷离困窘、错愕惶恐，但终究还是表现得温厚、儒雅、理性、风趣。无论风云变幻，他都处之泰然，始终保持着他那份闲情逸致和文质彬彬的良好修养。

　　同样，毛姆笔下的女主人公大多也是与他本人年龄相仿、已身为人母甚或祖母的女人。故事中虽不乏清纯美丽的少女和风骚冶艳的美妇，但他着重描写的并不是她们年轻貌美的姿容或离经叛道的表现，而是长辈对她们的担忧和管束。值得一提的是，毛姆的同性恋倾向使他描绘的女性形象与众不同。他对女性的态度向来礼貌得体，既没有把她们塑造成供男人去勾引和发泄的对象，也没有墨守成规地谴责和批判她们不守妇道的堕落行为，而是客观中肯、准确传神地描摹她们本来的面貌，把她们从外表到心灵刻画得惟妙惟肖。为了创造喜剧效果，他的故事中有时会出现饱经风霜、邋遢干瘪、面目丑陋，却浓妆艳抹、搔首弄姿的老妇人，但作者同样也对她们寄予了深厚的同情。这是毛姆不同于新生代年轻作家、常被读者和评论家们所称道的一大特点。

剖析人性　毛姆对人性的深切理解和锐敏透彻的洞察力与他的家庭背景、童年经历和他后来在坎坷的职业生涯中逐渐形成的人生观密不可分。毛姆一生见证了整整三代人的盛衰变迁。他亲历了两次世界大战的浩劫，切身体验过英国宦海沉浮和文坛争衡的滋味，亲眼目睹了各色人物的悲欢离合和命途多舛的凄凉境遇，而他的个人生活中也多有艰辛和变故，因此，对人生的态度他总体上是消极、悲观的。在他看来，人的命运是由各种充满变数、个人无力左右的外界因素和偶然事件决定的。他是个无神论者，认为基督教信仰纯属一派胡言。他蔑视"普渡众生"之说，不相信上苍能拯救芸芸众生。他也不相信善良和美德是人类与生俱来的本性，甚至对人的聪明才智也持怀疑态度。这些尖锐的观点和他对人的本质的深刻认识，使他的作品具有一种愤世嫉俗、悲天悯人的基调，再用他所特有的寓庄于谐、意在言外的讽喻形式和戏谑幽默、引人发噱的精妙笔调表现出来，非常迎合普通读者的心理诉求和审美品位。

对人性鞭辟入里的剖析应该是毛姆的作品最震撼人心的显著特色，也是他的每一篇短篇小说几乎必不可少的重要内容和主题。作为当过医生和间谍的作家，毛姆无疑会将这些经历糅合到他的创作中去。他常常会别开生面地以医生的眼光审视和剖析人的本性和良知，或从间谍和侦探的视角去探究和破解现实生活中各色人物的日常活动、行为方式、爱恋与婚姻、希望与失望、道德与罪孽等的成因和导致他们最终结局的奥秘，将人性中可憎可悲的阴暗面，诸如怯懦、嫉妒、傲慢、虚荣、愚妄、歧视、偏见、自私、自负、贪婪、色欲、势利、骄横、残忍等缺陷，毫无保留地展示在读者面前，并对其根源加以深入细致的剖析，做出恰如其分的评判。在这些故事里，我们可以清楚地看到，他对盛行于西方上流社会的因循守旧、浮华炫鬻、腐败堕落之风深恶痛绝，对欧洲中上阶层的绅士贵妇、神甫和传教士、政界要人、商界大贾、文艺圈名流，以及英国派驻在南太平洋和东南亚等殖民地的总督和各类官员充满了鄙夷和嫌恶之情，经常站在道德的制高点上，以犀利、辛辣的笔锋揭露和抨击他们欺世盗名、尔虞我诈、恃强凌弱、伤天害理、草菅人命、肆意践踏法律和人的尊严，以及嫖妓、通奸、乱伦等道德缺失的恶劣行径，毫不留情地讽刺和痛斥他们表面上道貌岸然、实为男盗女娼的虚伪本质。对于生活在社会底层的穷苦人和殖民地的土著居民，他却有一颗仁厚友善、宽宥大度、以礼相待的心。尽管他在作品中也常常会善意地取笑他们的愚昧无知和缺少教养，幽默地调侃他们刁顽古怪的性格和某些滑稽可笑的恶习和癖好，挪揄和嘲讽他们的自私自利、目光短浅等缺点，但他喜欢这些淳朴、善良、耿直的民众，对他们怀有真挚的同情、怜悯和关爱之心。

毛姆对人性细腻、透彻的剖析和拷问使他刻画的形形色色的人物，还有那些刺穿人心的故事，不仅富有不可抗拒、令人着迷的艺术魅力，而且具有极强的说服力和可信度，因为那些讽刺和鄙夷、怜悯和感伤，是经历过苦难和创伤、见识过世道悲凉的人才能有的感悟。这样的文学作品无疑具有强大的感染力，可改变人们对人性的根本认识，甚至刷新人们的世界观。

鲜活明畅的语言　毛姆虽说成名已久，但他并没有像同时期的其他现代主义作家那样勇于革故鼎新。就文体艺术而言，他没有多少实验性或"先锋派"的创举，而且对文辞奥博、用典繁芜的文风也不以为然。毛姆的语言以清新流畅、简洁朴实、诙谐幽默、通俗易懂见长，尤其注重让人"看着悦目、听着悦耳"。他的叙述鲜有生涩冷僻或华美矫饰的辞藻堆砌，几乎没有诘屈聱牙、艰涩难懂的句法结构，更罕用深奥玄妙的心理描写，而是采用贴近生活、直白易懂的语句和扣人心弦的情节来讲述故事。我们常可以看到，他一个段落就能将一个人物的容貌特征勾勒得纤毫毕见，然后便执手牵引着你缓缓走进他布下的迷宫，在张弛有度的节奏中一步步走向令人意想不到的情景和地域，循序渐进地发现始料不及的惊天秘密，最终到达快意恩仇的结局，或走向假作悲哀、实则富有喜剧色彩的故事高潮。

毛姆向来喜欢从现实生活中去捕捉和采撷鲜活、生动的语言。那些自然、人人皆知的语句经过他的打磨之后，被赋予了新的含义，一经问世便广为流传，成为人们常挂嘴边的时尚用语甚至金科玉律，尤其为普通读者所喜爱。在他的作品中，无论借景抒情、或阐发议论、或人物对话，毛姆一般采用口语化的语言，以一种体恤人意、推心置腹、犹如在酒吧与朋友交谈的口吻娓娓道来，仿佛他就在你的眼前，在不露声色地运用他的睿智和冷幽默与你侃侃而谈，并煞有介事地向你讲述"蜚短流长"、令人称奇的坊间传闻。这些故事会令你时而忍俊不禁，时而目瞪口呆，时而又不寒而栗。他善于运用富有活力的意象比喻，善于借助特定的细节来渲染和烘托气氛，那些精湛的象征和比拟常含有多种层次的意义和情感，能诱发丰富的联想，使读者进入如梦如画的意境。此外，毛姆设譬的智慧和他特有的暗含讥讽的幽默格调也无处不在。即使在主题非常严肃或描写血腥凶杀案的故事里，他也照样妙语如珠，精辟、凝练、发人深省的隽语警句和至理名言俯拾即是，运用得恰到好处。这些特点使他的故事不仅具有极高的可读性，而且具有极高的欣赏性和美学意义。毛姆鲜活明畅、幽默风趣的语言是他能拥有无数读者的一个重要法宝。

四 毛姆短篇小说的迷人魅力

这套《毛姆短篇小说全集》(7卷)题材广泛，风格多样，几乎囊括了短篇小说这一文学样式的所有类别：爱情故事、间谍故事、悬疑故事、恐怖故事、童话故事，历险小说、惊悚小说、艳情小说，赌场

见闻、幽默小品等应有尽有，而且长短相宜，各具特色，中篇短篇辉
映成趣，可谓名篇荟萃，异彩纷呈。这些作品如实反映了社会生活中
各个层面的世情风貌和各种矛盾与冲突，触及到人类灵魂最深处的隐
秘，力透纸背地揭示了人的本性中的善恶是非及其可悲、可恨、可怜、
可笑之处，同时寄托了作者深藏若虚的忧患意识和人文情怀。这些风
格各异、富有奇趣的故事的共同点是：主题明确，结构严谨，情节引
人入胜，语言幽默晓畅，寓意深刻隽永。每一篇都堪称经典之作。

　　文学作品的功用之一就是给人带来阅读的快感。毛姆的短篇小说
不仅内容丰富多彩，艺术表现形式也不拘一格：有言重九鼎的社会伦
理小说，有感人至深的悲情故事，有令人唏嘘的人生无常，有令人毛
骨悚然的惨案，也有皆大欢喜的喜剧和令人捧腹的闹剧，更有美轮美
奂、令人心驰神往的异域风情的描写，凡此种种，不一而足。这些各
有千秋的故事有供娱乐消遣的，有令人扼腕感慨的，也有让人会心一
笑的，故事的结尾一般都含有振聋发聩的反讽意义或耐人寻味的弦外
之音。读者倘若看厌了那些揭露和批评社会丑恶现象和人性阴暗面的
故事，不妨转而去浏览那些滑天下之大稽的历险故事，或者去翻阅那
些篇幅短小、却笑话迭出的轶事趣闻之作。无论是为了欣赏名作、陶
冶情操，还是为了猎奇解颐、消磨时光，读者都能从这部全集中找到
适合自己当下心情的故事。尽管有评论家认为，其中一篇很短的故事
《一位绅士的画像》是例外，但这个短篇也写得妙趣横生，值得玩味。
毛姆短篇小说的迷人魅力就在于其老少皆宜、雅俗共赏。

五　无法终结的结语

　　毛姆是一位视野广阔、博闻强识的文学家和旅行家。他一生探奇
览胜，足迹几乎遍及欧亚美三大洲。这些故事大都以他自己在英国和

世界各地的切身经历为原型和素材创作而成的。让人匪夷所思的是，毛姆本人的身影何以会毫不避讳地时时出现在故事里，而且常以第一人称来讲述那些奇人奇事，我猜想，这也许正是他屡遭英国上流社会的嫉恨，却让普通读者倍感亲切的原因所致吧。

　　毛姆笔下的版图幅员辽阔，从欧洲到南美洲，从南太平洋到亚洲，这些地域都是他的故事的生发地。值得注意的是，这些故事里的人物虽然来自不同国度，操各种语言，穿不同服饰，肤色和形象迥然有别，但本质上却如此惊人地相近——他们的所思所想，他们的爱与恨，甚至连欺骗和撒谎的招数都大同小异。我们不可否认，世界各地的人们确有诸多相通之处，但也存在千差万别。毛姆以不同的故事向我们展现的正是这个千奇百怪的世界里同时并存、互为映衬的同质性和异质性的相互交融和碰撞，以及由此而产生的无穷魅力，正所谓"一花一世界"。

　　至于毛姆是不是"二流作家"，还是由读者来评说为好。

吴建国

2020 年 3 月 5 日

目录

前言

在我这部短篇小说集的第五卷中,我采用了跟其他几卷不同的编排方式。在其他小说集里,我放入了一些以马来亚为背景的小说,这些故事太长了,如果把它们和以世界上其他地方为背景的短小故事放在一起,可以让读者读起来觉得张弛有度,所以我把它们分散在各卷中。但我还写了一系列主要描述一战中英国情报部门的一位特工的冒险经历的故事。我给他起名阿申登。因为这些故事都与我虚构的这个人物有关,尽管它们篇幅很长,我觉得还是把它们放在一起比较合适。这些故事基于我个人在战争中的一些经历,但我必须要让读者知道的是,它们并非是法语里所说的报告文学,而是小说作品。事实上,就像我在卷序里所说,我只是个蹩脚的故事叙述者。开始时它讲述一个很久以前就偶然存在的故事,漫无目的地闲谈,逐渐接近尾声,最后留一个悬念让结局留有余地、耐人寻味。情报部门特工的工作总体上是单调乏味的,很多都没有价值。它为这些故事提供的素材大都散乱而无意义,是作者本人使它们看起来连贯、充满戏剧性和悬疑感。这就是我想在这卷特别的系列里着力呈现给读者的。

金小姐

　　阿申登，一位职业作家，在战争爆发之初被迫流离国外，直到九月伊始才千方百计地回到英国。回国后不久一次偶然机会他参加了一个聚会，并经人介绍认识了一位中年上校，与之交谈了几句，可惜他没记住上校的名字。当他要离开时，上校走过来问他："嗨，我不知道你是否愿意来见我，我倒是很想再跟你聊聊。"

　　"当然。"阿申登回答，"随时愿意奉陪。"

　　"明天中午十一点怎么样？"

　　"没问题。"

　　"我把地址写给你，你带名片了吗？"

　　阿申登给了他一张，上校在上面用铅笔潦草地写下了街道的名字和房子的门牌号。第二天早上当阿申登应邀前往时，发现自己走在一条满是破旧红砖瓦房的街道，这里曾经是伦敦非常时尚的街区，现在却沦为那些居无定所者向往的好地方。在阿申登被指定要拜访的那所房子前放着一块纸板，上书"吉屋出售"，百叶窗紧闭着，没有任何迹象表明这里有人居住。他一按门铃一位士官就把门打开了，速度之快令他瞠目结舌。他没有受到例行盘问，而是立即被带往后面一个狭长的房间里，这显然是个餐厅，原本绚丽

1

花哨的装饰与屋子里少量破旧不堪的办公家具格格不入，看起来很奇怪。阿申登恍惚觉得这房子曾经被经纪人拥有过。上校——阿申登后来发现他在情报部门工作，姑且用字母称他 R. 先生吧——站起身跟走进来的阿申登握手致意。他中等偏上身材，精瘦，棱角分明的黄色脸庞，稀薄的灰色头发，修剪得像牙刷般整齐的胡子。他最明显的特征是那双靠得很近的蓝色的眼睛。还好他没有斜视。这是一对严厉得近乎冷酷的眸子，并且非常警觉；它们此时给了他狡黠而又诡诈的一瞥。这真是个让人第一眼看去既不喜欢也不信任的家伙。但他的行为举止倒是给人愉悦而热忱的感觉，令人如沐春风。

他问了阿申登许多问题，并且单刀直入地建议他从事情报工作，因为他有许多得天独厚的条件。阿申登通晓欧洲多国语言，他的职业是个很好的借口，以写作一本书为借口他可以到任何一个中立国而不会引起怀疑。正当他们在讨论这个问题时，R. 上校说："你知道的，你能从中获得很多对你的写作有用的素材。"

"我倒也无所谓。"阿申登回答道。

"我告诉你一件前两天刚发生的事，并且我可以保证它的真实性。我想它应该会是一个绝妙的好故事。有一个法国部长到尼斯去治疗风寒，并且把一些非常重要的文件放在公文包里随身携带。的确非常重要！然而，在他到达后的一两天，他在餐馆或其他什么地方通过跳舞结识了一位金发女郎，并且对她十分友好。长话短说，他把她带回自己的宾馆——当然这么做是十分不谨慎的——当他第二天早上恢复知觉时才发现，女郎已离去，公文包也已不翼而飞。他们在他的卧室里喝了一两杯酒，他的解释是当他转身时那女人把药片放进了他的酒杯。"

R. 上校说完后看着阿申登，靠得很近的双眼透着一丝狡黠的光芒。

"太不可思议了，不是吗？"他问道。

"你是说这件事刚发生不久？"

"上上周。"

"这不可能。"阿申登叫道，"这种故事早在六十年前就被我们搬上了舞台，数以千计的小说里都有类似的情节。你还想说这样事刚刚才发生？"

R.上校稍稍有一点不安。

"好吧，如果必要的话，我可以告诉你名字和日期。相信我，协约国①对公文包里的文件丢失这件事并没有善罢甘休。"

"唉，先生，如果你在特工处没有更好的故事，"阿申登叹了口气说道，"这个故事对于激发小说作家的创作灵感来说恐怕已经没用了。我们真的无法就此写出更好的小说。"

他们没用多少时间就把一切都商量妥当。阿申登起身要走时已十分清楚他的任务。他明天启程去日内瓦。R.上校最后以一种漫不经心的口吻对他说了一句令人心惊肉跳的话。

"在你接受这个任务前，有件事我想你必须知道，并且不要忘记。如果你做得好，没人会感谢你，如果你有麻烦了，没人会帮助你。你能接受吗？"

"再好不过了！"

"那么再见了！"

阿申登在返回日内瓦的途中。这天晚上雷电交加，寒风从山顶吹来，但这艘小小的蒸汽机船一如既往稳稳地行驶在波浪起伏的湖面

---

① 协约国（Allies），是第一次世界大战中以英国、法国、俄罗斯帝国为首的军事同盟。它与德意志帝国、奥匈帝国、奥斯曼帝国、保加利亚四国联盟的同盟国集团形成了第一次世界大战的对立双方。

上。一条飞速而来的雨带转眼变成雨夹雪，怒吼着横扫过甲板，就像一位喋喋不休的妇人怎么也不肯放弃自己的话题。阿申登此前去了法国写作并发送了一篇报道。就在一两天前下午五点左右，他的一个印度情报员来他的房间找他；这也是凑巧，他正好在，因为他们并没有事先约好，而且给情报员的指令也是只有在紧急情况下才能到宾馆找他。他告诉阿申登，德国特工处有个孟加拉情报员最近从柏林来，他随身携带一只藤条箱，里面有一些文件也许是英国政府感兴趣的。那时同盟国极力在印度煽动一些骚乱，这样英国就只能把军队留在印度，也许还会再从法国增派一些来。这个孟加拉间谍已在伯尔尼受到某项指控并被逮捕，这样他就能暂时"安全"一段时间，但并没有发现他那黑色的藤条箱。阿申登的情报员是个既勇敢又聪明的家伙，他整日混迹在他那些对英国的利益一点也不感兴趣的同胞们中间，自如周旋。他刚刚得知这个孟加拉谍在去伯尔尼之前，为了安全起见，把箱子留在了苏黎世车站的行李寄存室。既然他现在在监狱等候审判，也就无法发布消息让他的盟友去取箱子。而对德国情报部门来说，当务之急是确保箱子里的东西安全。既然无法通过正常的官方渠道得到它，他们决定夜闯车站去把它偷出来。这真是个大胆又巧妙的点子，阿申登听完后为之鼓掌叫好，并跃跃欲试（因为他大部分的作品都极其无聊）。他也知道伯尔尼的德国特工处处长残忍而不择手段，但这次夜盗计划在凌晨两点进行，现在已经没有一点时间可以浪费了。想要与伯尔尼的英国当局取得联系，他既不相信电报也不信任电话，并且印度情报员也不可能亲自跑一趟（他已经冒着生命危险来见阿申登了，如果他再被人发现离开他的房间，极有可能某一天他的尸体就会漂浮在湖面上，背上插着一把刀），他别无选择只能自己去一趟。

他正好能赶上一班去伯尔尼的火车，于是他赶紧戴上帽子穿上外套跑下楼。他跳上了一辆出租车。四个小时后他按响了英国情报局总部的门铃。总部的人几乎都认识阿申登，只一人除外，而此人正是阿申登想要拜访的。一位他从未见过的面带倦容的高个男人出来，一言不发把他带到办公室。阿申登告诉他此行的目的。高个男人看了看手表。

"现在我们做什么都太晚了。我们不可能及时赶到苏黎世。"

他沉思了一下。

"我们可以让瑞士当局来做这件事。他们可以打电话，我可以保证当你的'朋友们'想实施夜盗时，他们会发现车站已被重兵把守了。不管怎样，你现在最好还是赶紧回日内瓦。"

他跟阿申登握了下手把他送出了门。阿申登非常清楚，接下来会发生什么他将一无所知。作为一个庞大而又复杂的机器上一枚小小的铆钉，他从来没有机会了解整个行动。也许他会参与事件的开始或结束或中间的一些行动，但他所做的事会导致什么后果他从来无从知晓。这真令人沮丧，就像那些现代小说给了你一些相互之间毫不相干的片段，却指望你通过拼凑自己构建出一个连贯的故事。

尽管阿申登穿着毛皮大衣裹着围巾，他还是感到寒气刺骨。餐厅里比较暖和，并且有适合阅读的良好光线，但他觉得最好还是不要坐在里面，万一有些常客认出他来，会好奇为什么他常常来往于瑞士的日内瓦和法国的托农；因此，为了更好地利用他找到的隐蔽处，他决定躲在甲板的黑暗处打发单调沉闷的时光。他往日内瓦的方向看去，但看不到一丝灯光，而此时雨夹雪已变成雪花，更加妨碍他辨认地标了。晴日里整齐又美丽的莱芒湖[①]像法国花园里人工开凿的一汪平静的水面，在这样暴风雪的天气里却像大海一样神秘而暗藏危机。他暗自决定，回到宾馆后要在客厅把炉火点上，洗个热水澡，穿着睡衣和

[①] 莱芒湖（Lake Léman），即日内瓦湖，位于瑞士和法国交界处。

睡袍坐在壁炉旁舒舒服服地享用晚餐。与自己的烟斗和书本共度一个夜晚这样的期盼是如此美好和谐，这让他觉得横渡湖面再怎么悲惨也值了。两个水手拖着沉重的脚步从他身边走过，他们的头低垂着以便躲避直面吹向他们的雨雪，其中一人朝他喊道："我们到了[①]。"他们走到一边拉开一根木栅栏以便空出上下船的舷梯通道。阿申登再一次透过无尽的黑暗看见了码头上迷离的灯光。这是个欢迎的标志。两三分钟内，蒸汽机船快速地靠岸，阿申登用围巾围住口鼻，加入等待上岸的旅客队伍。虽然他旅行如此频繁——他的任务是每周到湖对面的法国递交报告并接受新的指示——但当他跟众人一起站在舷梯边上等待上岸时总有一种隐隐的惶恐不安。他的护照上没有任何地方显示他到过法国；蒸汽机船绕湖行驶时在法国的两处地方停留，但由于起点和终点都是瑞士，故他的行程不是沃韦[②]就是洛桑[③]；但他从来也不敢确定秘密警察是否注意过他，如果他被跟踪并被发现登陆法国，那么他护照上没有盖章的事实就很难解释得清。当然他也准备了一套说辞，但他知道这是经不起推敲的，并且即便瑞士当局无法证明他不是一个纯粹的游客，他也很有可能被关进监狱两三天，受非人待遇，然后会被送到边境遣返，这更令人感到羞辱难以忍受。瑞士当局心知肚明，他们的国家就是一个阴谋筹划地；秘密机构情报员、间谍、反革命、煽动者聚集在主要城市的旅馆里，忌妒他们的中立国身份，于是他们决定避免任何有可能把自己卷入任何好战一方的举动。

　　像往常一样，两个警察站在码头上看着乘客上岸，阿申登尽量装出一种漠不关心的神情从他们身边走过，待平安走过后他长长舒了口气。暗夜吞噬了他，他迈着轻快的步子走向旅馆。狂野的天气轻蔑地

---

① 原文为法文：Nous arrivons。
② 沃韦（Vevey），瑞士西部城镇，在莱芒湖东岸，洛桑和蒙特勒之间。
③ 洛桑（Lausanne），瑞士西部城市，在莱芒湖北岸。

将原本整齐的街道吹得凌乱不已。商店都已关门，他只遇见一个行人，那人蜷缩着侧身向前走，好像在逃避某个未知的无名怒火。在这痛苦的黑夜里你会有种感觉，矫揉造作的文明也会在大自然的狂怒面前退缩。现在下冰雹了，打在阿申登的脸上，人行道上又湿又滑，他得小心翼翼地走。旅馆正对着湖面，当他到达时一个门童为他开了门。他走进大堂，带进的一阵风把门房桌子上的纸都吹到了空中；阿申登被灯光照得有些晕眩；他驻足问门房是否有他的信件，得到否定回答后他准备走进电梯，这时门房告诉他有两位先生在他的房间等着见他。阿申登可没有朋友在日内瓦。

"哦?"他不动声色地回答，"他们是谁?"

他平时非常注意跟门房搞好关系，在一些杂七杂八的事情上他给的小费十分丰厚。门房露出一丝谨慎的笑容。"告诉你也无妨。我想他们应该是侦探。"

"他们想干什么?"阿申登问。

"他们没说。他们问我你去哪儿了，我告诉他们你去散步。他们说他们要等到你回来。"

"他们等了多久?"

"一个小时。"

阿申登的心有些往下沉，但他竭力不让他的表情表现出担忧。

"我上去见见他们。"他说。电梯员站在一边让他进电梯，但阿申登摇摇头说："我很冷，我要走上去。"

他想要给自己多一点时间思考。但当他慢慢走了三级台阶时他的脚就像灌了铅似的沉重。为什么两个警察如此执意要见他，这真是令人疑惑。他突然感觉非常疲劳，觉得自己无法应付大量的问题。如果被当成特工遭到逮捕，他就要在牢房里至少待一个晚上。他多么想洗个热水澡，然后在壁炉旁享受一顿晚饭啊。他几乎要调转身子走出旅馆，把一切抛在脑后；他的护照还在口袋里，他知道开往边境的列车时刻表；在瑞士当局还没决定前他还是安全的。但他还是继续艰难地向上爬着楼梯。他并不想放弃他的工作；他被派到日内瓦，知道从事这行的一切风险，而且在他看来他已经很好地适应了。当然在瑞士监狱待两年并不是什么好事，但这就是做他这行可能会发生的坏的概率之一，就像刺杀国王失败一样。他终于走到三楼并走向自己的房间。阿申登有点玩世不恭（这也是评论家经常攻击他的一点）。他在门外站了一会儿，突然觉得自己的艰难处境有点滑稽可笑。他打起精神，决定硬着头皮挺下去。他嘴上带着一丝真诚的微笑，转动把手，走进屋子面对他的来访者。

"晚上好，先生们。"他说。

屋子里光线充足，所有的灯都亮着，壁炉里的火也在燃烧着。空气中有些灰色的烟雾，因为访客发现等他太久了，就抽了味重而价廉的雪茄。他们穿着大衣、戴着圆顶礼帽坐在那儿，仿佛刚刚进来似的；但单单桌上烟灰缸里的烟灰就足以证明他们俩待在屋子里很久了，对周围情况已了如指掌。他们是两个强壮的男人，黑色的胡须，体态结实健硕，他们让阿申登想起法夫纳和法索特，《莱茵河的黄金》[①]里的巨人兄弟；笨重的皮靴，横七竖八的坐姿，表情上生硬的警觉，无一不显而易见地告诉人家他们是警察局的侦探。阿申登快速而完整地打量了一下他的房间。他是个整洁的家伙，立马就发现他的东西虽然没有杂乱无章，但已经不是他离开时的原状了。他估计为了了解他的底细已经被彻底搜查过了，这并不会对他造成什么困扰，因为他没有留任何文件在房间里让自己陷入危险之中。他的密码

---

① 《莱茵河的黄金》(*The Rhinegold*)，瓦格纳四联歌剧《尼伯龙根的指环》的序剧。《尼伯龙根的指环》是瓦格纳歌剧理论的例证。

早已烂熟于心，在离开英格兰时就销毁了。从德国来的消息经由第三方传递给他，并马不停蹄地被送到妥当的地方。对于搜查他没有什么可担心的，但这倒让他证实了自己的猜疑，有人向当局指控他是特工。

"先生们，我能为你们做什么？"他殷勤地问，"这里很暖和，你们要不要把大衣和帽子脱掉？"

他们戴着帽子坐在那儿让他隐约有些不痛快。

"我们就待一会儿。"其中一个说，"我们路过这儿，门房说你马上就会回来，所以我们想就等一会儿吧。"

他没动他的帽子。阿申登解下围巾，把自己从厚重的大衣里解放出来。

"抽一支雪茄？"他问道，并将雪茄盒轮流递给两位侦探。

"我不介意来一支。"第一位说，即法夫纳，拿了一支，接着第二位，法索特也拿了一支，一句话未说，甚至未道谢。烟盒上的牌子看来对他们有所触动，因为他们现在主动脱掉了帽子。

"这么恶劣的天气，你的散步一定很糟糕吧。"法夫纳边说边把雪茄尾部咬掉半寸吐进壁炉里。

这可是阿申登的原则（无论在日常生活还是在情报部门都是优点），总是尽可能地在有利于自己的情况下说实话，因此他回答：

"你把我当什么了？如果可以我才不会在这种天气出去。我今天必须去沃韦看望一个生病的朋友，我是乘船回来的，湖面上真冷啊。"

"我们是警察局的。"法索特随口说。

阿申登想他们一定认为他是个十足的笨蛋，如果他们认为他没猜出他们的身份的话。但这并不是一条简单的信息，对此应该小心谨慎，客套以对。

"哦，真的吗？"他回答。

"你的护照在身上吗？"

"是的，在战争年代我想一个外国人明智的做法就是随身携带护照。"

"非常明智。"

阿申登递给那人一本崭新的护照，里面除了他三个月前从伦敦过来，没有任何信息显示他曾穿越边境。侦探很仔细地看完并传给他的同事。

"看起来一切正常。"他说。

阿申登站在火炉前取暖，唇上叼着一支烟，没有作任何回答。他警觉地盯着侦探，但表情满不在乎，他自己都为自己的表现暗暗叫好。法索特又把护照递回给法夫纳，后者边沉思着边用一根粗短的食指轻轻敲着护照。

"警察局长让我们来你这儿，"他说，阿申登意识到俩人现在都关注地看着他，"向你询问些问题。"

阿申登明白当你没什么反对的话要说时最好紧紧闭上嘴；当有人发表评论并希望你能回答时，你往往发现沉默会让人有些不安。阿申登等待侦探的下文。他并不是很肯定，但他感觉到侦探的迟疑。

"最近人们对那些晚上很晚才从赌场出来并肆意喧哗的赌徒们多有抱怨。我们想知道就你个人而言是否受到这些噪音的骚扰。显然你的房间面朝湖面，当这些狂欢者经过你的窗前，如果他们喧哗得很大声，你应该会听到。"

一瞬间阿申登有些目瞪口呆。这个侦探对他说的什么胡言乱语啊（咚咚，他仿佛听到当巨人蹒跚出场时的锣鼓声）。警察局长派人前来调查他的美容觉是否受到吵吵嚷嚷的赌徒们的打扰，他的真实意图到底是什么呢？看起来像是个圈套。但没有什么比把表面上的无能看成深奥更愚蠢的了。这是个陷阱，许多单纯的评论家都会一头掉进去。

阿申登自信他对人类这种动物的愚蠢非常了解，这种了解也让他在一生中受益匪浅。在电光火石之间闪过他脑海的是如果侦探问这样的问题，那是因为他们没有任何证据证明他有违法的行为。很显然有人举报了他，但又没有任何证据，对他房间的搜查也可谓一无所获。但是为了上门盘查找这样的借口是多么的可笑啊，可见他们的想象力有多么贫乏！阿申登立马就想到了三种可以让侦探们用来作为寻找见面机会的借口，他真希望他与侦探的关系熟稔到可以给他们这些建议。这真是对智商的侮辱。这些人比他想象的还要愚蠢。但阿申登的内心深处总有一块柔软的角落留给愚蠢（即对愚蠢宽容）。现在他带着一种前所未有的怜悯之情看着他们，他真想温柔地拍拍他们的肩。但他严肃地回答了这个问题：

"说实话，我是很容易入睡的人（无疑这来自纯洁的心地和良知），我从未听到过什么噪音。"

阿申登看着他们，期望他们能露出一丝微笑，他认为这是听了他说过话后应有的反应。但他们还是面无表情。阿申登，这个英国政府的特工，也是个幽默家，他先深深地叹了口气，换上一副凝重的神情和更加严肃的口吻：

"但即使是我曾被嘈杂的人群吵醒我也不想抱怨。在如今这么个充满麻烦、痛苦和不幸的世界，我不得不认为，打扰那些还能有幸自得其乐的人是极其错误的。"

"的确如此①。"侦探说，"但事实是人们确实被骚扰了，警察局长觉得这件事还是要深入调查一下。"

他的同事，到目前为止一直保持沉默就像神秘莫测的斯芬克斯②

---

① 原文为法文：En effet。
② 斯芬克斯（Sphinx），希腊神话中带翼狮身女怪。据说她常令过路行人猜谜，猜不出即杀害之。

一样，突然开口了。

"我看到护照上说你是个作家，先生。"他说。

阿申登闻之从他之前的不安中反应过来，顿时感到极度的愉悦，他开玩笑似的回答道：

"是的，这是个充满苦难的职业，但它时不时会有回报。"

"光荣的 ① 职业。"法夫纳礼貌地回应。

"或者说是恶名昭著的？"阿申登冒险说道。

"你在日内瓦做什么？"

这个问题问得如此亲切，反而让阿申登觉得他必须要有所戒备。一个和蔼可亲的警察对聪明人来说远要比一个咄咄逼人的警察危险得多。

"我在写一部戏剧。"阿申登说。

他伸手指了指他桌上的稿纸。四只眼睛都随着他的手势看过去。随意的一瞥告诉他侦探们已注意并仔细看过他的剧本。

"那么为什么你要在这里而不是在你自己的国家写？"

阿申登笑得更加亲切友善了，因为对这个问题他很早以前就作好了准备，现在他轻松地说出答案，并很好奇接下来会发生什么。

"话是没错，但是，先生们，现在是战争时期，我的国家正处于动荡时期，我不可能安静地坐在那儿写一部戏剧。"

"是喜剧还是悲剧？"

"哦，是喜剧，轻喜剧。"阿申登回答道，"艺术家需要和平和安静。你怎么能指望艺术家在心神不宁的情况下还能具有艺术创作需要的超然精神呢？瑞士有幸成为中立国，而且在我看来在日内瓦我能找到我正好需要的写作环境。"

---

① 原文为法文：La Gloire。

法夫纳微微地向法索特点点头，但这是否意味着他就是个蠢货，还是同情他只想要一个安全的地方来逃离战乱的世界的愿望，阿申登不得而知。无论如何侦探显然得出了结论，他无法从与阿申登的交谈中得到更多的信息了。因为谈话开始变得有些东拉西扯，几分钟后他们起身告辞。

阿申登热情地与他们握手告别，并把门在他的身后关上。这时，他才长长地吁了一口气放松下来。他开始放水洗澡，当水的热度达到可以忍受的温度时，他边脱衣服边安然思考这次的脱险。

在此前一天，有件意外之事发生引起了他的警觉。在他的情报站有个瑞士人，情报部门都认识他叫伯纳德。他最近刚从德国过来，阿申登希望能见他，就给他下指令让他在某个时间到某个咖啡馆。因为他此前从未见过他，为了不出差错，阿申登通过中间人告诉他到时他会问什么问题，他应该怎么回答。他选择吃午饭的时间见面，因为咖啡馆不太可能拥挤。他一进门就看到一个跟他所了解的伯纳德年龄相仿的人。他一个人独自坐着，于是阿申登走向他。阿申登随意问了他事先安排好的问题，伯纳德也给出了事先定好的答案，于是阿申登在他旁边坐下，给自己要了一杯杜博尼酒。这个间谍是个矮壮结实的家伙，穿着粗俗，子弹型的脑袋，寸长的淡色短发，蓝色的贼眉鼠眼，蜡黄色的皮肤。他让人有种不信任的感觉。若非阿申登凭经验知道要找到一个人愿意去德国做情报工作有多难，他可能会惊讶为什么他的前任会雇他。他是个法国和瑞士的混血儿，说一口带浓重口音的法语。他立即询问他的工资。阿申登递给他一个信封，里面是瑞士法郎。他概述了他在德国的经历，并回答了阿申登几个细致的问题。他以服务生工作为掩护，并且在靠近莱茵桥的一家饭店找到一份工作，这给了他很好的机会收集他负责打听的消息。他来到瑞士的理由貌似合理，而且显然他通过边境回去也没有任何难度。阿申登表达了自己对他工作的满意，给了他指令并准备结束这次谈话。

"很好。"伯纳德说，"但在我回德国前我还要两千法郎。"

"是吗？"

"是的，我现在就要，在你离开咖啡馆前。这是笔欠款，我需要这笔钱。"

"恐怕我不能给你。"

怒气冲冲让这个男人的脸比之前看上去的更加让人不舒服。

"你必须给。"

"你为什么觉得我必须给？"

这个间谍向前倾，没有提高声音，但音量正好阿申登能听得清，愤怒地发泄："你觉得我用生命冒险只为这么点你给我的少得可怜的钱？不到十天前有个人在美因兹^①被捕并被枪决。是你们的人吧？"

"我们没有人在美因兹。"阿申登漫不经心地说，但他知道这是真的。他还曾奇怪为什么最近都没收到从美因兹来的消息，伯纳德的话证实了原因。"你在接受这份工作时就清楚地知道你会得到什么，如果你不满意可以不干，我没有权利给你更多的钱，一个子也不行。"

"你知道我有什么吗？"伯纳德说。

他从口袋里拿出一个小左轮手枪并用手指意味深长地做了个手势。

"你想用它干什么？抵押吗？"

伯纳德愤怒地耸了耸肩，把手枪放回他的口袋。阿申登不禁思考，要是伯纳德了解任何演戏的技巧，他就会意识到做那种没有任何隐秘的手势是毫无用处的。

"你拒绝给我钱？"

---

① 美因兹（Mainz），德国西部城市。

"当然。"

间谍的态度，从一开始的谄媚，到现在有些凶狠，但他始终昂着头，声音也从未提高过。阿申登可以看得出，伯纳德虽然是个大个子歹徒，但还是个可靠的特工，他下决心要向R.上校建议给他加工资。周围的环境让他有些分心。不远处两个胖胖的日内瓦市民，留着黑胡须，在玩多米诺；另一边有个年轻人戴着眼镜正在飞快地写着一页又一页冗长的信。一个瑞士家庭（不认识，也许叫鲁滨逊吧），一对父母加四个孩子围坐在一张桌子旁分享两杯咖啡。柜台后的收银员，令人印象深刻的棕褐色头发，胸部丰满，包裹在黑色的丝绸里，正在读当地的报纸。周围的这一切有如戏剧般夸张，让阿申登觉得无比荒诞，在他看来他写的剧本都要比这个真实得多。

伯纳德笑了起来，但他的笑并不迷人。

"你知道我只要到警察局告发你，他们就能把你抓进去？你知道瑞士监狱长什么样吗？"

"不知道，我近来也常常对此感到好奇。你知道？"

"是的，你不会喜欢的。"

让阿申登感到苦恼的一件事就是他有可能还没完成剧本就会被捕。他非常不喜欢这种想法，剧本的完成遥遥无期。他不知道他会被当成政治犯还是普通罪犯，他很想问问伯纳德在后一种情况下（这也是伯纳德唯一有可能知道的），他是否被允许写些东西。他又担心伯纳德会认为这种询问是对他的嘲笑。但他感觉相当放松，能心平气和地回应伯纳德的威胁。

"当然你可以让我被判两年监禁。"

"至少。"

"不，最多两年，我知道的，而且我认为也足够了。我不想瞒你，我当然知道监狱里是非常不舒服的，但并不如你将要经历的那般不舒服。"

"你要做什么？"

"哦，我们会让你知道的。毕竟，战争不会永远持续下去。你是个服务生，你也想要活动自由。我可以保证如果我有任何麻烦，你这辈子将永远不会被允许进入任何协约国国家。我已经能想象得到你那难受的样子了。"

伯纳德没有说话，但生气地低头看着大理石桌子。阿申登想他该买单走人了。

"仔细想想，伯纳德。"他说，"如果你还想要这份工作，你已经有新的指示了。你的工资也会按原来的方式支付。"

那间谍耸了耸肩，阿申登虽然不知道他们谈话的最终结果会是什么，他还是觉得此时他应该不卑不亢地离开这里，他也这么做了。

现在当他小心地把脚放进浴缸，试试看能否受得了水温时，他问自己伯纳德最后的决定会是什么。水不是很烫，他慢慢地让自己整个人都进入浴缸。总而言之，在他看来那间谍已想清楚会发生什么，因此他直接走了。指控他的线索必须另外寻找。也许就在这旅馆里。阿申登躺下来，当他的身体逐渐适应水温后，他发出了一声满意的叹息。

"真的。"他想，"生命中总有这样的时刻，会感到所有做过的都是值得的。"

阿申登不得不认为他是幸运的，当他在那个下午发现自己身处困境时，用计摆脱了困境。要是他被逮捕并被判刑的话，R.上校只会耸耸肩，骂他一声蠢货，然后开始物色新的人选来代替他。当然阿申登早就了解他的上司，当他告诉他，如果他有麻烦没有人会帮他时，他是认真的。

阿申登舒服地躺在浴缸里，开心地想着他十有八九可以在不受打扰的状态下完成他的剧本。警察们一无所获，即便他们从现在起监视他，至少在他草拟出他的第三幕前，他们也不可能有进一步的行动，他应该更加小心谨慎（两周前他在洛桑的同事被判了一段时间的监禁），但战战兢兢是无济于事的。他的日内瓦前任就是把自己看得过分重要了，从早到晚都躲在暗处，由于他的神经过于紧张，上司觉得很有必要把他换掉。每周两次阿申登都要到集市去，从一个来自法国萨伏伊地区贩卖黄油和鸡蛋的老农妇手里拿回给他的指令。她和其他农妇一起来，边境上的搜查都是敷衍了事的。当她们穿过边境时还几乎是凌晨，官兵们只想草草地应付这些聒噪的妇女然后回到他们温暖的火炉旁享受他们的雪茄。的确这位老妇人看上去和蔼可亲又头脑简单，肥胖笨拙的身躯，丰满红润的圆脸，总是带着敦厚微笑的嘴唇，只有非常精明的侦探才有可能想到如果他不嫌麻烦地将手伸入她的丰满的胸部中间，他就会发现一张小纸条，它足以将一个诚实的老妇人（为了能让她的儿子远离战争而甘愿冒此风险）和一个接近中年的英国作家送上被告席。阿申登大约在九点到集市，这时候大多数的日内瓦家庭主妇都会到集市上去采购物资。他走到集市的一角，在一位总是风雨无阻前来摆摊的倔强老太面前驻足，买半磅黄油。他给了十法郎，她把纸条混在零钱里塞在他手里，他则闲散地漫步离开。他唯一的危险在他口袋里装着纸条到他住的旅馆之间的这段路上。经过这次惊吓后，他决定尽最大可能缩短这段时间，以免被人发现他身上的纸条。

　　阿申登叹了口气，水已经不似原先那般烫了。他的手够不着水龙头，脚趾头也够不着（一般每个正常安装的水龙头应该能够得着），如果他站起来加热水的话，他也应该要出浴了。另一方面他也无法用脚把塞子打开把水放掉，这样就能迫使自己站起来，他还无法找到很

强的意志力让自己像个男人一样跨出浴缸。他经常听到人们说他很有
个性，他想人们下结论都太武断了，因为他们看问题不全面：他们从
未见过他待在一池逐渐要冷却的热水中的状态。但是他的思路已转到
了他的剧本，告诉自己那些从痛苦经历中得来的笑话和妙语连珠的巧
辩从来都不会像纸上写的那么简单或舞台上表演的那么平和。他把
注意力从浴缸里的水逐渐变凉这个事实上转移开，这时他听到有人
敲门。因为他不想让任何人进来，他就没说请进，但敲门声又持续
响起。

"谁？"他恼怒地喊道。

"一封信。"

"进来吧，等一会儿。"

阿申登听到他卧室的门开了，就走出浴缸，披了条浴巾在身上走
出来。一个门童拿着一张字条等在那儿，只需要口头回复。是住在旅
馆里的一位女士问他是否愿意在晚餐后一起打桥牌，签名是大陆式的
希金斯男爵夫人①。阿申登非常想在他的房间里享用一顿舒适的晚餐，
穿着拖鞋斜靠着读书灯看点闲书，因此他想要拒绝，这时一道灵光从
脑海闪过，他突然觉得在这样的情形下这也许是个好机会让他自己在
当晚出现在晚餐室。在这个旅馆里他被警察拜访的消息大家不知道才
怪，这样就可以向其他客人证明他没有被为难。他的大脑飞速运转：
也许是旅馆的某个人向警察告发他，男爵夫人想要告诉他。如果是她
向警方告密的话，再跟他玩桥牌就有点意思了。他告诉门童他很乐意
奉陪，然后他慢慢地穿上晚宴服。

冯·希金斯男爵夫人是奥地利人，在战争开始的第一个冬天就来
日内瓦定居了。在这里她发现很容易就让她的名字看起来像法国人的

---

① 原文为法文：Baronne de Higgins。

名字。她说着一口流利的英语和法语。就她所知，她的姓属于日耳曼语，来自她的祖父，一个约克郡的马夫，十九世纪初被一个布兰肯斯泰因①王子带到奥地利。他的经历辉煌而浪漫，作为一个长相十分英俊的男人，他博得了一位奥匈帝国皇室公主的青睐，并充分利用这个机会让自己成为一名男爵和驻意大利宫廷的全权公使。他唯一的后代男爵夫人，在经历了一次不愉快的婚姻后又重新用回了她娘家的姓。她总是对她的朋友津津乐道这场失败婚姻的具体细节，也无数次提起她的祖父曾是一名大使，但从未透露他以前也曾是一位马夫，阿申登是从维也纳得知这一有趣的信息的；随着他与她友情的加深，他认为有必要多了解一些她不为人所知的过去，其中他也掌握到她个人的收入是无法满足她在日内瓦挥霍无度的消费水平的。既然她拥有许多从事间谍活动的优势条件，很有可能某个秘密情报机构招募她做情报工作，那么她一定也在从事某种和他一样的工作，对此阿申登深以为然。如果是这样的话，他们之间的关系就会更亲近些。

当他走进餐厅时发现已坐满了人。他在她的桌子旁坐下，出于对自己此次巧计脱险的得意，他叫了一瓶香槟来慰劳自己（当然是英国政府出钱）。男爵夫人对着他粲然一笑。她看上去四十出头，依然身材姣好，风采翩然，十分美丽。她拥有一头色彩鲜艳、闪着金属光泽的金色头发，但可爱有余而迷人不足。阿申登看第一眼就认为这女人绝不会是他喜欢的那种类型。她整体特征妩媚动人，湛蓝的双眸，笔直的鼻子，粉白的皮肤，美中不足的是她颧骨上的皮肤绷得太紧，显得有些突兀。她衣着大胆，袒胸露肩，白皙丰满的胸部有着大理石般的细腻皮肤。但从她的表情看不出一丝能令登徒子神魂颠倒的温柔。

---

① 布兰肯斯泰因（Blankenstein），德国图林根州的一个市镇。

她的礼服高贵华丽，但珠宝饰品寥寥无几，这让深谙此道的阿申登认为最高当局给了她自由购买衣物的财力，却出于谨慎或认为不必要而不提供戒指或珍珠等首饰。尽管如此她还是那么喜欢炫耀，要不是事先听过 R. 上校关于部长的故事，阿申登会认为她此举将会引起某个她想引诱的人的警惕性。

在等待上菜的过程中，阿申登把视线投向他周围的人。目光所及大部分的食客都是老朋友。这一时期的日内瓦就是一个阴谋的温床，而它的总部就是阿申登下榻的旅馆。这里有法国人、意大利人、俄罗斯人、土耳其人、罗马尼亚人、希腊人和埃及人。有些人是逃离他们的国家，有些人则是代表他们的国家前来。有一个保加利亚人，是阿申登的情报员，为了安全起见，他在日内瓦从未与之说过话；这天晚上他与两个同胞一起吃饭，如果他没有被杀，大约一天后他们很可能会有一次有趣的交流。那儿有个瘦小的德国妓女，青蓝色的眼睛，娃娃般的脸庞，经常来往于湖的两岸并到伯尔尼去，在她的皮肉生意中得知一鳞半爪他们在柏林阴谋策划的消息。她显然和男爵夫人属于完全不同的两个阶层，喜欢容易到手的猎物。但是阿申登很惊奇地看到冯·霍尔茨明登伯爵 [1]，他很好奇他来这里干什么。他是个在沃韦的德国特工，偶尔会来日内瓦。有一次阿申登发现他出现在这城市的老城区，是个仅剩一片无人居住的房子和废弃的街道，在一个角落里跟一个外表一看就是个间谍的人说话，他真想花大价钱得知他们的对话内容。在这里遇到伯爵让他感到有点好笑，因为战前在伦敦他们俩非常熟知彼此。他有个显赫的家庭，也的确与霍尔茨明登有点关系。他喜欢英格兰；舞技出色，骑射双绝，人们都说他比英国人还要像英国人。他又高又瘦，衣着剪裁上乘，留着普鲁士式的小平头，身体总是

---

[1] 霍尔茨明登（Holzminden），德国下萨克森州南部的一个地区。

微微有些弯曲——好像他刚想要对某个权贵弯腰屈膝——让你不用看就能想象到在宫廷中生活的人们。他的行为举止高贵迷人，对艺术有着狂热的兴趣。但现在阿申登和他装作彼此从未相识。他们俩都知道彼此所从事的工作，阿申登很想跟他开个玩笑——当你碰见一个多年来断断续续地跟他吃过饭、一起玩过牌的人，现在又装着彼此素不相识，这看来十分荒谬——但又忍住了，以防德国人把他的行为举止认为是英国人在战争中玩的花招的进一步证据。阿申登很困惑：霍尔茨明登伯爵以前从未涉足这家旅馆，但要说他毫无理由地出现是不可能的。

阿申登自问这是否跟阿里王子在这间餐厅不同寻常的露面有关。在这个节骨眼上，任何草率地把事情的发生简单地归因于巧合的想法都是不谨慎的，无论论看上去有多么凑巧。阿里王子是埃及人，赫迪夫①的近亲，当赫迪夫被废黜时他逃离了祖国。他是英国的敌人，积极参与挑起埃及国内的矛盾。一周前，赫迪夫极其秘密地在旅馆过了三天，他和王子在王子的房间里进行了好几次会谈。王子又矮又胖，留着浓厚的黑胡子。他与两个女儿同住，还有一个管家叫穆斯塔法，兼任他的秘书，管理日常事务。他们四个正在吃饭；他们喝了很多香槟，却非常沉默。两个公主都是十分开放的年轻女性，与日内瓦人在酒店里夜夜跳舞。她们又矮又壮，黑色的眼睛，深蜡黄色的面庞，衣着繁琐花哨，令人感觉身处开罗的鱼贩市场而不是和平大街②。王妃通常在楼上用餐，但两位公主每晚都在餐厅与大家一起用餐，似乎是由一位瘦小的英国老妇人陪伴，人们叫她金小姐，她曾经是她们的家庭教师；但她独自坐在一张桌子旁，她们俩看都不看她一眼。有一次

---

① 赫迪夫（Khedive），意即"国君"或"统治者"，1867—1914 年埃及执政者的称号。1914 年英宣布埃及为其"保护国"，废阿巴斯二世，立侯赛因·卡米尔，改称"苏丹"。

② 原文为法文：the Rue de la Paix。

阿申登从楼梯上下来，正好看到两位胖公主中年长的那个正在用法语严厉斥责家庭教师，态度之恶劣吓得他都有点喘不过气。她正在用她的高嗓门大声叫嚷，突然间狠狠地扇了老妇人的脸一巴掌。当她看到阿申登，狂怒地瞪了他一眼，然后就跑进她的房间，重重地关上门。他继续往前走，假装什么都没看见。

阿申登刚到时曾试图认识金小姐，但她对他的示好不仅很冷淡还很粗暴。当他第一次见到她时他先脱帽示意，而她则给了他一个生硬的弯腰，然后他开始跟她闲聊，而她的回应十分简单，意思很明显，她不想跟他多说话。但他并没有被吓住，还是自顾自地试图跟她聊天。她振作起来用带着英国口音的法语对他说：

"我不想跟陌生人交朋友。"

她转身离去，下次他再见到她时，她都假装不认识。

她是个瘦小的妇人，就像是满是皱纹的皮肤里夹着几根小骨头，她的脸更是刻着深深的皱纹。显然她戴着一顶墨褐色的假发，造型精致，略微弯曲，她化着浓妆，干枯的脸颊上打着厚厚的腮红，像两块大补丁。嘴唇涂着鲜艳的口红。她穿着花里胡哨的衣服，看上去像是从旧货店里淘来后乱搭一气。大白天她戴着一顶巨大的看上去无比幼稚的帽子，穿着一双非常小的高跟鞋。她的形象是如此怪诞不经，给人的感觉已不是好笑，而是惊愕。拐入这条街的人们看到她都会惊讶地张大嘴巴。

阿申登知道自从金小姐成为王子女儿的家庭教师后就再也没有回过英格兰。但他一想到这么多年来她在开罗后宫的所见所闻就感到非常吃惊。想要知道她的确切年龄几乎是不可能的事。这么多年来到底有多少东方人的生离死别发生在她的眼皮底下？她又知道了多少不为人知的隐秘？！阿申登很好奇她到底来自哪里，并且她背井离乡离开她的祖国这么久，肯定既没有亲人也没有朋友：他理解她情感上是反英国的，她之前这么粗鲁地回应他，他推测她一定是受了某些人的告诫要小心提防他。她只说法语。阿申登很想知道她每天独自一人坐在那里用午餐和晚餐时，都在想些什么。他很好奇她是否阅读。用餐后她就直接上楼了，再也不出现在众人聚集的公共休息室里。他也很想知道她如何看待那两个行为开放的公主，她们衣着暴露刺眼，跟陌生男人在二流酒吧里跳舞。但当金小姐从餐厅里出来经过他身边时，阿申登仿佛看到她那张面具脸上皱着眉头。她明显地想要表现出讨厌他的意思。当他们四目相对时，他们相互瞪视了一会儿：他觉得她想摆出一副无言的鄙视神情。如果不是出于除了奇怪的同情心之外的其他什么原因的话，这在那张浓妆艳抹、皱纹遍生的脸上看上去显得有点令人啼笑皆非的荒谬。

现在德希金斯男爵夫人已用完餐，拿起她的手帕和拎包，在侍者的弯腰注目下款款走出餐厅。她经过阿申登的桌子，看起来光彩照人。

"我很高兴今晚您能来打桥牌。"她讲得一口标准的英语，不带一点德国口音，"你准备好后能来我的客厅用咖啡吗？"

"好漂亮的衣服。"阿申登恭维道。

"哦，不成样子。我都没衣服穿了。我无法去巴黎，我都不知道该怎么办了。这些该死的普鲁士人。"当她发 r 音时刻意提高了嗓门，听上去带着点喉音，"为什么他们要把我可怜的祖国拖入这场可怕的战争？"

她长叹一口气，又倏忽一笑，继续往外走。阿申登是最后几个吃完的，等他离开餐厅时，几乎空无一人了。当他经过霍尔茨明登伯爵身边时，由于感觉很轻快，他冒险隐晦地眨了一下眼。德国间谍不明就里，如果他有所怀疑，很可能绞尽脑汁也要找出它隐藏的含义。阿申登走上二楼去敲男爵夫人的门。

"请进，请进。"她边说边迅速把门打开。

她热忱地紧握他的双手并把他拉进房间。他看到四人成席的另外两位牌友已经就座。他们是阿里王子和他的秘书。阿申登很是惊讶。

"请允许我向王子阁下介绍阿申登先生。"男爵夫人用流利的法语说道。

阿申登鞠了个躬并握了下对方的手。王子飞快地看了他一眼，但没有说话。德希金斯女士又接着说：

"我不知道你是否见过帕夏①。"

"很高兴认识你，阿申登先生。"王子的秘书说道，热情地跟阿申登握手，"我们美丽的男爵夫人早已介绍过您的牌技，王子殿下已经迫不及待要跟您切磋了。我没说错吧，殿下②？"

"是的，是的。"王子说。

穆斯塔法帕夏是个又高又胖的家伙，大约四十五岁左右，一双大眼睛十分灵活，还有一大把黑色的胡子。他穿着晚宴服，衬衫上别着一枚硕大的钻石，戴着一顶土耳其帽。他十分健谈，从他嘴里说出来的话十分悦耳动听，就像从袋子里滚落出来的玻璃弹珠一样。在阿申登面前他竭尽全力像个绅士。王子则安静地坐着，从他厚厚的眼睑下悄悄地注视着阿申登，看上去十分害羞。

"我在俱乐部没见过您，先生。"帕夏说，"您不喜欢玩百家乐③？"

"很少玩。"

"男爵夫人博览群书，她告诉我您是个杰出的作家。可惜我不看英语。"

男爵夫人又过分谄媚地恭维了阿申登几句，对此他只是礼貌地听

---

① "帕夏"是奥斯曼帝国行省总督、军队统帅及其他高级军政官员的称号。

② 原文为法文：N'est-ce pas, Altesse。

③ 百家乐（baccarat），一种扑克游戏，也是赌场中常见的赌博游戏之一。

着。给客人摆好咖啡和利口酒后，她就开始发牌。阿申登禁不住好奇为什么他会被邀请来打牌。他很有自知之明（这是他沾沾自喜的地方），并且就桥牌而言他看不出与自己有什么相关。他知道自己在二流牌手中算好的，但在跟世界顶级牌手的反复较量中还是不能与他们相提并论的。现在他们玩的是他并不擅长的合约桥牌 [①]，而且赌注很高，但这个游戏显然只是个借口，阿申登并不清楚还有其他什么游戏在暗中进行。也许是因为知道他是个英国间谍，王子和他的秘书想要见见他以期发现他是个什么样的人。这一两天阿申登总感觉有些事情不对劲，这次会面验证了他的怀疑，但究竟是什么不对劲，他还是没有丝毫的头绪。而他的情报员最近也并没有汇报任何异常情况。他试图说服自己，瑞士侦探的上门盘查是拜男爵夫人所赐，而当她发现侦探们一无所获后，就安排了这场桥牌聚会。这个想法既神秘又有趣，阿申登一边一局又一局地鏖战，一边也加入持续不断的闲聊；他留意尽量让自己的言论与其他人的一致。战争是被提及最多的话题，男爵夫人和帕夏都表达了十分激进的反德情绪。男爵夫人的心还和英格兰在一起，这里是她的家族兴起的地方（她的马夫祖父就是来自约克郡），帕夏则把巴黎视为他的精神家园。当帕夏谈及蒙马特 [②] 及它的夜生活时，王子突然打破了沉默。

"巴黎，这是座非常迷人的城市 [③]。"他叫道。

"王子在那里有个漂亮的公寓。"他的秘书解释说，"房间里装饰着美丽的画作和真人大小的雕像。"

阿申登表达了他对埃及民族主义思想的无比同情之心，并认为维也纳是欧洲让人感觉最舒服的首都。他表现得非常友好，就像他们对

① 合约桥牌（contract），也称定约桥牌，是一种以技巧赢取牌墩的纸牌游戏，属吃墩游戏。
② 蒙马特（Montmartre），在巴黎北区，被誉为巴黎最富有情调和文艺气息的地方。
③ 原文为法文：C'est une bien belle ville, Paris。

他一样。但是如果他们以为这样就能从他这里获得任何他们在瑞士当局那儿得不到的情报，那他们大错特错了。他曾一度怀疑自己听上去是不是有出卖自己的可能。这件事情进行得不留痕迹，他也无法百分之百肯定自己不露任何破绽，但他自我安慰地认为一个聪明的作家能够做有利于国家的事，并且如果他能小心接受安排，就能给这个乱世带来和平，像每个人渴望的那样，还能因此大赚一笔。第一个晚上大家都说得不多是很正常的，但阿申登尽可能闪烁其词，更多地使用他和蔼的表情而不是语言试图暗示大家，他想要听到更多跟今晚主题有关的东西。当他在跟帕夏和美丽的奥地利人交谈时，他意识到阿里王子那警觉的目光正落在他的身上，并不安地猜疑他的想法是否被读透了许多。他直觉地认为王子是个能干且精明的人，很有可能在他离开后，王子就会告诉其他两人他们在浪费时间，因为从阿申登身上得不到任何有用的东西。

很快在午夜刚过没多久，他们又结束了一局牌局后，王子站起了身。

"很晚了。"他说，"阿申登先生明天肯定有许多事要处理，我们不能让他太晚睡。"

阿申登把这视为一个脱身的信号。他留下那三人去讨论局势的发展，自己则从容地告辞离去。他唯一能确定的就是他们和他一样困惑。他回到房间才突然觉得疲惫不堪，在脱衣服时就已困得眼皮都睁不开了，一扑到床上就立即睡着了。

当一阵敲门声把他从沉睡中惊醒时，他发誓他只睡了五分钟。他竖起耳朵听了一会儿。

"谁？"

"女佣，快开门，我有急事找您。"

阿申登骂骂咧咧地把灯打开，用一只手快速梳理着稀疏而又凌乱的头发（像尤利乌斯·恺撒 [1] 一样，他不喜欢把不雅观的秃顶暴露在他人面前），解开保险锁，打开门。门外站着头发乱蓬蓬的瑞士女佣，没穿围裙，看起来是在匆忙间套上衣服的。

"那位年纪大的英国女士、埃及公主的家庭教师，现在快死了，她想见你。"

"我？"阿申登惊呼，"这不可能。我又不认识她。她今晚上还好好的。"

他非常迷惑，脑中未经思考就脱口而出。

"她要求见你，医生说的，你能去一下吗？她大概撑不了多久了。"

"这一定是个误会。她不可能想见我。"

"她说了你的名字和你的房间号。她说要快，快。"

阿申登耸了耸肩。他回到卧室穿上拖鞋，披上睡袍，考虑再三又放了把小型的左轮手枪在口袋里。平时阿申登相信自己的敏锐更甚于相信一把枪，因为枪很容易不慎走火弄出些动静从而无法收拾，但有时当你的手指触碰到枪柄时你还是会觉得更有底气，就比如此刻这个突然的召唤让他觉得无比蹊跷。如果说这是那两个热忱粗壮的埃及绅士给他设的圈套，看起来有点荒唐，但对于阿申登现在所从事的工作来说，单调的生活更容易时不时就毫无征兆地演变成一场闹剧。正如人们总是厚颜无耻地用些陈词滥调表达自己的激情，因此当碰上有如文学作品里的陈腐对话时，人们就习以为常了。

金小姐的房间比阿申登的要高两层，当他跟着客房女佣沿着走廊拾级而上时，他问她老家庭教师到底出了什么事。女佣有些惊慌失措，反应迟钝。

"我想她大概是中风吧。我也不太清楚。夜间门童把我叫醒说布

---

[1] 尤利乌斯·恺撒（Julius Caesar，前100—前44），罗马共和国末期的军事统帅、政治家、作家，及罗马共和国的独裁者，欧洲史称恺撒大帝。

里代先生要我马上起来。"

布里代先生是酒店的副经理。

"现在几点了？"阿申登问。

"应该是三点了吧。"

他们到了金小姐的门口，女佣敲敲门。布里代先生开的门。他显然也是从睡梦中被叫醒的：赤着脚穿着拖鞋，睡衣外面套着灰色长裤和男士长大衣。他看上去很搞笑，以往平整服帖的头发现在根根直立。他显得非常内疚。

"万分抱歉打扰您了，阿申登先生。金小姐不断请求见你，医生说必须把您请来。"

"没关系。"

阿申登走了进去。这是个窄小的里屋，所有的灯都亮着，窗户紧闭，窗帘拉上，屋子里非常热。医生，一个满面胡须、头发灰白的瑞士人，正站在床边。布里代先生，尽管他有些衣衫不整，内心也有些忧虑，但还是迅速稳住自己的情绪，保持自己的周到细致，礼节性地为他俩做了简短的介绍。

"这位是阿申登先生，金小姐想见的人。这位是日内瓦医学院的阿波斯医生。"

医生一声未吭，只用手指了指床。床上躺着金小姐。看到她，阿申登着实大吃一惊。她戴着一顶大大的白色棉睡帽（刚进门阿申登就留意到那顶棕色的假发被平放在梳妆台上），在下巴上打了个结，穿着白色的高领宽松睡袍，睡帽和睡袍都属于过去的年代，让人想起了克鲁克香克①为狄更斯的小说所做的插画。她的脸上由于涂抹了在上

---

① 乔治·克鲁克香克（Cruikashank，1792—1878年），英国插画家和漫画家。他为许多图书创作了蚀刻或雕刻插画，包括狄更斯的《博兹特写集》和《雾都孤儿》。他的许多漫画和卡通都是讽刺当时政治发展、道德和社会风俗的。

床睡觉前用来卸妆的乳霜而有些油腻，但她已草草地擦除过，只残留眉毛上的黑色条纹及脸颊上的红色粉块。她看起来非常小，躺在床上还不及一个孩子大，而且非常苍老。

"她一定超过八十岁了。"阿申登暗想。

她看上去不像个人，倒像个玩偶，那种幽默玩具商为了自娱自乐而制作的漫画里的老巫婆造型。她十分安静地躺着，在平坦的毛毯下几乎看不出她小小的身体，由于假牙被拿掉的缘故，她的脸甚至比平时小了一圈；要不是那双黑色的眼睛在干瘪的脸上显得出奇大，并且一眨不眨地瞪着，你几乎都要以为她已经死了。阿申登认为当她看到他时她的眼神有变化。

"那个，金小姐，非常抱歉看到你这个样子。"他带着强作轻快的口吻说道。

"她现在无法说话。"医生说，"当女佣去找你来时她又发作了一次小中风。我刚给她注射了一针。过一会儿她可能会恢复部分说话的能力。她有些东西要告诉你。"

"我很愿意等。"阿申登说。

他感觉在那黑色的眼睛里似乎看到了一丝宽慰。有那么一阵子他们四个人就围着床站着，注视着垂死的老妇人。

"我说，如果这儿没什么我能做的，我想再回床上去睡一会儿。"布里代先生开口道。

"去吧，我的朋友^①。"医生说，"你也帮不上什么忙。"

布里代先生转向阿申登。

"我能跟你说句话吗?"他问道。

"当然可以。"

---

① 原文为法文：Allez, mon ami。

医生注意到金小姐的眼睛里闪过一丝恐惧。

"别害怕。"他和蔼地说，"阿申登先生不是要走。他会如你所愿一直待在这儿。"

副经理把阿申登带到门外并把门部分合上，这样里面的人就不会听到他的低语。

"阿申登先生，我能信赖你的谨慎，是吗？有人死在旅馆里是很讨厌的事。其他客人肯定不喜欢发生这样的事，因此我们要尽可能不让他们知道。我会在第一时间把她的尸体转移出去，此事如果你不说出去，我将感激不尽。"

"你完全可以相信我。"阿申登保证。

"真是不巧，经理今晚正好不在。恐怕他会非常不高兴的。当然如果可能我也很想叫一辆救护车把她送进医院，但医生不让，他说她很可能还没被抬下楼就会死去。如果她死在旅馆也不能怪我。"

"谁也无法预料死亡。"阿申登低声咕哝。

"好在她岁数也这么大了，早该寿终正寝了。这个埃及王子要这么大年纪的家庭教师干什么？他早该把她送回她的祖国。这些东方人，他们总是添乱。"

"王子现在在哪？"阿申登问道，"她为他工作那么多年，难道你不该去叫醒他？"

"他跟秘书出去了，不在旅馆里。也许在玩百家乐纸牌游戏吧，谁知道呢。总之我不可能派人跑遍整个日内瓦找他。"

"那公主呢？"

"她们还没回来。她们不到天快亮是不会回来的。她们喜欢整夜疯狂地跳舞。我不知道她们在哪，无论如何她们也不会由于她们的家庭教师中风而被从娱乐消遣中叫回来就感激我。我知道她们是什么样的人。当她们回来时夜间门童会告诉她们具体情况的，她们也许会很高兴，她并不想见她们。当夜间门童把我找来，我走进她的房间问她王子殿下去哪儿了，她用尽全身力气哭叫道：'不，不。'"

"她当时能说话？"

"是的，勉勉强强吧，但我觉得奇怪的是她说的是英语。以往她总是坚持讲法语的。你知道，她恨英国。"

"她需要我做什么？"

"这我可不知道。她说有些东西一定要马上跟你说。真有趣，她竟然知道你的房间号。刚开始她要找你时我并没让他们去。我不想让我的客人半夜因为一个疯女人的要求而被打扰。我想你应该有睡觉的权利。但医生坚持要找你。她让我们不得安宁，当我说她必须等到早上时，她竟哭了。"

阿申登看着副经理。他似乎找不到任何跟这件事有关的蛛丝马迹。

"医生问你是谁，当我告诉他时他说也许她想见你是因为你是她的同胞。"

"也许吧。"阿申登干巴巴地附和。

"那么，我想再去睡一小会儿了。我会让夜间门童在一切都结束之时把我叫醒。幸好现在夜晚比较长，如果一切顺利的话我们应该能在天亮前把尸体弄出去。"

阿申登重新回到房间里，垂死妇人的那双黑眼珠立即盯着他。他觉得自己有义务要说点什么。但说的时候他才醒悟到自己对一个病人说话的方式有多愚蠢。

"我想你一定觉得自己病得很重吧，金小姐。"

他似乎看到她的眼里闪过一丝愤怒，阿申登不禁认为她是被他的蠢话激怒了。

"你不介意在这里等？"医生问。

"当然不介意。"

看来是夜间门童被金小姐房间的电话铃声吵醒的，但接电话时对方没有说话。铃声持续响着，因此他决定上楼去敲门。他用万能钥匙开门进去发现金小姐躺在地板上，电话也掉在了地板上。看上去像是由于感觉不舒服，金小姐拿起听筒想打电话求助，却最终摔倒在地。夜间门童赶紧去把副经理找来，俩人一起把她抬回床上。然后女佣被叫醒，医生也被请来。医生当着金小姐的面告诉他事情的经过让阿申登有种奇怪的感觉。他在讲的时候仿佛金小姐听不懂法语。他在讲的时候仿佛金小姐已经死去。

然后医生说：

"那么，现在已经确实没有什么我可以做的了。我待在这儿也没用。如果事情有任何变化，请打电话给我。"

由于已知金小姐这个状态要持续好几个小时，阿申登便耸耸肩说："那好吧。"

医生拍拍她那憔悴的脸颊，好像她是个小孩似的。

"你要努力睡一觉。我明天早上再来看你。"

他收拾好放医疗器械的公文包，洗好手，慢慢地套上一件厚大衣。阿申登陪他走到门口，当他握手告别时，医生噘着满是胡须的嘴轻声告知金小姐的预后。阿申登走回屋子看着女佣。她心神不宁地坐在一张椅子的边缘，仿佛害怕面对死亡，那张宽大而难看的脸由于疲惫而有些肿胀。

"你在这儿熬夜也没用。"阿申登对她说，"为何不回去睡觉？"

"先生一定不喜欢一个人待在这里。必须有人陪着您。"

"天啊，为什么呢？你明天还有一天的活要干呢。"

"反正我五点还是要起床的。"

"现在去睡一小会儿总是好的。你起床后再顺便来我这儿看看，走吧。"

她缓慢地站起来。

"如您所愿。但我很愿意待在这里。"

阿申登笑着摇摇头。

"晚安,可怜的女士^①。"女佣告别道。

女佣出去了,阿申登一个人留了下来。他坐在床边,眼睛再一次与金小姐的对视。她那毫不退缩的凝视让他觉得有点尴尬。

"别担心,金小姐。你只是有点小小的中风。我相信你很快就能说话了。"

他很确信当他望着那对黑眸时她非常想说话。他不会弄错的。欲望可以动摇意志,但拿瘫痪的身体无能为力。因为她脸上失望的神情表露无遗,眼泪顺着眼角流到了脸颊上。阿申登拿出手帕把她眼泪擦干。

"不要难过,金小姐。耐心一点,我相信你一定能说出你想说的话。"

他不知道这是不是他的幻觉,他从她的眼睛里读出了她没有时间再等了的绝望想法,也可能只是他自己一厢情愿的想法。梳妆台上是家庭教师少得可怜的洗漱用品,一把背面饰有浮雕图案的银色刷子和一个银色小镜子,角落里放着一个破旧的黑色行李箱,衣橱顶上有一个发亮的皮制帽盒。在装饰整洁的旅馆房间里,这些东西显得既简陋又寒酸,更不用说这整个套房都是刷了清漆的花梨木制成。室内的亮光有些晃眼。

"如果我关掉一些灯你会不会觉得舒服点?"阿申登问道。

他关掉所有的灯,只留了床边的一盏,然后重新坐下来。他非常

---

① 原文为法文:Bonsoir, ma pauvre mademoiselle。

想抽烟。他的眼睛再一次被另一双眼睛紧紧盯着，这是唯一能证明那无比衰老的女人还活着的东西了。他非常确定有些东西她迫不及待地想告诉他。但是什么呢？是什么呢？也许她请他来仅仅是因为知道自己快死了，流放在外这么多年后，她只是突然想要在临死前能有个久违的同胞陪在她身边。这是医生的猜测。但为什么她一定要见他呢？酒店里还有其他的英国人。有一对老夫妇，一位退休的印度平民和他的妻子，如果她要见他们的话更合理些。对金小姐来说，没有人比阿申登更像个陌生人了。

"你想对我说什么，金小姐？"

他试图从她的眼睛里得到答案。它们继续意味深长地看着他，但他还是没有一点头绪。

"别担心我会走，我会如你所愿一直待在这儿。"

看不出来，看不出来。他注视着那黑色的眼睛，它们像是一团火闪耀着神秘的光芒，持续地盯着他看。阿申登自问她想见他是否因为她知道他是个英国间谍。有没有可能在最后的时刻在这么多年的经历后她有些突如其来的情感转变要倾诉？可能在将死那一刻她心中已沉寂大半个世纪的爱国之心又死灰复燃？——（"我真是傻了怎么会幻想这么愚蠢的事情，"阿申登心想，"这些都是廉价而又庸俗的小说段子"）——她心里有个愿望想要为自己做点什么。没有人像他一样有着爱国主义（这在和平年代是政治家、宣传家和傻瓜的口号，但在阴暗的战争时期就是能拨动人心弦的一种情感），爱国主义会让人做些奇怪的事。她不想见王子和他的女儿这就很奇怪。难道她突然憎恨起他们了？因为他们让她觉得自己是个叛徒？而现在在最后的时刻她想要做些弥补？（"这太不可能了，她只不过是个早几年就该死去的愚蠢的老女佣。"）但你不能忽视那不可能的概率。阿申登的直觉抗议着。他奇怪地相信她有些秘密想要透露给他。她要见他因为知道他是谁，也因为他能很好地利用这些情报。她要死了，什么都不怕了。但她要说的东西重要吗？阿申登身体向前倾，想要更仔细地读懂她的眼睛。也许只是些鸡毛蒜皮的小事对她糊涂的大脑来说显得很重要。阿申登很反感有些人看任何一个没有恶意的路人都认为是间谍，把任何一些不相干的事都能组合成阴谋。极有可能一旦金小姐开口说话，她要告诉自己的只是一些没用的信息。

但这个老妇人到底知道多少！以她敏锐的眼睛和耳朵，她一定有机会发现隐藏在那些看似不起眼的人背后的秘密。阿申登再三思考，为什么他会有种感觉在他的周围似乎有人在筹划着什么事。霍尔茨明登那天到旅馆来就很奇怪；为什么阿里王子和帕夏，这些疯狂的赌徒，要浪费一整夜时间陪他玩合约桥牌？很可能有些新计划在制定，很可能有些重大的事情在进行，可能这个老妇人要说出的话会让这个世界瞬间大变样。而现在她躺在那里无法说话。阿申登沉默地看着她许久。

"是不是跟战争有关，金小姐？"他突然大声问道。

有些东西滑过她的眼睛，而她瘦小干瘪的脸上一阵震颤。这个变化清晰可见。将要有什么奇怪而可怕的事情发生了，阿申登不由得屏住呼吸。那小小的脆弱的身体突然痉挛了一下，这个老妇人像是用尽最后一丝气力从床上坐了起来。阿申登跳起来去扶住她。

"英格兰。"她叫道。就三个字，声音沙哑又刺耳，然后她倒在阿申登的怀里。

当他把她放平在枕头上时，发现她已死了。

墨西哥秃头

"你喜欢通心粉吗?" R. 上校问。

"你说通心粉是指什么?" 阿申登回答,"这就像你问我是否喜欢诗歌。我喜欢济慈[1]和华兹沃斯[2]、魏尔伦[3]和歌德[4]。当你说通心粉时,你指的是细面条、宽面条、圆面条、扁面条、实心粉、空心粉,还是只是一般的通心粉?"

"通心粉。" R. 上校回答,真是个惜字如金的男人。

"我喜欢一切简单的东西,白煮蛋,牡蛎和鱼子酱,法式蓝鳟鱼,烤三文鱼,烤羊肉(最好是羊脊肉),白切松鸡,蜜糖果馅饼和米布丁。但是在所有这些简单的东西里,唯一能让我天天吃、百吃不厌,而且吃得再多也不会让我倒胃口的,就是通心粉。"

"我很高兴你这么说,因为我想要你去趟意大利。"

阿申登从日内瓦来到里昂[5]跟 R. 上校见面,由于到得比约定时间早,他花了一下午在这座欣欣向荣的城市里溜达,在拥挤繁忙

---

① 济慈(Keats,1795—1821),英国诗人。
② 华兹沃斯(Wordsworth,1770—1850),英国诗人。
③ 魏尔伦(Verlaine,1844—1896),法国象征派诗人。
④ 歌德(Goethe,1749—1832),德国诗人和作家。
⑤ 里昂(Lyon),法国中东部城市。

而又平凡乏味的街道上闲逛。他们现在坐在一间餐馆里，这是阿申登刚到时带 R.上校去过的餐馆，它以在法国的这块区域饭菜做得最好吃而闻名。但在这个门庭若市的热闹场所（因为里昂人喜爱美食），由于你永远不知道有哪些好奇的耳朵正竖起等待获取从你的口唇之间流露出去的有用信息，他们只是随心所欲天南地北地谈论着各种话题。这顿令人心满意足的大餐已到了尾声。

"再来一杯白兰地？" R.上校问道。

"不了，谢谢。"阿申登回答，他是个饮食有度的人。

"一个人应该做你能做的事来缓解战争带来的严酷。" R.上校意味深长地说，一边拿着酒瓶倒了一杯给自己，又倒了一杯给阿申登。

阿申登认为此刻反驳显得有些做作，就没有阻止 R.上校的举动，但又不得不对他的上司拿酒瓶的不雅姿势提出抗议。

"在青年时期大人们总是告诫我，抱女人要抱在腰部，拿酒瓶要拿在颈部。"他低声地抱怨。

"我很高兴你能告诉我。但我还是愿意握着酒瓶的腰部而对女人敬而远之。"

阿申登不知该如何回答，只好保持沉默。他小口啜饮着白兰地，R.上校准备结账。他的确是个重要人物，有着决定自己众多部下生死荣辱的大权，而他的意见也常常左右着那些握有帝国命运的人；但从他的举动可见对如何给服务生小费这个问题他感到手足无措。他既害怕给得太多被当成傻瓜，又担心给得太少而遭到服务生的冷嘲热讽。于是当账单送到时，他给了阿申登几百法郎并说：

"请你付给他钱吧，我从来都看不懂法国的数字。"

侍者给他们拿来了帽子和大衣。

"你想走回旅馆吗？"阿申登问。

"但走无妨。"

这还是年初，天气却突然转暖，于是他们把大衣搭在手臂上走路。阿申登知道 R. 上校喜欢带起居室的房间，就给他订了一个。他们一到旅馆就直接去起居室了。旅馆是老式的风格，起居室很大。配套的是绿色天鹅绒装饰的重桃心木家具，一张大桌子边整齐地围着一圈椅子。墙上的墙纸已陈旧黯淡，中间挂着一幅巨大的拿破仑之战钢板雕刻。天花板垂挂着巨大的枝形吊灯，原先用作供暖，现在上面装饰着很多灯泡。它给这沉闷的房间带来清冷而又强烈的光线。

"这房间不错。"R. 上校边走进来边说。

"不是特别舒适。"阿申登有些歉然。

"的确，但它看上去也是这个地方最好的房间了。对我来说已经非常好了。"

他从桌子边上拉出一把绿天鹅绒包裹的椅子，坐下来点上一支烟，松开皮带并解开制服的纽扣。

"我一直以为我喜欢方头雪茄胜过其他任何东西。"他说，"但是自战争开始以来我喜欢上了哈瓦那雪茄。当然，我想战争不会永不停止的。"他的嘴角挂着一丝若有若无的微笑，"凡事有利也有弊啊。"

阿申登拉出两把椅子，自己坐一把，把腿翘在另一把上。R. 上校看到后说："这是个好主意。"随即从桌旁拖出另一把椅子，把穿着靴子的脚搭上去，发出一声满意的叹息。

"隔壁这个房间是谁的？"R. 上校问道。

"是你的卧室。"

"另外一边的房间呢？"

"一个宴会厅。"

R. 上校站起身慢慢地在房间里踱步。当他经过窗户时，仿佛百无聊赖般透过厚厚的棱纹平布窗帘往外偷窥了一下，然后再次回到椅子上，更加舒适地把脚翘起。

"小心驶得万年船。"他说。

他若有所思地注视着阿申登，薄薄的嘴唇上挂着一丝淡淡的微笑，但那双靠得很近的浅色眼睛依然冷酷无情。如果阿申登不是已经习惯了的话，一定会在 R. 上校的注视下感觉十分局促。他明白 R. 上校是在考虑如何引入徘徊在他脑海中的话题。这样的沉默持续了两三分钟。

"我在等一个家伙今晚来见我。"最后他开口道，"他的火车大约十点钟到。"他看了一眼他的腕表，"他被称为墨西哥秃头。"

"为什么叫这个称号？"

"因为他没有头发并且是墨西哥人。"

"这个解释听起来倒是令人满意。"阿申登说。

"他自己会告诉你他的一切。他就是个话痨。我遇见他时他正穷困潦倒。他在墨西哥参加了某些革命，当他从中脱身而出时，除了身上所穿别无他物，并且这些衣服已是破烂不堪，无法上身。如果你想取悦他你就叫他将军。他号称曾当过乌埃尔塔①部队的将军，至少我认为是乌埃尔塔；他说如果当初事情进展顺利的话，他现在就是作战部长了，并且前途不可限量。我发现他非常有用，是一个不错的家伙。唯一让我反感的是他总要用香水。"

"我该做什么？"阿申登问道。

"他将从意大利来。我有件棘手的事要交给他处理，我希望你能跟在他旁边。我不放心把一大笔钱交给他。他是个赌徒，并且有点太喜欢女人了。我猜你从日内瓦来用的是阿申登的护照？"

"是的。"

---

① 1910 至 1917 年为墨西哥资产阶级民主革命期间。1913 年，乌埃尔塔（Huerta，1854—1916）在美国的支持下发动政变，夺取政权，但遭到全国的反对，1914 年被推翻。

"我给你准备了另一个，那种外交护照，以萨默维尔为名，有法国和意大利的签证。我想你最好和他一起旅行。当出发时你就会发现他是个有趣的家伙，我想你们有必要彼此认识一下。"

"什么样的任务？"

"我还没想好让你知道多少合适。"

阿申登没有回答。他们淡漠地互相看了对方一眼，仿佛是两个一起坐在火车车厢里的陌生人，彼此打量并猜疑对方的身份和职业。

"站在你的立场，我会让将军多说话。关于你的情况，除了必要的，我一句都不会跟他多说。我可以保证他不会问你任何问题，我想他会以他自己的方式做一个绅士。"

"顺便问一下，他的真名叫什么？"

"我总是叫他曼努尔。我不知道为什么他非常喜欢这个称呼。他的全名是曼努尔·卡莫纳。"

"我猜你没有说出来的是他是个十足的混蛋。"

R.上校笑了，他那淡蓝色的眼睛也满是笑意。

"我不知道我是否该这么说。他从小没有机会接受公立学校的教育。他所理解的'玩游戏'和我们的不同。我不知道当他在旁边时我是否可以把金香烟盒随便放，但如果他在玩扑克时输给你钱，他会毫不犹豫地拿起你的香烟盒去典当，然后把钱付给你。如果他有一点机会他都会勾引你的妻子，但如果你遇到极大的困难，他会把他最后的面包皮跟你分享。听到留声机里古诺①的《圣母颂》②时他会泪流满面，但如果你侮辱了他的尊严他会像上帝一样将你射杀。听说在墨西

---

① 古诺（Gounod，1818～1893），法国作曲家，早年热心宗教，第一部作品即《三声部弥撒曲》。1855 年所作《圣塞西勒庆典弥撒曲》是对宗教音乐的一次改革。50 年代转向歌剧创作，使他名垂后世的是 1859 年创作的歌剧《浮士德》。

② 这里"圣母"指圣母玛利亚。《圣母颂》是天主教对《圣经》中耶稣的母亲玛利亚表示尊敬和赞美的一首歌，是天主教最经典的歌曲之一。

哥，站在一个男人和他的酒中间对他是一种侮辱；将军告诉我有一次一个不知情的荷兰人从他和吧台中间走过，他拔出手枪就把他打死。"

"他什么事都没有吗？"

"没有，看来他隶属于一个最好的组织。这件事被掩盖了下来，报纸上对外宣称是这个荷兰人自杀身亡。事实也几乎如此。我不相信这个墨西哥秃头对人的生命会有多大尊重。"

阿申登原本专注地看着 R.上校，这时身子动了一下，更加仔细地观察他的上司那张疲惫的满是皱纹的蜡黄面孔。他明白 R.上校不会无缘无故说这番话。

"当然关于生命的价值有很多都是废话。你也可以说你在打扑克时用的筹码有其内在价值。当你要用到它们时，它们就有价值；对于一个普通的战役，人的价值就仅仅像筹码一样，如果你充满感情地把自己看作人类，你就是个傻子。"

"但是你知道，他们是有感觉和思考能力的筹码，一旦他们认为自己是个弃子，他们就会拒绝被利用。"

"不管怎样，这和今天的谈话没有关系。我们有消息说有个叫康斯坦丁·安德里亚蒂的间谍正带着我们急需的文件从君士坦丁堡①到这儿来。他是希腊人，是恩维尔帕夏②的情报人员，恩维尔非常信任他。他还被口授了些不能以书面形式呈现的高度机密及重要的情报。他从比雷埃夫斯③乘一艘名叫伊萨卡到罗马的船，途中会在布林迪西④上岸。他要把他的急件递交到德国大使馆，并且亲自对大使单独口授他的绝密情报。"

---

① 君士坦丁堡（Constantinople），土耳其的城市伊斯坦布尔的旧名，奥斯曼帝国都城。
② 恩维尔帕夏（Enver Pasha, 1881—1922），恩维尔是 1908 年土耳其革命的领导人。在第一次世界大战中，他成为了奥斯曼帝国的主要领导人，加入了同盟国集团，与德国紧密合作。
③ 比雷埃夫斯（Piraeus），希腊东南部港口城市。
④ 布林迪西（Brindisi），意大利东南部港口城市。

"我明白了。"

这个时期意大利还是中立国；同盟国竭尽全力想要拉拢它，而协约国则不遗余力地劝说它站在他们的立场宣战。

"我们并不想与意大利当局交恶，后果会很严重，但我们必须要阻止安德里亚蒂到罗马去。"

"不管任何代价？"阿申登问。

"钱不是问题。"R.上校回答。他咧开嘴露出一抹嘲讽的笑。

"你想怎么做？"

"我不认为你需要劳神考虑这个问题。"

"我有丰富的想象力。"阿申登说。

"我想让你跟墨西哥秃头一起去那不勒斯[①]。他非常想回到古巴。他的朋友正在策划一场巡演，他想尽可能离得近些，等时机一成熟他就可以飞往墨西哥。他需要现金。我把钱换成美元带来了，今晚就给你。你最好随身携带。"

"有很多吗？"

"是挺多的，但我想如果体积不大的话对你来说会方便些，所以我换的是千元大钞。你将要用这些钞票换回墨西哥秃头弄到手的安德里亚蒂带来的文件。"

阿申登有个问题差点就脱口而出了，但话到嘴边最终选择问了另外一个问题。

"这个家伙知道他要做什么吗？"

"完全明白。"

这时传来敲门声。门被打开，墨西哥秃头站在他们面前。

"我到了，晚上好，上校。很高兴见到你。"

---

① 那不勒斯（Naples），意大利西南部港口城市。

R. 上校站起身来。

"旅途还顺利吗，曼努尔？这位是萨默维尔先生，他将要陪你一起去那不勒斯，这位是卡莫纳将军。"

"认识你很高兴。"

将军用力地握了一下阿申登的手，阿申登不禁有些皱眉蹙额。

"你的手就像块铁块一样，将军。"他嘟哝道。

墨西哥人看了一眼自己的手。

"我早上才请人护理过指甲。我想它们并没有得到很好的修剪。我喜欢我的指甲被精细地打磨抛光。"

他的指甲被剪得尖尖的，染成鲜红色，在阿申登看来亮得就像镜子似的。虽然天气不冷，但将军穿了一件带阿斯特拉罕羔羊皮①领子的皮大衣，他的一举一动都带着一股香水味飘向你的鼻子。

"脱下你的大衣，将军，来支香烟。" R. 上校说。

墨西哥秃头是个高个子男人，虽然有点瘦，但给人感觉还是很强壮的；他很时髦地穿着一套蓝色哔叽西服，大衣胸前的口袋上插着一块折叠整齐的丝质手帕，手腕上戴着一个金手镯。他的五官很出色，就是比常人稍大了一点，他的眼睛是褐色的，炯炯有神。他的确一根头发也没有。他的黄色皮肤像女人的一样光滑，没有眉毛和睫毛；他戴着一顶淡褐色的假发，有点长的头发被故意梳理得不整齐，带着点艺术感。这一切以及他光滑无褶的蜡黄脸庞，再加上他时髦的衣着装扮，给人的第一印象是有点恐怖。他令人反感又滑稽可笑，但你无法将目光从他身上移开。他的古怪带着一种邪恶的魅力。

他坐了下来，顺手把裤腿稍向上拉，免得垂挂在膝盖上。

"那么，曼努尔，你今天有没有伤了谁的心啊？" R. 上校快活地

---

① 阿斯特拉罕羔羊皮（astrakhan），用于制作大衣和帽子。

问道，语气中带着促狭。

将军转向阿申登。

"我们的好朋友，上校先生，忌妒我总是能虏获女人的芳心。我告诉他如果照我说的做，他也能像我一样。你所需要的只是一样东西，信心。如果你从不害怕被拒绝，那么你就永远不会被拒绝。"

"胡说八道，曼努尔，人们需要的只是你对付女孩的手段。你身上有种她们无法抗拒的魅力。"

墨西哥秃头沾沾自喜地大笑着，丝毫不加掩饰。他的英语说得很好，带着点西班牙的口音，但又有美国人的腔调。

"正好你问到我，上校，我不妨告诉你在火车上我跟一位小妇人相聊甚欢，她要去里昂看望她的婆婆。她并不十分年轻，身材也不如我喜欢的女人丰满，但她还算顺眼，陪我度过了愉快的一个小时。"

"那么，让我们来谈谈正事吧。"R.上校说。

"听您的吩咐，上校。"他扫了阿申登一眼，"萨默维尔先生是军人吗？"

"不。"R.上校回答，"他是位作家。"

"正如您说的，世界之大，无奇不有。我很高兴认识你，萨默维尔先生。我可以给你讲很多有趣的故事，我相信我们会相处融洽。你有一颗同情的心，我对此非常敏感。说实话我是个神经极其过敏的人，如果我跟一个与我格格不入的人在一起我会彻底崩溃的。"

"我希望我们将度过一个愉快的旅程。"阿申登安抚道。

"我们的朋友什么时候到布林迪西？"墨西哥人转向R.上校问道。

"他在十四日乘坐伊萨卡号从比雷埃夫斯启航，这也许是艘老爷船，但你最好能提早到达布林迪西。"

"我同意。"

R.上校双手插在口袋里站起身来坐在桌子的边沿。他穿着破旧的制服，制服上衣敞开着，与旁边打扮整洁衣冠楚楚的墨西哥人相比，他就像个邋遢的家伙。

"萨默维尔先生对你要完成的这趟差事一无所知，我也不想告诉他。我想你最好凡事自己想办法解决。他只是负责给你这次行动需要的资金，但你想怎么做是你自己的事。当然如果你需要他的建议可以问他。"

"我极少询问别人的意见也从不采纳。"

"并且如果你把事情搞砸了，我希望你能让萨默维尔先生置身事外，切勿连累到他。"

"我是个正人君子，上校。"墨西哥秃头庄严地回答，"我宁愿让自己被砍成碎片也不会背叛我的朋友。"

"这我早已告诉萨默维尔先生了。另外，如果事情成功了，萨默维尔先生会把我们说好的你应得的报酬给你，同时拿回你弄到的文件。至于你怎么得手就不关他的事了。"

"那还用说吗？现在只有一件事我想说清楚；萨默维尔先生知道我并不是为了钱才接受你交给我的这个任务吗？"

"非常清楚。"R. 上校直视他的目光庄重地回答。

"我的身心都属于盟军，我不能原谅德国对中立国比利时的入侵。我之所以接受你的钱只是因为首先我是一个爱国者。我想我能毫无保留地信任萨默维尔先生，是吗？"

R. 上校点点头。墨西哥人转向阿申登。

"我们计划组织一支远征军把我苦难的祖国从正在施虐的暴君手里解救出来，我得到的每一分钱都会用在枪支和弹药上。至于我本人我不需要钱；我是个战士，只要有面包皮和一点橄榄就能生存。世界上只有三件事值得一个绅士去做：战争、纸牌和女人；无需花费什么你就能把步枪扛在肩上向山里进发——那是真正的战争，不是现在整个部队大规模行军及枪炮齐发——女人爱我是因为我自己，玩纸牌我一般都是赢家。"

阿申登从这个与众不同的人物身上看到了耀眼的光彩，与他的香手帕和金手镯一起，非常对他的胃口。他远非街上的一个普通男人（你起先会反对但最后会臣服于他的专治），并且作为一个巴洛克风格的业余爱好者，他的天性也是极为罕见地讨喜。他就是个幸运的家伙。纵使他戴着假发，他的大脸无毛，他还是有着毋庸置疑的风度；尽管有些滑稽，但他留给你的印象是此人绝不容小觑。他的骄傲自满非常膨胀。

"你的行李装备在哪儿，曼努尔？" R. 上校问。

这个突如其来的问题看上去像是对他刚刚的侃侃而谈有些轻蔑且不屑一顾，这或许让墨西哥人的眉头在瞬间皱了皱，但除此之外他并没有任何不高兴的表现。阿申登猜测墨西哥人大概认为上校就是个粗人，对美好的情感毫无感觉。

"我把它放在车站了。"

"萨默维尔先生有外交护照，因此他的东西可以通过边境而不被检查，如果你愿意可以把行李交给他。"

"我的东西很少，只有几套衣服和一些日用品，但如果萨默维尔先生愿意代劳那就再好不过了。我离开巴黎前买了半打真丝睡衣。"

"那么你呢？" R. 上校转向阿申登问道。

"我只有一个包，在我的房间里。"

"趁着现在有人在，你最好让人把它拿到车站去。你是凌晨一点十分的火车。"

"哦？"

阿申登从未听说他们今晚就出发。

"我认为你们最好尽早赶到那不勒斯。"

"那好吧。"

R.上校站起身。

"我要上床休息了。我不知道你们打算做什么?"

"我要在里昂街头溜达溜达。"墨西哥秃头回答,"我对生活很感兴趣。上校能借我一百法郎吗?我身上没有零钱。"

R.上校拿出钱包给了将军他要的数目,然后对阿申登说:

"那么你要做什么呢?等在这儿?"

"不。"阿申登回答,"我要到车站去看点书。"

"你们动身之前最好来点威士忌和苏打水,好吗?你觉得怎么样,曼努尔?"

"你真是太好了,但我除了香槟和白兰地,其他都不喝。"

"两个都要?"R.上校冷冷地问道。

"那倒不必。"将军庄重地回答。

R.上校叫了白兰地和苏打水,当它们被送到时,上校和阿申登都将二者掺在一起饮用,而墨西哥秃头则给自己倒了四分之三平脚玻璃杯的纯白兰地,然后分成两大口一饮而尽,并发出品咂的声响。他站起来穿上带阿斯特拉罕皮领的大衣,一只手抓着他的黑色礼帽,另一只手伸向R.上校,姿势像极了一位浪漫的演员为了心爱女孩更美好的幸福而不得不放弃她。

"那么,上校,我祝您晚安及做个好梦。我们短时间内恐怕难以再见面了。"

"别把事情弄得一团糟,曼努尔,如果你的确这么做了,那么把嘴巴闭紧点。"

"他们告诉我你们有一所大学是专门把贵族的儿子培养成海军军官的,这所大学里有一句用金子写成的铭文:英国海军里没有不可能这个词。我不知道失败这个词的意思是什么。"

"它有很多同义词。"R.上校反驳道。

"我会在车站与你碰面，萨默维尔先生。"墨西哥秃头说，话音刚落就挥挥手离开了他们。

R.上校带着一抹耐人寻味的笑容看着阿申登，这抹笑容总是让他的脸看起来精明得可怕。

"你说说，你对他怎么看？"

"这你可难倒我了。"阿申登无奈地说，"他是个江湖骗子吗？他看起来就像花孔雀一样自负。就他这副可怕的尊容，他真的能如他所言讨女人们的欢心吗？是什么让你认为你可以信任他？"

R.上校轻声笑了一下，干搓了搓他那双枯瘦苍老的手。

"我以为你会喜欢他。他很有个性，不是吗？我想我们可以信任他。"R.上校的双眼突然变得有些晦暗，"我不相信他会为了利益出卖我们。"停顿了片刻，他又接着说，"不管怎样我们都要冒一次险。我把车票和钱给你，你就可以走了。我累极了，想马上就睡觉。"

十分钟后阿申登启程前往车站，一位搬运工把他的行李背在肩上跟着他。

因为还要等将近两个小时，他把自己舒舒服服地安顿在候车室。灯的光线很好，他开始读一本小说。眼看从巴黎始发将要带着他们去罗马的列车快要进站了，而墨西哥秃头还不见踪影。开始有些莫名焦虑的阿申登走到站台上去找他。阿申登深受一种"列车综合征"的困扰：在他的火车快要到站的前一小时，他就开始心生不安，唯恐他会错过这趟车；他对搬运工感到不耐烦，因为他们总是无法及时把行李从他房间搬出去；他不理解为什么旅馆的短驳巴士总是把时间掐得这么准，不留半点余地；街上的交通堵塞让他狂怒；车站搬运工慢吞吞的举动也让他心生怒火。整个世界都好像变成一个可怕的阴谋来阻止他赶上火车；当他通过栅栏时总有人挡在他前面；另一些人在售票处排长队买其他车次的车票，细心地数着零钱真让人上火；登记行李时花的时间好像没完没了；如果他是和朋友们一起出行，他们会去买份报纸，或者在站台上溜达，他就担心他们会被拉下，因为他们会与一个陌生人随便闲聊而忘了时间，抑或突然想要打一个电话而消失不见踪影。总之他认为全世界都想和他作对，来阻止他赶上每一趟他想乘坐的列车。只有当他舒舒服服地坐在座位上，他的东西安安稳稳地被放在头顶上方的行李架上，还有半个小时才开车时，他才感到安心。有时他到达车站为时尚早，他就乘上比他原定早一班的火车，但这也让他紧张不安，为自己差点错过这班车而苦恼了一路。

罗马快车已远远地发出进站信号，墨西哥秃头仍不见踪影；列车进站了，他还是没有现身。阿申登变得越来越焦虑。他在站台上下快步走着，查找每一间候车室，去他们放行李的行李寄存处查看，都没找到墨西哥秃头。这趟列车没有卧铺车厢，但有许多人下车，他拿到的是两张头等车厢的坐票。他站在车厢门口，上上下下地看着站台，并不时地抬头看一眼时钟；如果他的旅伴不出现的话，他也就没必要乘这趟列车了，因此当搬运工大喊"快上车"时，阿申登已决定拿着他的行李下车了。但是，天啊，当他看到墨西哥秃头时他真想骂娘！离开车就剩三分钟，然后是二分钟，一分钟；最后时刻站台上已很少有人了，所有旅客都已就座。这时他看到墨西哥秃头正悠闲地朝站台走来，身后跟着两个搬运工抬着他的行李，旁边还陪着一个戴黑色圆顶礼帽的人。他看到了阿申登并向他挥手。

"嗨，我亲爱的朋友，你在这儿呢，我还在想不知你的情况怎么样了。"

"上帝啊，伙计快点，否则我们要赶不上这趟车了。"

"我从来不会错过火车。你拿到好座位了吗？站长回家睡觉了，这是他的助手。"

戴圆顶礼帽的人在阿申登向他点头致意时也脱帽示好。

"可是这是普通车厢。我恐怕不能接受。"他转向站长的助手和蔼可亲地笑着，"亲爱的，你得帮我弄个更好的。"

"没问题，我的将军，我这就带你们去豪华车厢。"

站长助手带着他们沿着车厢往前走并打开一间空的包厢，里面有两张床。墨西哥人很满意并看着搬运工把行李安顿好。

"这间非常好，非常感谢你。"他把手伸向戴圆顶礼帽的人，"我不会忘记你，我见到部长大人一定会告诉他你对我的礼遇。"

"你真是太好了，将军阁下。我非常感激。"

一声尖锐的哨声响起，列车开动了。

"我想这要比普通的头等车厢好吧，萨默维尔先生?"墨西哥人说，"一个出色的旅行家应该学会充分利用资源。"

但阿申登还是怒气难消。

"我不明白你为什么把时间掐得那么死，一点余地都不留。如果我们没赶上火车，那看上去可就像一对该死的傻瓜了。"

"我亲爱的朋友，这种事情是绝对不会发生的。我刚到车站就告诉站长我是卡莫纳将军，墨西哥军队的总司令，我将在里昂停留几个小时，跟英国陆军元帅举行一个会议。万一我迟到的话请他务必为我拖住火车，并且我暗示他我的政府会在适当的时候找机会下指令给他。我以前来过里昂，我喜欢这里的女孩，她们虽然没有巴黎女郎漂亮，但她们有味道，这是毋庸置疑的。你睡觉前要不要来一口白兰地?"

"不，谢谢。"阿申登闷闷不乐地回答。

"我上床前总要喝上一杯，它能有效地舒缓神经。"

他在手提箱里搜寻片刻便毫不费劲地找到一瓶酒。他直接用嘴对着瓶口深深地喝了一大口，用手背擦了一下唇边，点燃了一支烟。接着他脱掉靴子躺了下来。阿申登把灯光调暗。

"我从未拿定主意过，"墨西哥秃头若有所思地说，"究竟是一个漂亮女人在你唇上的吻，还是叼在嘴里的香烟更能让你愉悦地入睡。你去过墨西哥吗？明天我会跟你讲讲墨西哥。晚安！"

很快阿申登从他平稳的呼吸声中听出他已睡着，过了一会儿他自己也打起了瞌睡。但不久之后他就醒了。熟睡的墨西哥人一动不动地躺着；他的皮大衣被脱下来当毛毯盖着；头上还戴着假发。突然火车猛的一颠，随后伴着刺耳的摩擦铁轨的刹车声停了下来；眨眼间，在阿申登还没意识到发生了什么时，墨西哥人已一跃而起，伸手就向后摸去。

"出了什么事？"他大喝道。

"没什么。也许只是一个让我们停车的信号。"

墨西哥人重重地躺回到床上。阿申登打开灯。

"对一个熟睡者来说，你醒得也太快了吧。"他说。

"你来干我的活试试。"

阿申登很想问问他的工作究竟是实施谋杀、策划阴谋还是指挥军队，但又怕这样做不谨慎，只好作罢。将军打开他的包拿出酒瓶。

"你想来一口吗？"他问道，"当你在夜里突然醒来时，没有什么比这东西更能让你安然入睡了。"

阿申登婉拒后将军又一次直接用嘴对着瓶口朝喉咙里灌下了一大口酒。他满足地叹了口气点上一支烟。虽然阿申登看着他喝下了几乎一整瓶白兰地，并且很有可能他在来之前就已喝了许多，他却显得十分清醒。无论是他的行为还是他的语言都仿佛告诉大家他整晚喝的不过是柠檬水。

火车重新启动，阿申登再次进入梦乡。当他醒来时已是早上，他懒懒地翻过身看到墨西哥人也已经醒了。他正在抽烟。他那边的地板上遍布燃尽的烟头，房间里空气不好，烟雾弥漫。他曾请求阿申登不要打开窗户，因为他说夜晚的空气很危险。

"我没起床是因为我怕吵醒你。你先用洗手间还是我先用？"

"我不急。"阿申登回答。

"我是个老军人了，我不会用太久的。你每天都清洁牙齿吗？"

"是的。"阿申登说。

"我也是。这是我在纽约学会的习惯。我总是认为一口漂亮的牙齿是男人最好的装饰品。"

这个包厢里有个洗脸盆，将军用力地刷牙，发出漱口的咕噜咕噜声。然后他从包里拿出一瓶古龙水，倒了一点在毛巾上，用它把脸和手都擦了一遍。他拿了一把梳子仔细地梳理他的假发；不管他昨晚有没有把假发拿下来，在阿申登醒来之前他就已经戴好了。他从包里拿出另一个带喷头的香水瓶子，挤压球状的部位让他的衬衫和大衣都带上了清香的气味，他对手帕也如法炮制，至此，他就像一个恪尽职守而满心欢喜的人一样，带着一张笑逐颜开的脸转向阿申登说：

"现在我已一切就绪，可以迎接新的一天了。我把东西都放在这儿你尽管用，不要害怕古龙水的味道，这是在巴黎你能找到的最好的古龙水了。"

"非常感谢。"阿申登回答，"我只需要肥皂和水。"

"水？除了洗澡我从来不用水。对皮肤来说没有什么比它更糟的了。"

列车快接近边境了，阿申登想起那个他突然被惊醒的夜晚将军颇有意味的手势，就对他说：

"如果你身上有左轮手枪你最好交给我。我有外交护照他们不可能搜查我，但他们也许会心血来潮对你搜身，而我们并不想惹任何麻烦。"

"这几乎不是武器，就是个玩具而已。"墨西哥人申辩道，还从裤子后袋掏出一把尺寸大得惊人的装满子弹的左轮手枪，"我连一个小时都不愿跟它分开，这让我感觉自己衣冠不整。但你是对的，我们不能冒任何风险；我还要把我的刀也给你。我平时宁愿用刀也不愿用左轮手枪，我认为刀是个更高雅的武器。"

"我想这可能只是个习惯问题。"阿申登回答，"也许你在家更多时候用的是刀。"

"每个人都会扣动扳机，但只有真正的男人才会用刀。"

在阿申登看来，将军解开马甲从皮带中抽出并打开一把杀气凛凛的长刀就像是个一气呵成的简单动作。他把刀递给阿申登，那张既丑陋又光秃秃的大脸盘上带着满意的微笑。

"这个漂亮的东西给你，萨默维尔先生。我一生中从未见过比这更好的钢了。它的边缘就像剃刀一样薄而锋利，但又坚韧无比；你不仅能用它来裁香烟纸，还能用它砍倒一棵橡树。这世上就没有它办不到的事，它折叠起来时就成了一把学校男生用来在桌上刻痕的小刀。"

他咔嗒一声把刀合上，阿申登随即把它和左轮手枪一起放进自己的口袋。

"还有其他什么吗？"

"我的双手。"墨西哥人自负地回答，"但我想海关官员还不至于敢找它们的麻烦吧。"

阿申登想起他们第一次见面握手时将军那钢铁般的一握，忍不住轻微地打了个寒战。这双手既大又长且光滑；上面包括手腕没有一根汗毛，再加上修剪得尖尖的、玫瑰色的指甲，真有种邪恶的感觉。

阿申登和卡莫纳将军各自办理边境的通关手续，当他们回到包厢时，阿申登把刀和左轮手枪还给了他的同伴。将军叹了口气。

"现在我感觉舒服多了。你对纸牌游戏有兴趣吗？"

"还算喜欢吧。"阿申登回答。

墨西哥秃头再次打开他的包，从一个角落里摸出一副油腻的法国扑克牌。他问阿申登是否玩埃卡特①，阿申登回答说不妨玩玩皮奎特②。这是种阿申登熟悉的纸牌游戏，于是他们定好赌注就开始玩牌。由于俩人都喜欢速战速决，因此他们玩四人游戏，重复第一副牌和最后一副牌。阿申登的牌已经很好了，但将军的手气看来更佳。阿申登全神贯注地盯着牌，并且小心防备着，唯恐对方在出牌时做手脚。但他看不出任何不光明正大的伎俩。他输了一局又一局。他完全被打败了，并且没有退路。他丢的分在不断累积，直到他输了大概有一千法郎，这在当时是笔大数目了。将军抽了无数支香烟，他手指一弯，舌头一舔就迅速做到了，令人不可思议。最后，他重重地往椅背上一靠。

"我说，我的朋友，你在执行任务时英国政府会为你的纸牌游戏支付损失吗？"他问道。

"当然不会。"

"那么，我想你今天已经输得差不多了。如果它进入你的报销账户，我会建议一直玩下去，直到抵达罗马。但我对你抱有好感。如果这是你自己的钱，那么就到此为止，我不想再赢了。"

他把纸牌收起来放在一边。阿申登有些不情愿地拿出一些钞票递给墨西哥人。他点了点数目，并按他一贯的整理习惯，仔细地将它们折叠好放进钱包。随后，他身体前倾，几乎是亲热地拍拍阿申登的膝盖。

"我喜欢你，你既谦和又不摆架子，不像你的同胞那么傲慢，我相信你会接受我的劝告并领会它的意思的。别和你不了解的人玩皮

---

① 埃卡特（écarté），原文为法文，纸牌的一种玩法。
② 皮奎特（piquet），典型的法国扑克牌游戏，另一个是伯齐克牌戏（bezique）。

奎特。”

阿申登感到有些没面子，并可能在脸色上有所表示，因此墨西哥人一把抓住他的手。

“我亲爱的朋友，我没有伤害你的感情吧？我是万万不肯伤你的感情的。你的牌技并不比大多数皮奎特玩家差。不是这个原因。如果我们能继续相处得久一点，我就会教你如何赢牌。一个人为了赢钱而打牌，那么他就没有输的道理。”

“我想只有在爱情和战争中一切才是公平的吧。”阿申登低声轻笑地说。

“啊，看到你笑了我真高兴。这就是承受损失的方式。我看到你拥有极好的幽默感和判断力。你将来会有远大的前程。等我回到墨西哥拿回属于我的地产，你一定要来跟我过上一段时间。我会像对待国王一样对你。你可以骑我最好的马，我们一起去斗牛，如果有你心仪的女孩，你只要说一下，她就是你的了。”

他开始对阿申登述说自己在墨西哥曾经拥有的大片领土、农场庄园和矿产，并且谈到他生活过的那个封建国家。他所言是真是假并没有多大关系，因为他那些铿锵有力的语言伴随着他身上芬芳扑鼻的浪漫香水味已经足够丰富迷人。他所描绘的舒适宽敞的生存空间似乎属于另一个时代，而他那富有表情的手势让人仿佛看到了黄褐色的土地、广袤的绿色种植园、成群的牛羊，仿佛听到盲人歌手的歌声在月色撩人的夜晚伴着动人的吉他弹奏渐渐融化在了空气之中。

“我失去了一切，一切。在巴黎为了挣点微薄的工资，我被迫给人上点西班牙语课，或带着美国人——我指的是北美人——看看这座城市的夜生活。过去我曾经一顿饭就挥霍掉一千杜罗[①]，现在竟然

---

① 杜罗（duro），货币单位（西班牙及西班牙语美洲国家值1比索的银元）。

要像印第安盲人一样为了生存而近乎乞讨。过去我曾经把钻石手镯套在美人的手腕上只为博得她们的欢心，现在我不得不屈辱地接受一个年龄足以当我母亲的老女人给我的衣服。要忍耐。人生在世难免遭遇灾难，正如火花四处飞溅，但厄运不会永远持续下去。现在时机已成熟，我们很快就会发动有力的还击。"

他拿起那副油腻的扑克牌，把它们分成几小摞，一张接一张排好。

"让我看看这些牌说什么。它们从不撒谎。啊，要是我对它们更信任一点，我就可能会避免我一生中唯一让我觉得心情沉重的行为了。我的良心并不感到不安，因为我做了任何人在那种情况下都会做的事，但我后悔由于这个必要性我不得不做出如果可以我非常不想做的事。"

他逐一查看这些牌，以一种阿申登不了解的手法把其中一些挑出来放在一边，把剩下的牌重新洗一遍，再次把它们分摞叠好。

"我不能否认，这些牌警告过我，它们的警告既清楚又明确。与一个黑女人的爱情，预示着危险、背叛和死亡。这是显而易见的。傻子都知道这意味着什么，更何况我玩了一辈子牌。我每走一步都要问问它们的意见。我不想找借口，我的确被迷住了。啊，你们北方人不懂真爱是什么，你不明白它会让你彻夜难眠，食不下咽，就像发烧似的萎靡不振；你不会理解什么是疯狂，它会让你变成一个疯子，然后不择手段地去得到自己想要的东西。像我这样的人一旦陷入深爱就会做出任何一件蠢事，犯下任何一个罪行，是的，先生，爱让他充满了英勇气概。他能登上比珠穆朗玛更高耸的山峰，他能游过比大西洋更宽阔的海洋。他是上帝，他是魔鬼。女人一直是我的祸根。"

墨西哥秃头再一次看了眼纸牌，又挑了些牌出来，然后把剩下的牌再次洗了一遍。

"有许多女人爱过我。我并不是出于虚荣说这个的。我不想解释什么，事实摆在眼前。你可以到墨西哥城去打听曼努尔·卡莫纳这个人和他的成就，问问他们有多少女人能抵挡曼努尔·卡莫纳的魅力。"

阿申登眉头微皱，若有所思地看着他。他很想知道 R. 上校这个精明的家伙，以前一贯凭着自己敏锐的直觉择人用之，这次是否犯了个错误，因为他的心里总有些不安的感觉。难道墨西哥秃头真的以为他自己魅力无限，或者他只是个明目张胆的骗子？在他摆弄这些牌的过程中，他挑出了几乎所有的牌，只有四张留了下来，现在它们一张张正面朝下摆在他面前。他一张张抚摸着，但没有把它们翻过来。

"这就是命运。"他说，"世界上没有一种力量能改变它。我有些犹豫。这个时刻我非常恐惧，我必须要下定决心把这些告诉我命运的牌翻过来。我是个勇敢的人，但有时候到了这一步时我反而没有勇气去看那四张至关重要的牌。"

的确，他现在毫不掩饰地急切地盯着那几张牌的背面。

"我刚刚跟你说了什么？"

"你刚刚告诉我女人们无法抗拒你的魅力。"阿申登淡淡地回答。

"但曾经有一次我发现有个女人拒绝了我。我第一次见到她时是在墨西哥城的一家妓院①里。当我上楼时她正好从楼梯走下来；她不是非常漂亮，我见过许多更美丽的女子，但她身上有种气质让我迷恋不能自拔；于是我告诉妓院的老鸨让她到我这儿来。你如果去墨西哥城你就会知道这个老女人，人们都叫她女侯爵。她说这个女孩并不在这儿工作，只是不定期地出现然后离去。我让她告诉那个女孩第二天晚上务必要等我。"但我第二天有事耽搁了，当我赶到时女侯爵告诉我那女孩走了，因为她说她不习惯等人。我是个好脾气的人，我并不介意女人的任性和撒娇，这也是她们魅力的一部分，因此我一笑了之，给了女侯爵一百杜罗请她转交给女孩并保证第二天我会准时到。

---

① 原文为西班牙文：a casa de mujeres。

但当我第二天准时到时，女侯爵把那一百杜罗还给我并说那女孩对我不感兴趣。我对她的无礼付之一笑。我摘下自己的钻石戒指让老女人交给那女孩，我想试探一下看这是否能诱使她改变心意。次日上午，女侯爵给我带来了一支康乃馨作为戒指的回报。我有点啼笑皆非。我在感情上从未经历过挫败，我也从未吝惜过金钱（除了浪费在漂亮女人的身上，钱还有什么用？），我让女侯爵转告那个女孩我要给她一千杜罗请她与我共进晚餐。不久她回话说女孩可以来，但条件是吃完饭我允许她马上回家。我耸耸肩表示同意。我并不认为她是认真的。我想她这么说只是想让自己激起别人更多的欲望吧。她来到我家赴宴。我是否说过她不漂亮？哦，她是我见过的最美丽、最精致的可人儿了。我被深深地迷住了。她很有魅力，而且很机智。她拥有安达卢西亚人的优雅，总之，她非常讨人喜欢。我问她为什么对我这么漫不经心，而她却当面嘲笑我。我施展出自己所有的手段刻意地讨好她，甚至已超过我的底线了，但当我们吃完饭时，她从座位上站起身来就跟我道了晚安。我问她要去哪儿，她说我答应过让她走的，并且她相信我是个信守承诺的人。我反驳她，我跟她理论，我咆哮，我狂怒，但她还是坚持要我遵从诺言。我唯一能做的就是千方百计让她同意再一次跟我共进晚餐而条件不变。

"你可能认为我是个傻子，但我感觉自己是这个世界上最幸福的人了，连续七天我每天花一千银杜罗请她跟我吃饭。每天晚上我都激动而又忐忑地等待着她，就像一个见习斗牛士面对他的第一场斗牛时一样紧张。每天晚上她跟我一起玩闹，取笑我，对着我调情，让我失去理智。我疯狂地爱上了她。我之前从未这样热恋过，以后也不会有。我为她神魂颠倒，朝思暮想，抛开了一切。我是个爱国者，我热爱我的祖国，我们有一群志同道合的人聚在一起，我们都认为再也无法忍受当局的暴政了。所有的肥缺都给了别人，而我们却被迫像商人一样交税，并且还要遭受可怕的侮辱。我们不缺钱和人手。因此我们策划好准备罢工。我有不少的事要做，要召开会议，要购置枪支弹药，要发号施令，而我由于痴迷这个女人而无暇顾及任何事。

"你可能以为我会对她很生气，因为她把我变得像个傻子一样，我从不知道愿望得不到满足是什么样子；我不相信她拒绝我是故意激起我的征服欲，我相信她对我说的简单的理由，她说除非她爱上我，否则不会把自己交给我。她说要让她爱上我就要看我的了。她就像天使一样。我决定等待。我的感情是如此强烈，我觉得她迟早会明白的；它就像草原上的一把火点燃了周围的所有东西；最后——最后她说她爱我。我的情绪是如此激动，我感觉我都要倒地身亡了。哦，太惊喜了！哦，太疯狂了！我想要给她这世上我所拥有的一切，我想从天上摘下星星装饰她的头发；我想要做点什么来证明我对她全心全意的爱，我想为她做点不可思议的、令人难以置信的事，我想给她我的全部，我的灵魂，我的荣誉，我所拥有的一切，包括我自己。那天晚上当她躺在我的怀里，我告诉她我们的计划及我们的身份。我感到她的身体由于仔细倾听而绷紧了，我注意到她的眼睑在抖动，一定有问题，虽然我不知道是什么，但那只正在我脸上抚摸的手已变得生硬而冰冷。我的心头疑窦突起，猛然想到纸牌曾暗示我的：和深色皮肤女人的爱，危险、背叛和死亡。它们提示了我三次，而我都没在意。我不动声色仿佛什么都没察觉。她紧紧贴近我的心脏对我说她好怕听到这些事，并问我某某是否与此有关。我一一作答。我只想确定一下。无比狡猾的她接二连三地在热吻之间哄骗我说出我们计划的所有细节，现在我可以确信她就是间谍，就像确信你坐在我面前一样。她是总统派来的间谍，用她迷人的魅力引我上钩，现在她已让我说出了所有的秘密。我们的生命都在她的手里，我知道一旦她离开这间屋子，二十四小时内我们都死定了。但是我爱她，我爱她；噢，我无法用言语表达我欲火焚心的痛苦；这样的爱没有一丝的愉悦，只有疼痛，疼痛，但这种极致的疼痛又超越了所有的愉悦。这就是圣人们所说的当他们悟出神意而欣喜若狂时那种神圣的痛苦。我知道她不能活着离开这间屋子，我也害怕如果我有所迟疑就会丧失勇气。

"'我想我该睡觉了。'她说。

"'睡吧，我的小可爱。'我回答。

"'亲爱的小心肝①。'她称呼我，'我的灵魂。'这是她最后说的话。她那厚重的眼睑如葡萄一般浓黑，微微有些潮湿，她那厚重的眼睑此刻紧闭着，我紧紧地搂着她，不一会儿通过她均匀的呼吸我就知道她睡着了。你知道的，我爱她，我无法忍受她会痛苦；是的，她是个间谍，但我的心请求我赦免她，让她不要因知道将要发生什么而恐惧。这很奇怪，她背叛了我，我却并不生气，我本应该因为她的卑劣行径而恨她的，但我没有，我只是觉得我的整个心都笼罩在黑夜里。可怜的东西，可怜的东西，我本可以因怜悯而流泪的。我轻轻地把我的左手臂从她身下抽出来，我的右臂是自由的，我双手支撑自己坐起来。她是如此美丽，当我拿出刀用尽全力割开她迷人的喉咙时，我转过头去不忍心看她。她就这样在睡眠中安静地死去。"

他停下来，皱着眉头盯着那四张纸牌看，它们还是背面朝上，等待着被翻过来。

"命运就在这纸牌里。我为什么没有听从它们的警告？我不想再看它们了，该死的，把它们拿开。"

随着一个激烈的动作，他把整副牌扔了一地。

"虽然我是个无神论者，我还是为她的灵魂做了弥撒。"他耸了耸肩，"上校说你是作家，你写什么？"

---

① 原文为西班牙文：Alma de mi corazon。

"小说。"阿申登回答。

"侦探小说？"

"不。"

"为什么不？我只读侦探小说。如果我是个作家，我就写侦探小说。"

"它们太难写了。你需要有惊人的想象力。我曾经构思过一个谋杀案，但这个谋杀太巧妙了，我没有办法让凶手浮出水面，毕竟，侦探小说的一个惯例就是最终谜团要被解开，罪犯要被伏法。"

"如果你的谋杀故事的确巧妙，那么唯一能证明凶手有罪的方法是查明他的杀人动机。一旦你发现了动机，你就有机会找到之前一直被你忽略的证据。如果没有动机，再有用的证据也不能使人信服。比如想象一下，在一个漆黑的夜晚，在一条空荡荡的大街上你突然走向一个人并用刀刺进他的心脏。谁会认为是你干的？但如果他是你妻子的情人，或是你的兄弟，或曾欺骗过你或侮辱过你，那么一片纸屑、一小段绳子或无心的一句话都足以将你送上绞刑台。当他被杀时你在做什么？他被杀之前和之后有多少人看到过你？但如果他完全是个陌生人，你就一点都不可能被怀疑。无怪乎开膛手杰克[①]能逍遥法外，除非他被当场抓获。"

阿申登有不止一个理由转变话题。他们将在罗马分开，他认为在此之前很有必要和他的同伴就各自的行动达成共识。墨西哥人要去布林迪西，而阿申登要到那不勒斯。他打算下榻贝尔法斯特旅馆，这是靠近港口的二星级大宾馆，是那些商务旅客和经济型游客的不二之选。同时要让将军知道他的房间号，以便他需要时不用问门房就可以

---

① 开膛手杰克（Jack the Ripper）是 1888 年 8 月 7 日到 11 月 9 日间，在伦敦东区的白教堂（Whitechapel）一带以残忍手法连续杀害至少 5 名妓女的凶手代称。犯案期间，凶手多次写信去相关单位挑衅，却始终未落入法网。其大胆的犯案手法，经媒体一再渲染而引起当时英国社会的恐慌。至今他依然是欧美文化中最恶名昭彰的杀手之一。

直接来了；在下一站停留的时候阿申登在车站的自助餐厅要了个信封，让将军亲自写下自己的名字作为寄到布林迪西邮局的收信人。阿申登要做的则是到旅馆后在一张纸上写下房间号塞进信封寄出去。

墨西哥人不以为然地耸耸肩。

"在我看来这些预防措施有些幼稚。这件事一点风险都没有。但不管发生什么你都请放心，我绝对不会连累你的。"

"我对此事不太了解。"阿申登说，"我只是做上校吩咐我做的事，除此之外我一概不知。"

"明白。要是局势变得紧急迫使我不得不采取激进措施，我也会有麻烦，并且会被当成政治犯对待。但意大利迟早会作为协约国同盟被卷入战争，而我也会被释放。我考虑过这一切。但我认真地请求你不要担心这次任务的结果，就把它当作是一次泰晤士河上的郊游好了。"

但最后当他们分开、阿申登发现自己一个人坐在开往那不勒斯的马车里时，他还是长长地舒了一口气，很高兴终于摆脱了那个唠叨的、可怕而又荒诞的家伙。他去布林迪西等康斯坦丁·安德里亚蒂，如果他旅途中所说的有一半是真的，那真要恭喜自己不是希腊间谍了。他很好奇那个希腊间谍到底是什么人。一想到他带着绝密的文件和危险的秘密渡过爱奥尼亚海，完全没有意识到他正在一头钻进绞索架里就有点不寒而栗。嘿，战争就是这样，只有傻瓜才会以为打起仗来还能那么温良谦让呢。

阿申登抵达那不勒斯，到旅馆拿到房间后就用印刷体在一张纸上写下他的房间号寄给墨西哥秃头。按 R. 上校事先的安排，他去英国领事馆取给他的指令，并发现工作人员都知道他，一切事情也都按部就班地进行。于是他决定把事情暂放一边，好好放松一下。这里是南方，春天已提早到了，繁忙的街头艳阳高照。阿申登非常熟悉那不勒斯。喧闹的圣费迪南多披萨店，毗邻宏伟教堂的平民表决广场[①]无时不在他的心底勾起美好的回忆。基亚拉大街跟以往一样嘈杂喧闹。他站在角落里朝上看着那些蜿蜒在陡峭小山上的狭窄巷子，这些通往高处住宅的巷子在连接街道两边的绳子上晒满了洗好的衣物，像万国旗在空中飘扬，预示着节日的到来。他沿着岸边溜达，眺望着波光粼粼的大海和背靠海湾依稀可见的卡普里岛，接着他来到波西立波，那儿有个古老的、破旧不堪、布局凌乱的宫殿，他年轻时候曾在此度过许多浪漫的时光。他注视着这个破败凋敝的地方，过去的记忆再次拨动他的心弦。随后他跳上一辆由一匹瘦骨嶙峋的小马驹拉的轻便马车，在石子路上咯吱作响一路颠簸回到了商业街廊，在那儿他坐在阴凉地里，点了一杯美式咖啡慢慢品尝，饶有兴味地看着闲逛的行人聊天，他们聊天时总是夹杂着活泼的手势，于是他发挥着想象力，试图从他们的外表来猜测他们的身份。

这三天阿申登都过着闲散的日子，非常适应这座梦幻、杂乱而又温和的城市节奏。他从早到晚无所事事，只是随意地到处走走、看看，既不是以一个游客的眼光来寻找这个城市的观光之处，也不是以一个作家的眼光来寻找写作素材（比如看到落日就想到旋律优美的词或看到一张脸就会虚构出一个人物），而是以一个流浪者的视角闲逛，对他而言，看到的任何东西都是绝对地道而真实的。他去博物馆看了小阿格里皮娜[②]的雕像，他是带着特殊的原因和情感前去缅怀的，并乘此机会去美术馆再次欣赏了提香[③]和勃鲁盖尔[④]的作品。但他总是会不由自主地回到圣基亚拉教堂。它的优雅，它的喜乐，它轻快的戏

---

① 即普雷比希特广场（Piazza del Plebiscito），是意大利那不勒斯最大的城市广场，毗邻保罗圣芳济教堂和建于 17 世纪的那不勒斯皇宫。
② 小阿格里皮娜（Agrippina the Younger，15—59），古罗马皇后，暴君尼禄的母亲。
③ 提香（Titian，约 1489—1576），意大利文艺复兴盛期著名画家，被誉为"西方油画之父"。
④ 勃鲁盖尔（Brueghel，1525—1569），尼德兰画家，擅画风景画及农村生活。

谑，似乎是它对待宗教的态度，而背地里它则宣泄着感性的情感，你看它奢华的外观，它高雅的线条。对阿申登来说，它所表达的，如果用一个荒谬而又夸张的比喻来说，就是眼前这座阳光明媚、尘土飞扬而又鲜活动人的可爱城市和她喧闹熙攘的居民。人们常说生活是迷人而又悲伤的；一个人没有钱固然可悲，但金钱不是一切，更何况世事无常，何必自寻烦恼呢？生活本来就是精彩而有趣的，所以我们还是活在当下充分享受吧：我们来做一个小小的总结。①

第四天早上，正当阿申登踏出浴缸、想用一条毛巾擦干身上的水分时，他的房门被快速打开，一个人溜了进来。

"你想干什么？"阿申登大喝道。

"别怕，你不认识我了吗？"

"上帝啊，是墨西哥人。你对自己做了什么？"

他换了假发，这次戴了个寸长的黑发，那在他头上看起来像顶帽子。这整个儿改变了他的外貌，虽然仍旧显得很滑稽，但已跟之前的他大相径庭了。他穿了一件破旧的外套。

"我只能停留一分钟，他正在刮胡子。"

阿申登感到自己的脸突然涨得通红。

"你发现他了？"

"这并不难。他是船上唯一的希腊乘客。我刚上船就看到一个女人在向他打听从比雷埃夫斯来的朋友，我也说我是来跟乔治·第欧根尼第见面的。我装作对他不在船上感到非常吃惊，借此跟安德里亚蒂搭上话。他这次出行用的是假名，他说自己叫隆巴多斯。他下船时我一直跟着他，你知道他做的第一件事是什么？他到理发店去把胡子剃掉。你怎么看？"

---

① 原文为意大利语：Facciamo una piccolo combinazione。

"这没什么，任何人都有可能想剃胡子。"

"我不这么认为。我觉得他想改变一下容貌。哦，他真狡猾。我真佩服德国人，他们一点蛛丝马迹都不留。他的经历不简单，但我马上就能告诉你。"

"等等，你的装束也变了。"

"啊，是的，我换了假发，这让我看起来不一样了，对吗？"

"我根本认不出你。"

"我应该采取些防范措施。我和他现在是好朋友。在布林迪西我们形影不离，他不会说意大利语，因此很高兴有我能帮他，我们一起结伴同行。我把他带到这家旅馆。他说明天要启程去罗马，但我可不能让他离开我的视线；我可不能让他溜了。他说想游览一下那不勒斯，我就自告奋勇当他的导游。"

"为什么他今天不去罗马？"

"这事说来话长。他假装是个发战争财的希腊商人，刚刚卖掉两条做沿岸贸易的蒸汽机船，现在想去巴黎尽情享乐。他说他这辈子最大的梦想就是去巴黎，现在终于有机会得偿所愿。他的口风很紧，我会尽量让他多透露一些。我告诉他我是个西班牙人，此次去布林迪西就是跟土耳其谈战争物资的事宜。我注意到他对我所言很感兴趣，但面上并无半点表示，当然我认为不能逼他太紧。他有文件在身上。"

"你怎么知道？"

"他并不担心他的手提包，却常常去摸他的腰部。我想文件不是在皮带里就是在马甲的内衬里。"

"你究竟为什么把他带到这家旅馆？"

"我想这会更方便些。我们可以搜查他的行李。"

"你也住在这里吗？"

"不，我才没那么蠢。我告诉他，我乘今晚的火车去罗马所以不用住宿。但我必须走了，我答应他十五分钟后在理发店外见面。"

"好吧。"

"如果今晚我要见你到哪里找你？"

阿申登打量了墨西哥秃头片刻，随即轻皱眉头调转开眼。

"我今晚会待在房间。"

"很好。你可以帮我看看走道里有人吗？"

阿申登把门打开向外看去。门外空无一人。事实上这个季节宾馆几乎无人入住。很少有外国人来那不勒斯，生意非常惨淡。

"一切正常。"阿申登说。

墨西哥人大胆地走出去。阿申登在他身后把门关上。他刮好胡子慢慢穿上衣服。广场上的阳光依然和煦明媚，过往的行人神情依旧，小马车还是那么破烂不堪，拉车的马儿还是那么骨瘦如柴，但它们再也不能让阿申登感到快乐了。他的心沉甸甸的，一点也不舒服。按惯例他去领事馆询问是否有他的电报。一无所获。于是他到库克店查找去罗马的列车时刻表。有一趟车是半夜发车，还有一趟车在次日凌晨五点发车。他希望能赶上第一趟。他不清楚墨西哥人的计划；如果他真想去古巴，就应该取道西班牙，想到这他不禁瞥了一眼室内的告示，结果看到第二天正好有一班船从那不勒斯开到巴塞罗那。

阿申登已厌倦了那不勒斯。街上的阳光让他感到刺眼，飞扬的尘土令他难以忍受，城市的喧嚣更觉震耳欲聋。他走到商业街喝了点东西。下午他去了看了场电影。回到宾馆时他告诉前台由于明天一早要离开，所以现在先把账结了；接着他把行李寄存在车站，只留一个公文包在房间，里面有一些印刷代码和几本书。他出去吃饭，然后回到宾馆坐着等墨西哥秃头。他无法控制自己内心极度的焦虑。他开始看书，但这本书无聊透顶，他又换另一本；他根本无法集中注意力，他看了一眼表，还早得很；他再次拿起书，告诫自己没看完三十页不许看表；虽然他老老实实地看了一页又一页，却完全不知道看了什么内容。他再次看了一下表。上帝啊，才十点半。他很想知道墨西哥秃头到底在哪里，在干什么，他很怕这家伙把事情搞砸了。这可是桩吓人的买卖。他突然想到应该把窗户关好，把窗帘拉上。他一支接一支地抽烟。看看表已是十一点一刻。一个突如其来的想法让他的心跳加快，好像要跳出胸腔了；出于好奇他数了一下自己的脉搏，结果惊讶地发现一切正常。虽然这是个温暖的夜晚，房间里也闷热不通风，他还是感觉手脚冰凉。真讨厌！他烦躁地想着，脑子里不由自主地出现一些他一点也不想看见的画面！作为一个作家，他也常构思谋杀案，此时他想到了《罪与罚》①里一个可怕的情节。他不想思考这个问题，但这个问题似乎缠上了他；不知什么时候他的书掉落膝头，他盯着眼前的墙壁（墙上的墙纸是棕色的带着黯淡的玫瑰图案）自问，如果一个人想在那不勒斯杀人，他该怎么做？当然这里有别墅，有面向海湾的大花园，花园里树木林立，枝繁叶茂，还有一个水族馆，漆黑的夜里尤其显得荒寂凄凉；但在这里发生点什么事到白天就会被发现，再说小心谨慎的人们也不会在黄昏后选择走这些险恶的小道。远离波西立波的公路倒是非常荒凉，并且有许多小路直达山顶，在夜里看不到一个人影，但你怎么才能诱使一个神经正常的人到那儿去呢？你也可以建议到海湾划船，但租船的船主可能会看到你；他是否会让你一个人划船而不起疑心就值得考虑了；港口边上有几家口碑不好的旅馆，夜里一个人不带行李很晚入住也不会遭到盘问；但是带你到房间的服务生还是有机会看到你，并且你在入住时也要填一张详细的问卷。

　　阿申登再次看看时间。他非常疲倦。他坐在那儿连书都懒得看了，脑海里一片空白。

──────────

① 《罪与罚》(*Crime and Punishment*)，俄国作家陀思妥耶夫斯基著。

这时门被轻轻推开了，他跳了起来，浑身汗毛直竖，不寒而栗。墨西哥秃头站在他面前。

"我没吓着你吧？"他笑嘻嘻地问，"我想你大概不愿意我敲门。"

"有人看见你进来吗？"

"夜间看门的人让我进来的。我按门铃时他正睡得迷迷糊糊的，甚至都没看我一眼。抱歉我来晚了，但我需要换一下装束。"

墨西哥秃头现在穿的是他之前旅行时的衣服，戴的是浅色的假发。这让他看上去大不一样，真是神奇。他显得更高大也更招摇；他的脸型也变了，他的眼睛熠熠生辉，整个人状态极佳。他瞥了阿申登一眼。

"你怎么这么苍白，我的朋友！你确定不紧张吗？"

"你拿到文件了吗？"

"没有，他没放在身上。这是他所有的东西。"

他把一个厚重的皮夹和一本护照放在桌上。

"我不要这些东西。"阿申登飞快地说，"把它们拿走。"

墨西哥秃头耸耸肩，把这些东西放回他的口袋。

"他的皮带里有什么？你说他经常去摸他的腰部。"

"只有钱。我查看过他的皮夹。里面也只有私人信件和女人的照片。他一定是在今晚和我出来之前把文件锁在手提箱里了。"

"该死。"阿申登咒骂道。

"我拿到了他房间的钥匙。我们最好去看一下他的行李。"

阿申登感觉胃部一阵恶心。他有点犹豫。墨西哥人笑了，但并无恶意。

"没有任何危险，我的朋友。"他说，那语气好像在安慰一个小男孩，"但如果你不乐意，我可以自己去。"

"不，我要跟你去。"阿申登坚持道。

"旅馆里没人醒着，安德里亚蒂先生也不会来打搅我们。你最好把鞋脱了。"

阿申登没有回答。他皱着眉头，因为他注意到自己的手轻微地颤抖着。他解开鞋带把鞋脱掉，墨西哥人也照做了。

"你最好先走。"他对阿申登说，"向左转再沿着走廊直行，38号房间。"

阿申登打开门走出去。过道里灯光昏黄黯淡，他提心吊胆，而他的同伴却显得十分轻松自在，这让他感到非常恼火。他们来到房门前，墨西哥秃头插入钥匙，打开锁走进房间。他把灯打开，阿申登随后把门关上。他留意到百叶窗被拉上了。

"现在我们安全了，我们可以慢慢来。"

他从口袋里拿出一大串钥匙，一把接一把试着，最终找到了那把对的。手提箱里装满了衣服。

"便宜货。"墨西哥人边把衣服拿出来边轻蔑地说，"我的原则是买最好的，最终反而不吃亏。没办法，总有人是绅士，有人不是。"

"你一定要说话吗？"阿申登问。

"危险的处境对人的影响各不相同。它只会使我兴奋，却让你脾气不佳，伙计。"

"你瞧，我都吓坏了而你却谈笑风生。"阿申登坦率地回答。

"这仅仅是胆量问题。"

说话间，他边拿出衣服边飞快而又仔细地进行检查。但手提箱里没有任何文件。他又掏出小刀割开箱子的内衬。这是个廉价的货色，衬里是直接粘在做箱子的材料上的。不可能有任何东西藏在里面。

"它们不在这里，一定是被藏在屋子里了。"

"你确定他没有把它们寄存在哪个办公室？比如哪个领事馆？"

"他一刻也未曾离开过我的视线，除了上次刮胡子。"

墨西哥秃头打开抽屉和橱柜但一无所获，地板上没有地毯。他检查了床上床下，包括床垫下面。他墨色的双眸上下逡巡着房间，寻找着每一处藏匿的地方，阿申登觉得任何东西在他面前都无法遁形。

"也许他把东西交给楼下的服务生保管了？"

"那样的话我应该会知道的，而且他也不敢这么做。它们不在这里。我也不清楚怎么会这样。"

他犹豫不决地看着屋子。他皱着眉头绞尽脑汁地猜想如何解开这个谜团。

"我们离开这儿吧。"阿申登建议。

"马上。"

墨西哥人蹲下身，飞快而又整齐地叠好衣服，重新把它们放进箱子里。他把箱子锁上并站了起来。之后他关上灯，慢慢地把门打开小心地向外看去。他对阿申登做了个手势后就悄悄溜到过道里。在阿申登出来后他把门锁上，把钥匙放进口袋，再跟着阿申登回到他的房间。一进门把门闩上，阿申登就开始擦拭他潮乎乎的手和汗津津的额头。

"感谢上帝，我们终于从那里出来了。"

"那里真的一点危险都没有。但我们现在该怎么办？没找到文件上校一定会很生气。"

"我要乘五点的火车去罗马，到了那边再请求下一步指示。"

"很好，我跟你一起去。"

"我认为你最好还是赶快离开这个国家。明天有艘船到巴塞罗那，你要不先乘上，如果有必要我会去那儿找你。"

墨西哥秃头哂笑了一下。

"我知道你着急想要甩掉我。好吧，我不会让你的愿望落空的，虽然这只是你处理此事缺乏经验所致。我会去巴塞罗那。我有西班牙的签证。"

阿申登看了一下表。刚刚过两点。他还有将近三个小时的等待。他的同伴心安理得地给自己卷一支烟。

"你想不想吃点夜宵?"同伴问,"我饿坏了。"

阿申登一想到食物胃里就不舒服,但他渴得厉害。他不想跟墨西哥秃头出去,但也不想一个人待在旅馆里。

"这个点可以去哪里找吃的?"

"你只管跟着我,我带你去一个地方。"

阿申登戴上帽子,手里拎着公文包。他们走下楼。大厅里门童在一块放在地板的床垫上睡得正香,当他们蹑手蹑脚地绕过桌子唯恐把他吵醒时,阿申登注意到与他房间对应的信件格里有一封信。他拿出来一看收件人是他。他们踮着脚尖走出旅馆并把门在身后关上,然后快速离开。在走出去大约一百多码后阿申登停下脚步,在一个路灯下掏出信看了起来;信是从领事馆来的,上面说:随信附上的电报是今晚到的,为以防万一有紧急情况,特派信使将电报送到你下榻的宾馆。显然信是半夜前送到的,那时阿申登正坐在他的房间里。他打开电报发现里面全是代码。

"嗯,那要等会儿再看了。"他自言自语道,把它放回到口袋里。

墨西哥秃头熟门熟路地穿行在这些空无一人的街道上,阿申登紧随其左右。最后他们来到位于一条死胡同里的一个酒馆,外面看起来污秽不堪令人作呕,墨西哥人走了进去。

"这跟丽茨饭店不能比。"他说,"但在半夜也只有在这里我们才能有机会找到点吃的。"

阿申登发现自己身处一间狭长肮脏的房间,尽头有个干瘦的年轻人坐在一架钢琴边;靠墙摆着一些桌子,桌子的两边都有长凳,零零星星地坐着些男男女女,他们喝着啤酒和葡萄酒。女人们大都不再年轻，虽浓妆艳抹还是难掩其丑；而她们粗鄙的逗乐只让人感觉嘈杂喧闹毫无趣味。当阿申登和墨西哥秃头走进来时她们都一起盯着这两人看，他俩找了张桌子坐下，阿申登看向了别处以免跟那些挑逗的目光接触，她们正准备对着他媚笑，以期得到他的回应。干瘦的弹琴者奏出一支曲子，几对人站起来开始跳舞。因为男伴不够，一些女人只好一起跳。将军点了两盘意大利面和一瓶卡普里葡萄酒。酒刚送到，他就一口气喝了一大杯，然后坐着边等意大利面边打量着坐在其他桌的女人们。

"你跳舞吗？"他问阿申登，"我准备邀请她们其中一个和我转转圈。"

他站起身，阿申登看着他走向一位还算明眸皓齿的女人；她站了起来，将军用手臂搂着她。他跳得非常好。阿申登看到他开始闲聊；那女人乐不可支，原先接受邀请时还有些不屑的目光开始变得有点感兴趣了。很快他们就热络地谈开了。曲终人散，将军把她送回她的桌子，再回到阿申登这儿灌下了另一杯酒。

"你觉得我的女孩怎么样？"他问阿申登，"不错是吧？跳舞对人是有好处的，你为什么不去邀请一个？这是个好地方，不是吗？对于找这样的地方相信我没错。我有直觉。"

钢琴师又开始弹奏了。那女人看着墨西哥秃头，当他用大拇指做个手势点向地板时，她欣然跳了起来。他扣上外套，弓着背站在桌旁等着她走过来。他带着她翩翩起舞，谈笑风生，很快他就跟屋子里的所有人都熟稔了。他操着略带点西班牙口音的流利的意大利语，跟不同的人开着玩笑，打情骂俏，他们也都被他的俏皮话逗乐了。当他看到服务生送来两大盘堆得满满的意大利通心粉时，立马停止跳舞，连礼仪都不顾了，转身奔向他的美食，让他的舞伴自行回到自己的桌子。

"我饿极了。"他叫道,"虽然我已吃过一顿丰盛的晚餐了。你在哪吃的饭?你还要再吃点意大利面的,对吧?"

"我没有胃口。"阿申登说。

但他开始吃了两口才惊讶地发现自己也饿了。墨西哥秃头狼吞虎咽,尽情享受美食;他的眼睛闪闪发亮,嘴里喋喋不休。跟他跳舞的女人在那么短的时间内就把自己的一切都告诉他了,现在他再对阿申登转述了一遍。他嘴里塞满了一大片面包。他又叫了另一瓶葡萄酒。

"葡萄酒?"他轻蔑地叫道,"葡萄酒不能算酒,充其量就是香槟;它甚至不能止渴。现在,伙计,你感觉好点了吗?"

"必须的。"阿申登笑着说。

"实践,你需要多多地实践。"

他伸出手拍了拍阿申登的手臂。

"那是什么?"阿申登惊讶地叫道,"你袖口上的污渍是什么?"

墨西哥秃头看了一眼他的袖子。

"那个?没什么,一点血而已。我出了点小意外弄伤了自己。"

阿申登沉默了。他的眼睛看着挂在门上的钟。

"你在担心你的火车?让我再跳一曲就陪你去车站。"

墨西哥人站起身带着极端的自信一把抓过坐得离他最近的女人就跳开了。阿申登忧心忡忡地看着他。他是个可怕的、骇人的家伙,戴着金色的假发,脸上光滑无毛,但他的舞步却优雅完美、无人能比;他的脚虽小却像猫或老虎的肉趾一样牢牢地吸着地面;他的节奏如行云流水般美妙,显而易见与他共舞的那个打扮艳俗的女人已陶醉在他的舞姿中。音乐流淌在他的脚尖,流淌在他搂紧女人的长手臂上,也流淌在他随着臀部移动的大长腿上。虽然他冷酷阴险又荒诞不经,此刻在他身上却有着猫咪般的典雅矜贵,甚至有几分美丽,让你感到有种神秘的令人吃惊的吸引力。阿申登觉得他就像前阿兹特克①石雕中的一个，野蛮而又鲜活，可怕而又残忍，但除此之外他真是无比可爱。尽管阿申登很乐意留下将军一人在这肮脏的舞厅里度过这个夜晚，但他清楚他必须跟将军好好谈一谈。他可不指望自己对此事毫无顾虑。他奉命给曼努尔·卡莫纳一笔钱作为取得文件的报酬。现在，文件还没见踪影，至于剩下的事——阿申登对此一无所知；这不关他的事。墨西哥秃头经过他身边时高兴地对他挥了挥手。

"音乐一停我就回来，你把账结了，我马上就好。"

阿申登真希望自己能看透他的心。他甚至都无法猜测他在想什么。此时墨西哥人边用喷了香水的手帕擦拭额头的汗水边向他走来。

"你玩得开心吗，将军？"阿申登问他。

"我一直都开心。这些可怜的穷苦白人，但这和我有什么关系？我喜欢抚摸我怀里女人的身体，看着她慵懒的双眼，亲吻她双唇的芳泽，享受她对我的柔情蜜意，浓似阳光下融化了的奶油。这些可怜的穷苦人，但我只喜欢女人。"

他们动身去车站。墨西哥人提议步行，因为这个时间几乎不可能找到出租车；夜空上繁星点点，虽已是夏天，但空气仿佛静止了一般。沉默如同一个死魂灵一路如影随形。他们离车站越来越近，那些房子的轮廓似乎更加灰暗、更加肃穆，仿佛黎明即将来临。这样的夜里你会不由自主打个寒战。这是令人恐惧不安的时刻，灵魂都不免有些担心：它无端地忧虑也许第二天永远不会再来了。他们走进了车站，黑夜再次吞噬了他们。一两个搬运工在闲荡，像舞台上幕布被拉下、场景被替换时的工作人员一样。有两个士兵穿着深色的制服一动

---

① 阿兹特克文明（Aztec Civilization），是墨西哥古代阿兹特克人所创造的印第安文明，是美洲古代三大文明之一。主要分布在墨西哥中部和南部。形成于14世纪初，1521年为西班牙人所毁灭。

不动地站着。

候车室空无一人，但阿申登和墨西哥秃头仍然走到最偏僻的角落坐下。

"还有一个小时才开车，我正好可以看看电报写了什么。"

阿申登从口袋里掏出电报，又从公文包里拿出代码本。他的解码方式并不复杂。一共两部分，一部分印在一个小本子上，另一部分写在一张纸上，他离开协约国领土前就将它们强记下来并将纸条销毁。他戴上眼镜开始工作。墨西哥秃头坐在座位的一角，给自己卷了支烟并点上；他心平气和地坐着，没有干涉阿申登的工作，只是静静地享受这难得的片刻安宁。阿申登正在破译那一组组的数字，每解读出一个字他就把它写在一张纸上。他解码时，思路跟感觉分开直到完成工作，因为他发现如果你过早关注解读出的文字的意思，就会贸然下结论，有时会导致错误的信息。因此他只是机械地翻译，并没注意接二连三写下的文字。当所有工作结束后他读了一遍完整的译文，信息如下：

> 康斯坦丁·安德里亚蒂因病在比雷埃夫斯滞留。他无法乘船旅行了。速回日内瓦等候指示。

起先阿申登还不解其意，他再读了一遍。他全身都在颤抖。他头一次失去了镇定，脱口而出，用一种嘶哑的声音焦躁狂怒地低吼着：

"你这个该死的笨蛋，你杀错人了。"

茱莉亚·拉扎里

　　阿申登习惯于声称自己从不感到无聊。他的观点是，只有那些本身没有才智的人或者依靠外界获得娱乐的傻瓜才会感到无聊。他对自己从不抱幻想，他在文学作品取得的成功并没有让他忘乎所以。他能敏锐地辨别对于一本小说的成功或一部戏剧的流行起作用的那些人，哪些评论让作者声名鹊起，哪些又让他声名狼藉。除非有实惠，否则他并不在乎这些。他已经完全准备好利用他众所周知的名字来得到邮轮上一个比他付费预定的好得多的高级包房；如果海关官员因为读过他的短篇小说而对他的行李免检，阿申登会欣然承认这就是对文学的追求得到的回报。他叹息热衷于戏剧的青年学生企图和他探讨写作技巧，也常常对那些过度吹捧他的女士们颤抖着在他耳边低语对他作品的仰慕感到无语，希望自己已不在人间。但他认为自己是聪明的，所以要他感到无聊那是不可能的事。事实上他可以饶有兴味地跟人们公认极其沉闷的人聊天，这些人连他们的同伴都对他们唯恐避之不及，好像欠了他们钱似的。也许他只是出自自己身上很少出现的职业本能；他们作为他的写作素材从未让他感到厌烦，就像化石从未让地质学家感到厌烦一样。现在他拥有一切常人可以用来消遣的东西。他在一家不错的旅馆里有舒适的房间，而日内瓦又是欧洲最适宜居住的城市之一。他有时租一艘船泛舟湖上，有时租一匹马沿着小镇周边的碎石子路悠闲地小跑，因为在整洁有序的市区，你很难找到一片草坪可以任你随意驰骋。他漫步在古老的街道上，在那些安静又肃穆的灰色石头房子中，他试图重温过去时代的精神。他带着愉悦的心情重读了卢梭[①]的《忏悔录》[②]，又一而再再而三地尝试继续读《新爱洛依丝》[③]，虽徒劳，但锲而不舍。他写作，很少跟人打交道，因为他的工作都是在暗中进行的。但他在同住旅馆的人当中结识了些闲聊的旅伴，这样他就不会感到孤独。他的生活很充实，也多变，当他没有其他事做的时候，他就沉浸在思考当中；在这种情况下他会觉得无聊才怪，当然，就像天空中总有些孤云飘过，他的确预见到了无聊的可能性。有一个故事讲的是路易十四，他传唤一个侍臣来服侍他出席一个庆典仪式，当侍臣赶到时发现路易十四已经准备好要出发了，路易十四转向他用冰冷威严的语气说，我还好没等你[④]。我能给出的唯一一但又略显拙劣的翻译是，我已经逃脱了等待；因此阿申登也可以承认他现在刚刚逃脱了无聊。

他常常沉思。他骑着一匹大臀短脖的斑纹马沿着湖边漫步。这种马就像你在旧图片里看到的昂首阔步的腾跃骏马，但他的马从不腾跃，必须要用马刺猛击它才有可能做出整齐的小跑——他若有所思，很有可能情报局在伦敦办事处的头头们的手放在这台伟大机器的排挡上，过着充满激情的生活：他们把零件分散到各处，他们看到由众多丝线编织成的图案（阿申登喜欢大量使用暗喻），他们用拼图游

---

① 卢梭（Rousseau，1712—1778），法国启蒙思想家、哲学家、教育家、文学家。主要著作有《社会契约论》《爱弥儿》《忏悔录》等。

②《忏悔录》(Confessions)，卢梭创作于1782年。

③《新爱洛依丝》(La Nouvelle Heloise)，卢梭创作于1762年。

④ 原文为法文：J'ai failli attendre。

戏里各种各样的碎图片拼成一幅图。坦白地说，像他这种情报局的小人物并不像公众想象的那么爱冒险。阿申登的公开身份就像城市文员，他做着井然有序但又单独乏味的工作：他每隔一段时间跟他的情报员们会面并付给他们工资；他每找到一个新的人选就雇佣他，给他指令并派他去德国；阿申登等待传来的消息并把它发送出去；他一周去法国一次，与他的同事一起商讨边境问题，接受从伦敦发来的命令；他在赶集的日子到集市上去，从湖对岸过来卖黄油的老妇人手里交接情报；他眼观六路，耳听八方；他长篇大论地写报告并确信没有人会去看，直到有一天他漫不经心地夹杂了一个笑话在里面，并因此轻率举动而受到严厉的责备。他所从事的工作无疑是非常必要的，但也只能以枯燥无味来形容。有段时间为了更好地完成某个任务，他考虑是否可以和冯·希金斯男爵夫人调调情。他现在十分确定她是奥地利政府情报处的特工，也无比期待能从与她的交锋中获得某种愉悦。和她进行智力较量将会很有趣。他清醒地知道她会为他设下圈套，为了避免上当他必须绞尽脑汁，这样就能防止大脑生锈。他发现她也很乐意跟他玩这个游戏。她给他写热情洋溢的小纸条，滔滔不绝地赞叹他送给她的花。她和他一起泛舟湖上，她那细长白皙的手指随意地拂过水面，她谈论爱，又暗示自己有颗破碎的心。他们一起吃饭，并一起去看用通俗法语表演的《罗密欧与朱丽叶》。阿申登还没来得及决定他在俩人的关系上要走多远，这时他接到 R. 上校的便条，严厉地问他在玩什么把戏：据"已掌握的"信息，他（阿申登）跟一位自称冯·希金斯男爵夫人的女人打得火热，这个女人据悉是同盟国的特工，除了礼节性的需要，他与她之间的任何交往都会给我们带来麻烦。阿申登耸耸肩。他不认为 R. 上校像自己想象的那么聪明。但阿申登也饶有兴味地发现，之前他并不知道，原来在日内瓦也有人的工作是不分昼夜地盯着他。这就很清楚，有人奉命在监督他是否怠慢工作或恶搞胡闹。他感到很好笑。R. 上校，好你个精明又不择手段的老家伙！他从不冒险；他不信任任何人；他利用他的手下，但无论他们做得好坏，他都不予评论。阿申登四下张望，希望能发现那个向 R. 上校打小报告的人。他好奇地猜想会不会是旅馆的服务员。他知道 R. 上校最喜欢用服务生了：他们有机会见到许多人，也能轻易地进入交接情报的地方。他甚至猜想是不是男爵夫人自己向 R. 上校提供的情报；这一点都不奇怪，如果她同时也受雇于盟国的某个情报机构。阿申登继续彬彬有礼地维持和男爵夫人的联系，但已不再对她另眼相看、殷勤有加。

他调转马身慢慢地小跑回日内瓦。一个旅馆马厩里的马夫正在旅馆门口等着他并帮他滚鞍下马。阿申登走进旅馆。前台的门房递给他一份电报。其大意如下：

> 玛吉姨妈偶感微恙，身体欠安，现寓居巴黎洛蒂旅馆。如有可能请前来问候为盼。
>
> 雷蒙德

雷蒙德是 R. 上校戏称自己的假名之一，由于阿申登没有这个幸运拥有一位玛吉姨妈，他断定这是一个召唤他去巴黎的命令。在阿申登看来，R. 上校用了很多业余时间读侦探小说，特别是当他心情好的时候，他就会觉得模仿惊悚廉价小说的风格行事能让他感到无比快乐。如果 R. 上校心情好，那就是说他将要发动一场政变，因为每次政变完成后他总是心情沮丧，然后对着下属发泄怒气。

阿申登故意漫不经心地把电报留在前台，询问去巴黎的快车什么时候开。他看了一眼时钟，心里盘算是否有时间赶在领事馆关门前把签证弄到手。当他要上楼去拿护照、电梯门快要关闭的那一刹那，门房叫住了他。

"先生，您的电报忘记拿了。"他说。

"瞧我这记性。"阿申登说。

现在阿申登知道万一有个奥地利男爵夫人好奇想打听他为什么突然去巴黎，她就会发现是因为他的一位女性亲戚身体不适引起的。在战乱动荡时期，最好一切公开明了。他在法国领事馆是个熟面孔，因此没费多大工夫就把签证办出来了。他之前已请门房帮他订张车票，因此回旅馆后他就从容地沐浴更衣。他对这次始料未及的旅行的前景充满了期待。他喜欢旅游。他在卧铺车厢里睡得很好，如果突然的颠簸把他吵醒，他也不会感到不安；躺着小憩时抽支烟真是无比惬意，一个人在小小的客舱里待着反而感到一种迷人的孤独；火车车轮压在铁轨上发出的嘎吱作响的节奏声为他在沉思时的思路提供了愉快的背景；而在夜晚火车加速穿越空旷的野外让人觉得就像一颗星星加速穿过太空。而旅程的终点等待他的是个未知数。

阿申登到达巴黎时正值天寒地冻、细雨纷飞。他胡子拉碴，不修边幅，洗个热水澡、换身干净的内衣是他此刻最大的愿望；还好他现在精神抖擞、状态极佳。他从车站打电话给 R. 上校，询问玛吉姨妈的状况。

"我很高兴看到你对她如此关心，一点没耽搁就马不停蹄地赶到这里。"R. 上校回答，他的声音里透着一丝轻笑，"她的精神的确非常不好，但我相信见到你将对她大为有益。"

阿申登心想，与职业幽默家不同，这就是业余幽默家经常会犯的错误；一旦说了一个笑话，他就接二连三地说个没完。开玩笑的人和他的笑话之间的关系应该是快速而不经意的，就像蜜蜂之于花朵。他应该讲好笑话后任由别人将它传递出去。如果他只是多啰嗦两句，像蜜蜂飞近一朵花时多嗡嗡一阵，当然没什么大不了的；因为这只是向这个愚钝的世界宣布，我打算开个玩笑。但阿申登跟大多数职业幽默家不同，他对别人的幽默还是很宽容的，所以此刻他仍按 R. 上校的思路用他的台词回答 R. 上校。

"你认为她什么时候能见我？"他问道，"请代我先问候她一下好吗？"

这下 R. 上校十分明显地咯咯笑开了，阿申登则叹了一口气。

"我想你来之前她要打扮一下，你知道的，她喜欢展现最好的自己。十点半怎么样？等你跟她说完话，我们一起去吃个午饭。"

"好的。"阿申登说，"我十点三十分准时到洛蒂旅馆。"

阿申登干净清爽地来到旅馆，他认识的一个勤务兵在大厅等他并把他带到 R. 上校的房间。他打开门让阿申登进去。R. 上校正背对熊熊炉火站着口授指令给秘书。

"请坐。"R. 上校边说边继续他的口授。

这是个装饰完美、家具齐全的客厅，插在瓶里的一束玫瑰显然出自女人之手。一张大桌子上有一堆文件。R. 上校看上去比阿申登上次见他时要老一些。他那瘦削蜡黄的脸上皱纹更多了，头发更加灰白。这都是工作对他产生的影响。他律己甚严，每天早上七点起床后就一直工作到深夜。他的制服既干净又整洁，但也就松松垮垮地随意套在身上。

"就这样吧。"他说，"把这些东西都拿走，然后继续打字。我出去吃午饭前要签字。"他转向勤务兵，"别让人打扰我。"

秘书，一个大约三十多岁的少尉，显然是临时委任的文职人员，把那堆文件收拾好离开了房间。勤务兵正跟着退出去，R. 上校说：

"等在外面，如果需要我会叫你。"

"好的，先生。"

等他们单独相处时，R. 上校热诚地转向阿申登。

"旅途还愉快吗？"

"是的，先生。"

"你觉得这里怎么样？"他环顾房间问道，"很不错，对吧？我一直不明白为什么一个人不能尽其所能来减轻战争所造成的痛苦。"

R. 上校一边闲聊一边目不转睛地盯着阿申登看。他那双靠得很近的淡色眼睛凝视着你，让你觉得他已看穿你的思想并对此评价不高。R. 上校在难得骄傲自夸的时候毫不掩饰自己的想法，他认为自己的同胞都是傻瓜或无赖。这是他在招募时必须面对的障碍之一。基本上他更愿意他们是无赖；你知道你所面对的，你就能采取措施应对它。他是个专业军人，在印度和殖民地度过了他的职业生涯。战争爆发时他正驻扎在牙买加，作战部有人跟他打过交道，还记得他，就把他带来安排在情报部门。他非常精明机敏，很快就担任一个重要职位。他精力充沛，组织能力出色，做事没有顾虑，只有谋略、勇气和决心。他可能只有一个弱点。他这一生从未与人亲密接触过，特别是女人；他认识的女人们是他的同僚军官的太太们，以及政府官员和商人的太太们。在战争初期来伦敦时，他的工作需要他与聪明、美丽又杰出的女性接触，他有点看花眼了。她们让他感到害羞，但他很快就进入了她们的社交圈，成了很受女性欢迎的男人。而在阿申登看来，由于他比 R. 上校自己还了解他，他怀疑那玫瑰有故事。

阿申登知道 R. 上校把他叫来不会只是想聊聊天气和庄稼，他琢磨着 R. 上校什么时候才能切入正题。不过 R. 上校没有让他琢磨太久。

"你在日内瓦干得非常出色。"他说。

"我很高兴你能这么想，先生。"阿申登回答。

突然 R. 上校脸色一变，看起来冷酷又严厉。他的闲聊到此为止。

"我有一个任务要交给你。"他说。

阿申登没有回答，但在内心深处他感到有点小小的欢欣鼓舞。

"你听说过钱德勒·拉尔吗？"

"没有，先生。"

不耐烦的皱眉瞬间让上校的眉头乌云密布。他希望他的部下知道一切他认为应该知道的事。

"你这些年都住在哪里？"

"梅费尔①，切斯特菲尔德街 36 号。"阿申登回答。

一道微笑的影子掠过 R. 上校蜡黄的脸。这看似有点无礼的回答却正合他喜欢讥讽的心意。他走到那张大桌子旁，打开放在上面的一个公文包，拿出一张照片递给阿申登。

"就是他。"

由于阿申登不习惯东方人的面孔，在他看来照片里的人跟他见过的其他上百个印度人长得一个样。他有可能是那些定期来英国并常常出现在报章杂志插画中的印度王公中的一个。这是个面孔圆胖、皮肤黝黑的男人，长着丰满的嘴唇和肉感的鼻子；他的头发又黑又密又直。照片中他的眼睛非常大，水汪汪的像母牛的眼睛。穿着欧式服装的他看上去有些不自在。

"这张是穿民族服装照的。"R. 上校说着又递给阿申登另一张照片。

之前那张只看到头和肩膀，而这张是全身照，应该是好几年前拍的。他那时更瘦些，那双大而严肃的眼睛几乎占据了整个脸部的大半。它是本国摄影师在加尔各答拍的，周围的环境荒诞可笑。钱德勒·拉尔靠着一个背景墙站着，上面画着一棵忧郁的棕榈树和一片碧

---

① 梅费尔（Mayfair），伦敦的上流住宅区。

海。他一只手倚着一张雕花桌子，上面摆着一盆橡胶树盆栽。但戴着头巾穿着淡色长袍的他不无尊严。

"对他你怎么看？"R.上校问。

"应该说他是个很有个性的人。有种气势在那儿。"

"这是他的档案材料，你看看好吗？"

R.上校递给阿申登几张打印纸，阿申登坐下来看。R.上校则戴上眼镜开始看等待他签字的信件。阿申登先快速浏览了一遍，然后再仔细地阅读第二遍。看来他是个危险的煽动者，职业是律师，但又从事政治活动，对英国在印度的统治怀有刻骨的敌意。他是武装力量的游击队员，对不止一次发生的有人员伤亡的暴动负有主要责任。他曾被捕过，受审讯并被判两年监禁；但战争一开始他就逍遥法外，并抓住机会开始煽动叛乱。他是阴谋的核心人物，目的是使英国在印度的统治动荡，从而阻止他们转移军队到战场上去；并且依靠德国特工提供的大量资金，他可以制造更多的麻烦。他与两到三起的炸弹爆炸案有关，虽然除了杀死几个无辜的旁观者外没有造成其他什么伤害，但使公众神经紧张、人人自危，严重影响了士气。他逃过了所有对他实施的逮捕，他的活动越来越可怕，他一会儿在这，一会儿在那，警察就是无法抓到他。他们只听说他在某个城市，完成他的任务后就离开了。最后对他进行了高额悬赏并将以谋杀罪名逮捕他，他却逃出境外，去了美国，从那儿又去了瑞典，最后到达柏林。在那里他又忙于各种策划，企图在被送到欧洲战场的本国部队中制造不满情绪。所有这一切都是枯燥无味的叙述，没有任何评论或解释，但就在这平淡无奇的字里行间中你能感到一种神秘和冒险，感受到千钧一发和死里逃生。这份报告最后说道：钱德勒在印度有个妻子和两个孩子。没有证据证明他和任何女人有暧昧关系。他烟酒不沾，据说品性诚实廉洁。他曾经手大量的金钱，但没有人对他是否财尽其用产生过任何质疑。他拥有过人的勇气并且是个工作狂。据说他以信守诺言为荣。

阿申登把文件还给 R. 上校。

"怎么样?"

"一个狂热分子。"阿申登想说材料里还提到了这个男人的浪漫迷人，但他知道 R. 上校不想听这类的废话，"他看起来非常危险。"

"他是进进出出印度的最危险的阴谋家，比其他所有人加起来的危害都大。你知道在柏林有一帮这样的印度人，而他是他们的军师。如果能把他解决了的话，其他人我都不屑一顾；他是唯一有胆识之徒。我追捕他已花了一年时间，本以为没有任何希望；但现在机会终于来了，哦，天啊，我要抓住这个机会。"

"那么你准备怎么做?"

R. 上校冷冷地笑了。

"干掉他，尽快干掉他。"

阿申登没有回答。R. 上校在小房间里来回踱步，然后，再一次背朝火炉，面对着阿申登，他的薄唇由于露出讥讽的微笑而略略扭曲着。

"你有没有注意到在我给你的报告最后写着没有证据证明他和任何女人有暧昧关系? 不错，之前是真的，但现在不是了。这个傻瓜坠入了爱河。"

R. 上校走向他的公文包，拿出一捆用淡蓝色缎带系紧的东西。

"看，这是他写的情书。你是个小说家，可能会觉得它们挺有趣的。事实上你必须读它们，这将有助于你处理现在的情况。把它们都带走。"

R. 上校又把这整齐的一小捆东西扔回到公文包里。

"人们都奇怪为什么像他这样一个能干的人会允许自己沉迷于一个女人。这是我怎么也想不到他会做的事。"

阿申登眼睛游离到桌上那束美丽的玫瑰，但他什么也没说。从不放过任何细节的R.上校看到了他的那一瞥，脸色顿时阴沉下来。阿申登知道R.上校很想问他究竟在看什么鬼东西。在那一刻R.上校对他的下属没什么友情，但他没说什么。他回到刚刚在谈论的话题。

"不管怎样，这和今天的谈话毫不相干。钱德勒疯狂地爱上了一个叫茉莉亚·拉扎里的人。他为她痴迷。"

"你知道他是怎么看上她的？"

"当然。她是个舞者，跳西班牙舞，而且碰巧是个意大利人。为了舞台需要，她称自己为马拉奎纳。你知道这种事。西班牙流行音乐和披肩小纱巾，一把小扇子和一个高高插在发髻上的装饰梳子。过去十年她跳遍了整个欧洲。"

"她很优秀吗？"

"不，糟透了。她在英格兰的乡村待过，有时在伦敦有一些演出。她一周挣不到十英镑。钱德勒在柏林一家低级娱乐场遇见她，你知道那是什么，一种廉价的跳舞厅。我认为在欧洲大陆她把她的舞蹈视为提升她妓女价值的主要手段。"

"在战争期间她是怎么到柏林的？"

"她曾一度嫁给一个西班牙人；我想虽然他们现在已不住在一起，但婚姻关系依然存在，她用的是西班牙护照。看来钱德勒在拼命追求她。"R.上校再次拿起印度人的照片若有所思地看着，"你不会认为这个油腻的小黑鬼有什么吸引人的地方。老天，他们是怎么长胖的！事实上他们俩相互爱慕，双双坠入爱河。我也拿到了她的情书，当然是影印版的，原件还在他手里，我敢说他一定是用粉红丝带系好小心保存的。她为他神魂颠倒。我虽然不是个文人，但我能看得出他们俩真的两情相悦。不管怎么说你要好好读读，然后告诉我你是怎么认为的。人们都说世界上没有一见钟情这种事。"

R. 上校带着淡淡的嘲讽微笑着。今天上午他肯定心情不错。

"但你是如何得到这些信件的?"

"我是如何得到它们的? 你觉得呢? 因为她的意大利国籍,茱莉亚·拉扎里最终被驱逐出德国。她被滞留在荷兰边境。因为在英格兰有个跳舞合约,她获得了签证并" —— R. 上校查看了文件上的日期——"在十月二十四日最终从鹿特丹乘船到哈里奇①。从那以后她就在伦敦、伯明翰②、朴次茅斯③ 和其他一些地方跳舞。两周前她在赫尔④ 被逮捕。"

"为什么?"

"间谍活动。她被转移到伦敦,我去霍洛威⑤ 看过她。"

阿申登和 R. 上校彼此对视了片刻,谁也没说话,也许他们俩都竭尽全力想看穿对方的心思。阿申登想,这一切的真相究竟在哪里;而 R. 上校则在考虑,他该告诉阿申登多少最有利。

"你是怎么盯上她的?"

"德国人允许她在柏林平安无事地跳了几周舞,却又突然毫无缘由地把她驱逐出境,这让我觉得很奇怪。我想这应该是为间谍活动作好准备。一个不太注重道德的舞者应该能利用机会打听到一些有价值的消息,在柏林时就有人花重金购买。我就想不妨让她来英国,看看她想做什么。我派人跟踪她。我发现她一周两到三次写信给荷兰的一个地址,并且一周两到三次收到从荷兰的回复。她的信是个夹杂法语、德语和英语的奇异混合体;她能说一点英语和流利的法语,但她收到的回信却完全是用英语写就的;此人英语很好,语言流畅,但可

---

① 哈里奇(Harwich),英国港口。

② 伯明翰(Birmingham),英国中部城市。

③ 朴次茅斯(Portsmouth),英国港口城市。

④ 赫尔(Hull),英国城市。

⑤ 霍洛威(Holloway),伦敦地名。

以看出不是英国人的英语，言辞过于华丽浮夸，有点矫揉造作；我很好奇写信的人是谁。它们看上去就是普通的情书，但确实文笔优美，很有文采。很显然它们是从德国发出的，但作者既不是英国人、法国人，也不是德国人。他为什么用英语写？外国人当中，比其他欧洲大陆人的英语好的非东方人莫属，但也不是土耳其人或埃及人，他们懂法语。日本佬会写英语，印度人也一样。我得出结论茉莉亚的情人就是那帮在柏林给我们制造麻烦的印度人中的一个。我不知道他是钱德勒·拉尔，直到我发现了他的照片。"

"你是怎么发现的？"

"她随身带着它。她这事做得不错，她把它跟许多其他喜剧歌手、小丑和杂技演员的剧照放在一起锁在箱子里，这样很容易让人误以为是穿着舞台服装的音乐厅表演者的照片而忽略。事实上，后来她被逮捕时被问及这张照片，她说不知道，这是个印度魔术师给他的，而她并不晓得他的名字。巧的是我派了一个非常聪明的小伙子来负责这项工作，他觉得很奇怪，这是这堆照片中唯一来自加尔各答的。他注意到照片背面有个号码，就把它拿走了，我是指号码；当然照片我们也换掉了。"

"顺便问一下，仅仅是好奇，你的那位非常聪明的小伙子是怎么最终锁定这张照片的？"

R. 上校的眼睛闪烁了一下。

"这不关你的事。但我不介意告诉你他是个非常英俊的男孩。不管怎样，此事无足轻重。我们拿到照片的号码后就发电报给加尔各答，很快我就收到了令人愉快的消息，茉莉亚的热恋对象不是别人，正是坚不可摧的钱德勒·拉尔。于是我想我必须更小心地监视她。她似乎对海军军官情有独钟。对此我也不能完全责怪她，毕竟他们非常有魅力。但对于水性杨花、国籍可疑的女士来说，在战争年代培养她们的交际圈显然是不明智的。目前我已收集到不少对她不利的证据。"

"她是怎么完成她的工作的?"

"她没有完成,她不需要完成。德国人是真的把她驱逐出境;她不为他们工作,她为钱德勒工作。她在英格兰的工作合约结束后她就打算再去荷兰跟他团聚。她对这项工作并不在行;她很紧张,但这反而让事情看起来容易些,似乎没人找她麻烦,事情变得相当激动人心;她不费吹灰之力就得到了各种有趣的信息。在一封信里她写道:'我有许多东西要告诉你,我的小白菜①,亲爱的,你一定会非常②感兴趣③想知道。'然后她在法语下面画线。"

R.上校停下来搓搓双手,疲惫的脸上露出了对自己的狡猾极为满意的邪恶表情。

"是间谍活动让事情变容易了。当然我一点也不在乎她,我要找的人是他。于是,当我抓到她的把柄后就逮捕了她。我有足够的证据能证明一个间谍团伙有罪。"

R.上校把手放进口袋里,他苍白的嘴唇扭曲着挤出一个微笑,简直比鬼脸还难看。

"霍洛威并不是个令人愉快的地方,你知道的。"

"我想没有一个监狱是。"阿申登评论道。

"我让她自作自受在里面吃了一星期苦头才去看她。那时她的神经十分紧张。女典狱长告诉我,她一直处于一种疯狂的歇斯底里状态。可以说她看起来就像个魔鬼。"

"她漂亮吗?"

"你会见到她的。她不是我喜欢的类型。我敢说如果她梳妆打扮

---

① 原文为法文:mon petit chou。
② 原文为法文:extremement。
③ 原文为法文:interesse。

后会更好看的。我严厉地告诫她、吓唬她，让她感到害怕。我告诉她
要被判十年刑。我想我吓到她了，我知道必须这样做。当然她否认一
切，但证据摆在那儿，我向她保证她没有任何机会开脱罪名。我花了
三个小时和她待在一起。她完全崩溃了，最后承认了一切。然后我告
诉她我可以让她免于刑罚而离开，只要她能让钱德勒来法国。她断然
拒绝，并说她宁愿死；她非常歇斯底里、令人心烦，但我任由她无理
取闹。我告诉她要仔细考虑清楚，并说一两天后我会再来看她，到时
再谈。实际上我离开她整整一个星期。她显然有足够的时间思考，因
为当我再次去时她非常冷静地问我的计划是什么。她已经在监狱里待
了十四天，我想她已经受够了。我尽可能清楚地对她直言不讳，她也
接受了。"

"我想我不太明白。"阿申登说。

"你不明白？我以为智商再低的人都清楚了。如果她能让钱德勒
通过瑞士边境进入法国她就自由了，她会带着她的报酬去西班牙或
南美。"

"但是她怎么才能让钱德勒这样做呢？"

"他疯狂地爱上了她。他非常渴望见到她。他的信里也是对她满
纸的狂热和痴迷。她写信给他说她得不到去荷兰的签证（我告诉过
你，当她巡演结束她就会去荷兰与他会合），但她可以拿到瑞士的签
证。这是个中立国，他在那儿会很安全。他抓住这个机会，他们计划
好在洛桑会面。"

"哦。"

"当他到达洛桑后会收到她的来信，说法国当局不允许她通过边
境，她会去托农，那在与洛桑相对的湖的另一边法国境内，她将请求
他去那儿。"

"你凭什么认为他会去？"

R.上校停顿了一会儿。他带着愉快的表情看着阿申登。

"如果她不想去监狱服刑十年的话，她必须设法让他这么做。"

"我明白了。"

"她今晚从英格兰被押解到这儿，我想让你乘今天的夜班火车带她到托农。"

"我？"阿申登问。

"是的，我认为你能很好地完成这项任务。想必你对人性的了解比大多数人都要多。而且在托农待上一两个星期对你的生活来说也是个愉快的调剂。我相信这是个迷人的小地方，和平时期也曾是时尚之地。你可以在那里游泳。"

"把那位女士送到托农后你希望我做什么？"

"我给你放手干的权利。我写了几点注意事项，也许对你有用。我念给你听一下，好吗？"

阿申登专心聆听。R.上校的计划简单明了。阿申登忍不住对这个设计出如此巧妙方案的大脑产生了不情愿的钦佩。

现在R.上校提议去吃午餐，并且他要阿申登带他去某个能见到聪明人的地方。看到平时在办公室里如此敏锐、自信和警觉的R.上校羞涩地走进饭店，阿申登不禁感到好笑。他说话的声音有点大，以此表明他并不拘束，且很自在，这似乎有点没必要。从他的行为举止你可以看出，他一贯过着简陋而平凡的生活，直到战争的危险使他身不由己地处于一个重要的地位。他很高兴能在这样的高级饭店跟那些大名鼎鼎的人坐在一起共进午餐，但他怯生生的，就像个第一次戴高顶礼帽的小学生，并且他在餐厅领班的冰冷目光中感到有些畏缩。他飞快地四下里张望了一下，焦黄的脸上流露出一种沾沾自喜的满足感，他为此有点羞愧。阿申登把注意力集中到一个穿黑衣的丑女人身上，她身材迷人，戴着一长串珍珠。

"那是布莱德夫人。她是大公爵西奥多的情妇。她也许是欧洲最有影响力的女性之一了,当然也是最聪明的一个。"

R.上校那双精明的眼睛注视着她,之后他有点脸红。

"天啊,这就是生活。"他说。

阿申登好奇地看着他。对那些从不知奢华享受为何物的人来说它是危险的,因为它的诱惑总是突如其来,让人措手不及。像R.上校这般精明且玩世不恭的人都会被眼前这华丽艳俗而又虚幻迷人的场景所陶醉。正如文化的优势在于它能让你以不容置疑的方式胡说八道,因此奢华的习惯也能使你以高人一等的姿态看待那些华而不实的东西。

在他们用完午餐正接着品茗咖啡的时候,看到R.上校因精致的美食和优雅的环境而精神饱满、和颜悦色,阿申登忍不住又回到了一直在他脑海中思索的话题。

"那个印度人一定是个相当了不起的家伙。"他说。

"当然,他很有头脑。"

"一个男人能如此有勇气几乎单枪匹马地与在印度的整个英国政权进行较量,这不得不让人们对他印象深刻。"

"如果我是你,我不会同情他。他只是一个危险的犯罪分子。"

"我想如果他能指挥一些炮兵连和六个营的话,他是不会用炸弹的,他只是用他拥有的武器。你几乎无法为此而责怪他。毕竟,他的目的不是为了他自己,对吗?他是为了自己祖国的自由。从表面上看,他的行为似乎是正当合理的。"

但R.上校完全不理解阿申登所说的话。

"你这么说太牵强附会、胡思乱想了。"他说,"我们不能再继续讨论下去了。我们的任务就是抓住他,当我们抓到他就处决他。"

"当然。他已宣战势必要抓住机会碰碰运气。而我将执行你的命令，这也是我为什么会到这儿来的原因，但我觉得认识到这个男人有些值得钦佩和尊重的地方也没什么害处。"

R.上校再度成为评价他手下的冷静而机敏的法官。

"我还没最终拿定主意，最适合做我们这一行的究竟是那些充满激情的人呢还是那些保持头脑清醒的人。有些人对我们要对付的人充满了仇恨，当我们把他们除掉了，这些人就会得到一种满足，好像解决了他们的个人恩怨似的。当然他们对工作非常热爱。你不一样，对吗？你看它就像在看一盘棋，你似乎没有任何感觉。我不能完全理解。当然，对某些工作来说，这正是我们需要的。"

阿申登没有回答。他付好餐费后就和R.上校一起走回旅馆。

火车八点发车。阿申登安置好他的行李后就沿着站台漫步。他发现了茉莉亚·拉扎里的车厢，但她坐在角落里，转过头背着光线，所以他看不到她的脸。她由两个探员负责看管，他们从在布伦的英国警察手里带走了她。其中一个和阿申登一起在日内瓦湖的法国一侧工作。阿申登走上前对他点点头。

"我问女士她是否想去餐车吃饭，但她想在车厢里用餐，所以我订了一个餐盒。这样做完全正确吗？"

"完全正确。"阿申登说。

"我和我的搭档会轮流去吃饭，这样她就不会一个人待着。"

"你的考虑很周到。开车以后我会过来和她谈谈。"

"她不是个健谈的人。"探员说。

"我也没指望她是。"阿申登回答。

他继续前行去取他的二次服务的票，然后回到自己的车厢。当他再次来看茉莉亚·拉扎里时她刚吃完饭。瞥了一眼她的餐盒，阿申登断定她的胃口相当不错。负责监管她的探员为阿申登开门，并在他的建议下离开房间让他们单独相处。

茱莉亚·拉扎里愠怒地看了他一眼。

"我希望你对晚餐还算满意。"他边说边在她面前坐下。

她微微鞠躬示意，但没说话。他拿出他的烟盒。

"想抽支烟吗？"

她瞥了他一眼，有点犹豫，最后还是一声不吭地拿了一支。他划动火柴帮她点上，然后注视着她。他有些惊讶。出于某种原因他曾期待她是个美人，也许人们的观念里总以为一个东方人更有可能爱上一位白肤金发碧眼的女郎；而她几乎是黑不溜秋的。她的头发被一顶紧身帽罩住了，她的眼睛是乌黑发亮的。她并非年轻人，至少有三十五岁了，她的脸上满是皱纹，肤色蜡黄。她此刻没有化妆，人显得十分憔悴，除了那双美丽的大眼睛外，身上可说没有什么令人惊艳的地方。她块头很大，阿申登甚至认为她这么高大的身材无法优雅地跳舞；也许穿上西班牙演出服，她的身材会火辣而招摇，值得炫耀，但现在在火车上，她的衣着破旧邋遢，令人百思不得其解为什么印度人对她如此痴迷。她长时间盯着阿申登看，似乎在掂量着，显然她在琢磨他是怎样的一个人。她从鼻孔吹出一团烟雾，并对着它看了一眼，再回视阿申登。他可以看出她的愠怒只是个面具，实际上她既紧张又害怕。她用带着意大利口音的法语问道：

"你是谁？"

"我的名字对你来说没有意义，女士。我要去托农。我为你在德拉普拉斯旅馆准备了一个房间。这是唯一一家还在营业的旅馆。我想你会发现它很舒适。"

"哈，是你啊，上校对我提到过，你是我的看守。"

"只是形式上的。我不会打扰你。"

"尽管如此，你还是我的看守。"

"我希望不会太久。我口袋里有你的护照,所有手续都办好了,你可以用它去西班牙。"

她又缩回到车厢的角落里。在昏暗的光线下,她睁着黑白分明的大眼睛,她的脸突然换上了一副绝望的神情。

"真是卑鄙无耻。唉,要是我能杀了那老上校,我就死而无怨了。他真是铁石心肠。我是多么不幸啊。"

"恐怕你的处境很不妙。你不知道间谍活动是一种危险的游戏吗?"

"我没有出卖任何秘密。我没有任何恶意。"

"当然这只是因为你没有机会。我知道你签了一份完整的供认状。"

阿申登尽可能态度亲切、语气温和,有点像在跟一个病人说话,他的声音里听不出半点严厉。

"哦,是的,我真是自欺欺人。我写了上校说我必须写的信。为什么还不够呢?如果他不回复我该怎么办呢?如果他不想来我也不能强迫他来。"

"他回复了。"阿申登说,"他的回复在我这。"

她喘了口气,声音颤抖。

"啊,给我看看,我恳求你让我看一下。"

"我不反对这样做,但你必须要还给我。"

他从口袋里掏出钱德勒的信递给她。她飞快地从他的手里抢过来。她的眼睛贪婪地读着,足足有八页纸,她边看边哭,泪如泉涌,滚滚而落。她啜泣时发出爱的呼唤,用法语或意大利语叫着作者的昵称。这是钱德勒对她之前应 R.上校的要求写信告诉他要在瑞士见他的回复。他对此前景欣喜若狂。他用充满感情的语句告诉她自从他们分开后,时间对他来说是多么的漫长难熬,他有多么渴望她,现在虽然他很快就将见到她，他还是焦躁难耐。她看完后让它落到了地板上。

"你看得出他爱我，对吗？毫无疑问。我知道这个，相信我。"

"你真的爱他吗？"阿申登问。

"他是唯一体贴善待我的人。一个人终日混迹在这些音乐厅里的生活并不很快乐，整个欧洲，马不停蹄地奔波，还有男人——出现在这些地方的男人并不多。起先我以为他和其他人一样只是逢场作戏。"

阿申登把信拾起来重新放回口袋里。

"有一封电报以你的名义发到荷兰的地址，说你将在十四号抵达洛桑的吉本斯旅馆。"

"那是明天。"

"是的。"

她抬起头，眼睛闪闪发光。

"喔唷，这真是你强迫我做的卑鄙无耻的事，真是可耻。"

"你也不是一定要做。"阿申登说。

"如果我不做呢？"

"恐怕你就要承担后果了。"

"我不能去监狱。"她突然哭叫出来，"我不能，我不能；我没有多少时间了；他说十年。我真的可能被判十年吗？"

"如果上校这么说，那就很有可能。"

"噢，我知道他的。那张残忍的脸。他没有一点仁慈之心。十年后我该怎么办？天啊，不，不。"

这时火车到达一个车站停下来，等在走廊的探员敲敲窗户。阿申登把门打开，那人递给他一张风景明信片。这是位于法国和瑞士之间的边境车站蓬塔利耶的一个单调小景，图中可见一个尘土飞扬的地方，中间有一个雕像，还有几棵梧桐树。阿申登递给她一支铅笔。

"请你写这个明信片给你的情人。它将从蓬塔利耶寄出。收信地址写洛桑的旅馆。"

她看了他一眼，但什么也没说就拿过来按他说的写。

"现在在另一面写：'在边境滞留，一切都好。在洛桑等我。'然后加上一切你想写的，比如'万千柔情'等等。"

他从她手里拿走明信片，读了一遍看看她是否按照他说的写，然后拿起帽子。

"好，我现在要离开你，我希望你能睡一觉。明天早晨到托农时我会来接你。"

第二个探员现在吃好饭回来了，阿申登一离开车厢这两人就进来了。茱莉亚·拉扎里蜷缩在角落里。阿申登把明信片递给一位等着送去蓬塔利耶的特工，然后穿过拥挤的火车回到他自己的卧铺车厢。

第二天早上他们抵达目的地，天气虽然寒冷但阳光明媚。阿申登已把行李交给行李工，自己沿着站台走到茱莉亚·拉扎里和两个探员站着的地方。阿申登朝他们点点头。

"早上好。你们不用再等了。"

他们俩用手碰碰帽子，向女士道了声再见就走开了。

"他们要去哪里？"她问。

"离开。他们不会再打扰你了。"

"现在你负责监管我？"

"你不用任何人监管。我将带你去你的旅馆，然后我就离开。你需要好好休息一下。"

阿申登的行李工帮她拿了手提包，她给了他行李箱的提货单。他们一起走出车站。一辆出租车在外面等他们，阿申登请她上车。从车站开到旅馆是段较长的路程，阿申登感觉到她时不时地斜眼瞥他一下，她很困惑。他则坐着一声不吭。最终他们到达旅馆。这是个小巧的旅馆，恰到好处地坐落在一条滨海大道的角落里，有着极佳的风景。旅馆的老板带他们看了给拉扎里女士准备的房间。阿申登转向他。

"我想这个房间很令人满意。我一会儿就下来。"

老板向他鞠了一躬，从房间里退了出去。

"我会尽力让你感到舒适，女士。"阿申登说，"你在这里就是自己的主人，你可以要求任何你想要的东西。对老板来说你就是个客人，跟其他人一样。你是完全自由的。"

"自由出去？"她飞快地问。

"当然。"

"一边一个警察跟着，我猜想。"

"没这回事。你在旅馆里就像在自己家里一样自由，你可以自由地选择什么时候出去，什么时候回来。我只要你保证不在我不知道的情况下写信，没有我的允许不要企图离开托农。"

她盯着阿申登看了许久。她完全搞不清楚。她觉得自己就像在做梦。

"我的处境迫使我给你任何你想要的保证。我以我的名誉保证我不会写任何你没看过的信，我也不会试图离开这里。"

"谢谢。现在我要离开了。明天早上我会很高兴地来看你。"

阿申登点点头走了出去。他在警察局停留了五分钟，看看一切是否正常，然后叫了辆计程车往山上一所僻静的小房子开去。这所位于郊外的房子是他定期来这里逗留时住的地方。现在最令人愉快的事莫过于洗个热水澡、刮刮胡子，以及穿上拖鞋了。他感到懒洋洋的，于是上午剩下的时间他都用来读一本小说。

天很快就黑了，虽然这是在法国，即便在托农，阿申登也希望能尽量少引起别人的注意。警察局的一名特工来见他。他名叫费力克斯，是个皮肤黝黑的小个子法国人，目光锐利，下巴胡子拉碴，穿着一套破旧的灰色西装，样子邋遢，看起来像个失业的律师事务所职员。阿申登给他倒了一杯酒，俩人一起坐在火炉旁。

"你瞧，你的姑娘没有浪费一点时间，"他说，"她到达旅馆一刻钟后就出去了，拎了一大包衣服和小饰品卖给市场附近的商店。当下午的船靠岸，她就到码头上买了张票去依云。"

必须要解释一下，依云是法国境内沿湖的第二站，船过了依云就去瑞士了。

"当然她没有护照，所以她被拒绝上船。"

"她怎么解释她没有护照？"

"她说她忘带了。她说她约了朋友在依云见面，她尽力劝说负责检查的官员让她走。她还试图往他手里塞一百法郎。"

"她真是个比我想象的还要愚蠢的女人。"阿申登说。

第二天上午大概十一点，他去看她时没提及她想逃跑的事。她有足够的时间打扮自己，现在，她的头发精心梳理过，脸颊搽过胭脂，嘴唇涂过口红，整个人看起来比他第一次见她时的憔悴样子要精神多了。

"我给你带来了一些书。"阿申登说，"我怕你百无聊赖，时间难以打发。"

"这关你什么事？"

"我并不希望你遭受本可以避免的折磨。不管怎么说，我把它们留给你，你可以选择读或不读。"

"要是你知道我有多恨你就好了。"

"那无疑会让我非常不舒服。但我的确不知道为什么你要恨我。我只是按命令行事。"

"现在你想要我做什么？我可不相信你只是来问候我的健康。"

阿申登笑了。

"我想要你写一封信给你的情人，告诉他因为你的护照不符合规定，瑞士当局不能让你通过边境，所以你只能到这个既好又安静的地方。这里是如此静谧，人们几乎意识不到战争的存在，然后你提议钱德勒可以来这儿和你团聚。"

"你以为他是傻子吗？他会拒绝的。"

"那你应该竭尽全力劝说他。"

她看了阿申登很长时间没有回答。他怀疑她的内心正在斗争是否即便她写这封信从而显得表面温顺也无法赢得时间。

"那么，你口述，我按你说的写。"

"我希望你用自己的话来表达。"

"给我半个小时就能写完。"

"我在这儿等。"阿申登说。

"为什么？"

"因为我愿意。"

她的眼中冒出怒火，但她控制住自己没说话。在五斗橱上有一些笔墨纸张等书写文具。她在梳妆台旁坐下来开始写信。当她把写好的信交给阿申登时，他看到她的脸色即便搽了腮红还是非常苍白。这是一位不常用笔墨表达感情的人写的信，但已经够好了，在快到结尾处开始说她非常爱他，她沉浸在思念中全心全意地写信，信里头透着真情实意。

"现在加上一句：'送此信的人是瑞士人，你绝对可以信任他。我不希望让审查员看到它。'"

她犹豫了片刻，但还是按照他的指示写了。

"怎么拼'绝对'？"

"随你的便。现在把信封地址写好我就离开，省得我成为不受欢迎的人。"

他把信交给等候到湖对岸送信的特工。当天晚上阿申登为她带来了回信。她从他手里把信抢过来，并把它按在自己的胸口上好一会儿。看完信她松了口气，轻轻叫道：

"他不会来。"

印度人用他特有的花哨而又夸张的英语在信中表达了他痛苦的失望之情。他告诉她他多么渴望能见到她，他恳求她竭尽全力克服一切阻碍她通过边境的困难。他说他不可能来，不可能，他的脑袋正在被高额悬赏，除非是疯了他才会想要冒这个险。他还试图让自己幽默些，用开玩笑的口吻说她一定不希望她的小胖子被枪杀，对吗？

"他不会来。"她重复说道，"他不会来。"

"你必须写信告诉他这里没有危险。你必须说如果有危险的话，你就是做梦也不敢请求他来。你必须说如果他爱你他就不会犹豫。"

"我不能写，我不能写。"

"别傻了。你都自身难保了。"

她突然放声大哭起来。她扑倒在地板上，抓住他的膝盖恳求他的怜悯。

"我愿意为你做任何事，只要你放我走。"

"别胡扯了。"阿申登说，"难道你以为我想当你的情人？来吧，来吧，你必须认真点。你知道另一种选择。"

她站了起来，突然变得暴跳如雷，气势汹汹地对着阿申登骂着一个又一个脏字眼。

"我更喜欢你这样。"他说，"现在，是你写呢还是我去请警察过来？"

"他不会来的，这没有用。"

"能否让他来完全取决于你的自身利益。"

"你这话是什么意思？你是说如果我尽我所能但还是失败了，

那么……"

她惊慌失措地看着阿申登。

"是的，那意味着不是你就是他，总有一个要进监狱。"

她把手放在胸口，跟跟跄跄地走了几步，伸手去拿纸和笔，再也不说一个字。但她写好的信阿申登不甚满意，他让她重写。写完后她扑倒在床上再次发出撕心裂肺的哀泣。她的悲伤是真切的，但她在表达时有些戏剧性的夸张，从而没有特别打动阿申登。他觉得他和她的关系是不掺杂人情的，就像医生在面对一个他无法缓解的病痛一样。他现在明白为什么 R. 上校要把这个特别的任务交给他；它需要冷静的头脑和控制良好的情绪。

第二天他没去看她。对这封信的回复直到晚饭后才被费力克斯送到阿申登的小房子里。

"那么，有什么消息吗？"

"我们的朋友很绝望。"法国人微笑着说，"今天下午她走到车站，正好有列火车要开往里昂。她犹豫不决地四下打量着，因此我走向她并问她是否需要帮助，并自我介绍说是警察局的特工。如果目光可以杀人的话，我现在就无法站在这儿了。"

"那就请坐，我的朋友。"阿申登说。

"谢谢。她走开了。显然她明白不可能再上火车了。但我还有更有趣的事要告诉你。她承诺一个船夫一千法郎，只要他能送她去洛桑。"

"他怎么说？"

"他说他不能冒险。"

"是吗？"

小个子情报人员耸耸肩笑了。

"她请他今晚十点在通往依云的路上与她碰面，他们到时再讨论这件事，并且她让他明白她不会太过激烈地拒绝情人的到来。我告诉他可以做他想做的事，只要他来告诉我一切重要的信息。"

"你能确定他值得信任？"阿申登问。

"哦，非常确定。当然，除了知道她受到监视外，他一无所知。你对他不用担心。他是个好小伙。我认识他好多年了。"

阿申登读钱德勒的信。这封信激情洋溢，充满了渴望。他的心在痛苦的思念中不可思议地悸动着。爱情？是的，如果阿申登多少了解这个他就会明白这是真情实意。他告诉她他一连数小时在湖边漫步，看着对岸的法国。他们是如此靠近，却又不得不分隔两地！他一遍又一遍地重复他不能来，并请求她不要再问了，他愿意为她做这世上的任何事，如果不是因为他不敢，他怎么会拒绝她坚持要他做的事呢？他恳求她怜悯他。他一想到没见到她就要离开，他就情不自禁号啕大哭。他问她是否有什么办法能悄悄地溜过来，他发誓如果他能再次拥她入怀抱，他就不会再让她离去了。尽管他的语言有些生硬和繁复，但一点也不会让这满纸燃烧的激情之火变得黯淡，这是个为爱疯狂的男人写的信。

"你什么时候能知道她和船夫约会的结果？"阿申登问。

"我已安排好十一点到十二点间在码头栈桥上跟他碰面。"

阿申登看了一下手表。

"我跟你一起去。"

他们走下山来到码头，为了躲避寒风而站在海关的背风处。最后他们看到一个男人走来，费力克斯从遮住他们的阴影处走出来。

"安托万。"

"费力克斯先生？我有一封信给你看；我答应明天早上乘头班船把它送到洛桑。"

阿申登迅速瞥了那人一眼，但没有问他和茉莉亚·拉扎里之间说了什么。他打开信就着费力克斯手电筒的光读了起来。信是用错误连篇的德语写的：

> 绝不要来。不要理会我的信。危险。我爱你。甜心。别来。

　　他把它放进口袋，给了那船夫五十法郎，然后回家睡觉。但第二天他去看茱莉亚·拉扎里时，发现她的房门反锁了。他敲了一会，没人回答。他喊她：

　　"拉扎里女士，你必须开门。我有话对你说。"

　　"我躺在床上。我病了，不能见任何人。"

　　"我很抱歉，但你必须把门打开。如果你病了我就去请医生。"

　　"不，走开。我不想见任何人。"

　　"如果你不把门打开，我就去找锁匠来把锁撬开。"

　　里面沉默了一会儿，然后他听到钥匙在锁里转动的声音。他走进去。她穿着晨衣，头发乱蓬蓬的，显然是刚刚起床。

　　"我已经筋疲力尽了。我再也无能为力了。你只要看看我就知道我病了。我整晚都在生病。"

　　"我不应该让你久留。你要看医生吗？"

　　"医生能帮我什么忙吗？"

　　他从口袋里拿出她给船夫的那封信递给她。

　　"这是什么意思？"

　　她一看到它就大吃一惊，焦黄的脸色都吓得变绿了。

　　"你承诺过不会试图逃跑，也不会背着我写信。"

　　"你认为我会遵守诺言吗？"她叫道，声音里带着轻蔑。

　　"不。实话对你说，把你安排在这舒适的旅馆而不是当地的监狱并不完全是为了你的方便，但我必须告诉你，虽然你出入自由，想去哪就去哪，但实际上你就像在牢房里被铁链拴住腿一样，没有任何机会逃离托农。别再傻傻地浪费时间写那些永远送不出去的信了。"

"下流。"她用尽全身气力恶狠狠地骂道。

"但你还是要坐下来写一封会被送出去的信。"

"不。我不会再做任何事了。我不会再多写一个字。"

"你来这儿的时候就知道要做一些事。"

"我不会再做了。都结束了。"

"你最好再思考一下。"

"思考?我已经思考过了。你可以做你想做的,我不介意。"

"很好,我给你五分钟时间改变你的想法。"

阿申登拿出他的手表看着,在凌乱的床边坐了下来。

"哦哟,这家旅馆真让人心烦,你为什么不把我关进监狱?为什么?为什么?无论我走到哪儿,都感到有密探跟着我。你让我做的事真是卑鄙无耻,卑鄙无耻!我有什么罪?我问你,我做错了什么?我难道不是女人吗?你要我做的事真是无耻至极。无耻至极。"

她的声音又高又尖,她激动地说着,喋喋不休。最后五分钟时间到了。阿申登一声不吭地站起来。

"是的,走吧,走吧。"她对着他尖叫道。

她用肮脏的字眼狠狠地骂他。

"我还会回来。"阿申登说。

他把门上的钥匙拿走,走出房间时把门锁上了。他一边下楼,一边草草地写了个便条,把擦鞋人叫来派他把纸条送到警察局。然后他再次上楼。茱莉亚·拉扎里扑倒在床上,面朝着墙。她的身体因歇斯底里的啜泣而颤抖着。她似乎没有听到他进来。阿申登在梳妆台前的椅子上坐下来,漫不经心地看着四周随意乱放的零星杂物。盥洗用品既便宜又俗气,还不太干净。有几小罐劣质的胭脂和冷霜,以及几个小黑瓶用来涂抹眉毛和睫毛。发夹既难看又油腻。整个房间凌乱不堪，空气中充满了廉价的香水味。阿申登设想着在她漂泊的一生中，从一个国家到另一个国家，从一个城镇到另一个城镇，她可能在三等旅馆住过几百间房间。他很好奇她到底是什么出身。她现在是个粗俗无礼的女人，但她年轻的时候是什么样子呢？她不是他所期望的从事这个职业的那类人。因为她似乎不具备做这行的任何优势，他自问她是否来自一个娱乐世家（全世界有许多家庭几代人都是舞蹈演员或是杂技演员或是喜剧歌手）或是否由于她做此行的某个情人一度把她当成搭档，从而使她误打误撞地过上了这样的生活。这些年来她都认识了些什么样的男人，那些她演出时的同行，那些认为他们的职位有特权占她便宜的代理人或经理，那些商人或有钱的生意人，那些她经过各个城镇时被她舞者的魅力和女人的肉欲所一时迷惑的愣头小伙们！对她来说他们只是付钱的顾客，她只是把他们视为她可怜薪水之外的补贴而冷漠地接受。但对他们来说，她代表着一种浪漫。在付钱得到的她的怀里，有那么一会他们看到了资本带来的辉煌世界，感受到远离生活的、刺激而卑劣的冒险行径，以及品尝到别样滋味的生活魅力。

突然门外传来敲门声，阿申登立即喊道：

"请进。"

茱莉亚·拉扎里从床上跳了起来，换成坐姿。

"是谁？"

当她看到把她从布伦带来并在托农交给阿申登的那两个探员时，她大大地喘了一口气。

"是你们！你们想干什么？"

"来吧，起床①。"其中一个说。他的声音粗暴而尖锐，仿佛不容

---

① 原文为法文：Allons. Levez-vous。

得你说半句废话。

"恐怕你必须起床，拉扎里女士。"阿申登说，"我现在将你再次转交给这两位先生照顾。"

"我怎么起来？我告诉你我病了。我站不起来。你想杀了我吗？"

"如果你不自己穿好衣服，我们可以帮你穿，但我们恐怕不会很耐心。来吧，来吧，撒泼可不好。"

"你们要把我带到哪里去？"

"他们要把你带回英格兰。"

其中一个探员抓住她的手臂。

"别碰我，不要靠近我。"她愤怒地尖叫。

"随她去吧。"阿申登说，"我相信她会知道尽量少惹麻烦的必要性。"

"我自己穿。"

阿申登看着她脱掉晨衣，把一件衣服从头上套进去。她把脚使劲挤进一双对她来说有点小的鞋。她梳理头发。她不时地给探员们匆匆而又愠怒的一瞥。阿申登好奇她是否有勇气演完这场戏。R.上校会喊他蠢货，但他几乎希望她能有勇气。她走向梳妆台，阿申登站起来以便她可以坐下来。她飞快地往脸上搽了点油脂，再用一块脏毛巾把油脂擦掉，她给自己涂了点粉，并给眼睛化妆。但她的手在颤抖。三个男人沉默地看着她。她在脸颊上刷了层腮红，又抹了口红。最后她把一顶帽子戴在头上。阿申登做了手势给第一个探员，他从口袋里拿出一副手铐向她走去。

一看见它们，她猛烈地往后退，并张开双臂。

"不，不，不，我不要。不，不要它们，不，不。"

"来吧，我的姑娘，别傻了。"探员粗声粗气地说。

似乎想要寻求保护（非常出乎他的意料），她张开双臂抱住了阿申登。

"别让他们带走我，可怜可怜我吧，我不能走，我不能走。"

他竭尽全力地使自己脱身。

"我也无能为力。"

探员抓住她的手腕准备给她戴上手铐，这时她大哭起来，一下子扑倒在地板上。

"我愿意做你要我做的事。我愿意做任何事。"

阿申登做了个手势，探员们离开了房间。他等了一会直到她重新恢复平静。她躺在地板上悲伤地啜泣着。他扶她站起来并让她坐下。

"你要我做什么？"她喘息着说。

"我要你另外写一封信给钱德勒。"

"我的脑袋里一片混乱。我现在连一句完整的话都写不出。你要给我点时间。"

但阿申登觉得趁着刚刚恐吓对她的影响还未消除前让她把信写出来最好。他不想给她时间让她镇定下来。

"我会把信口授给你。你只要原封不动地把它写出来就行了。"

她深深地叹了口气，但还是拿了纸和笔在梳妆台前坐下。

"如果我这样做了……你也成功了，我怎么知道我可以自由地离开？"

"上校保证你可以。我会执行他的指示，而你必须相信我的话。"

"如果我背叛了我的朋友，还要被关在监狱里十年，那我可真像个白痴。"

"我们的诚信就是给你最好的保证。如果不是钱德勒，你对我们来说根本无足轻重。既然你没有任何危害，我们干吗要自讨苦吃花费人力物力把你关进监狱？"

她思考了片刻。她现在很冷静，就好像在耗尽所有感情之后，突然脱胎换骨变成了一个明智而又务实的女人。

"告诉我你想让我写什么。"

阿申登没有马上接话。他想他可以或多或少地模仿她本来写信的口吻来完成这封信，但他需要仔细考虑。它既不能太流利，也不能太有文采。他知道人们在感情冲动时都会变得有些夸张和不自然。在书中或是在舞台上这总是让人听起来很假，因此作者必须让他的人物说话比实际需要更简单些，更少一些重点。这是个关键时刻，但阿申登倒觉得这里面有些喜剧的成分。

"我不知道我爱上了一个胆小鬼。"他开始口述，"如果你爱我，当我请你来看我时你就不会犹豫……在不会下面画两条线。"他继续说，"我保证这里没有危险。如果你不爱我，你不来是很正确的，别来。回柏林去，那样你就安全了。我烦透了。我在这里很孤独。我因等你而生病了，每天我都对自己说他会来的。如果你爱我你就不会顾虑那么多。现在我看清了你不爱我。我对你感到厌倦。我没有钱。旅馆我住不起了。这里也没什么值得我待的。我可以在巴黎得到一份工作合同。我在那儿有个朋友给我提了些严肃的建议。我在你身上浪费了太多的时间，你看我又得到了什么。都结束了，再见！你再也不会找到一个像我这样爱你的女人了。我不能拒绝我朋友的提议，因此我发了电报给他，一旦收到他的回复我就会去巴黎。我不责怪你，因为你不爱我，这不是你的错，但你必须明白我不能再像个傻子一样继续浪费我的生命了。一个人不会永远年轻。再见。茱莉亚。"

阿申登把信从头到尾读了一遍，他并不完全满意，但已竭尽所能了。这封信具有文字所缺乏的逼真的气氛，因为她英语所识不多，根据发音写字，那拼写糟透了，笔迹就像孩子写的；她常把单词划掉再重写一遍。有些短语她是用法语写的。一到两次她的眼泪掉落到纸上，把字迹都弄模糊了。

“我现在得走了。”阿申登说，“可能下次再见面时我就可以宣布你自由了，想去哪就去哪。你想去哪里？”

“西班牙。”

“非常好，我会把一切东西都准备好。”

她耸了耸肩。他离开了她。

阿申登除了等待什么都做不了。他下午派了个信使去洛桑，第二天早上他到码头去迎接小船。售票处旁边有一个等候室，在那里他告诫侦探们要时刻作好准备。一艘船到了，乘客们都排着队沿着码头前进，在上岸前他们的护照都要被检查。如果钱德勒来了并出示护照，当然很有可能他旅行用的是某个中立国签发的假护照，他就会被要求等待，阿申登就会来辨认，之后他就会被逮捕。带着莫名兴奋阿申登看着船靠岸，有一小群人聚集在舷梯上。他仔细地查看他们，但没看到一个哪怕是长得像印度人的人。钱德勒没来。阿申登不知道该怎么办才好。他已使出最后一招了。来托农的乘客不超过六个，当他们被检查完毕各走各的后，阿申登就沿着码头散步。

“唉，行不通。”他对刚刚在检查护照的费力克斯说，“我期待的那位先生还是没有露面。”

“我有封信给你。”

他递给阿申登一个写给拉扎里女士的信封，阿申登立马就认出钱德勒·拉尔细长的笔迹。这时从日内瓦开出即将开往湖对岸的洛桑的汽船驶入视线。它每天早上在开往相反方向的汽船离开二十分钟后抵达托农。阿申登的脑子里灵光乍现。

“那个送信的人在哪？”

“他在售票处。”

“把信给他并告诉他把信退给交给他信的人。让他到时就说他把信交给那个女士，但她把信退回了。如果那人请他送另一封信，他就说那可不太好，因为她已经在收拾行李箱准备离开托农了。"

他看着信被转交并且指令被发出后，他就走回自己在乡下的小房子。

下一班钱德勒有可能乘坐的船大约五点到，这个时间他正好跟在德国工作的情报人员有个重要约会，因此他预先告知费力克斯他会晚几分钟到。但如果钱德勒来了，他应该很容易被扣留住；因为他要乘的开往巴黎的火车八点过后才开，一点也不着急。阿申登结束手边的工作后悠闲地漫步走到湖边。天色尚早，从山顶上他看到汽船正在驶出。这真是令人心焦的时刻，他本能地加快了步伐。突然他看到有人向他跑来，并认出这就是那个送信的人。

"快，快。"他叫道，"他到了。"

阿申登的心脏怦地一声撞击着他胸口。

"总算是来了。"

他也开始跑起来，他们跑的时候那人边喘着气边描述他把信原封不动送回去后的情景。当他把信交到印度人手里时他的脸变得惨白（"我从未想过一个印度人的脸会变得那么白。"他说），他把信拿在手中翻来覆去，就好像不明白他自己的信是用来做什么的。他的眼里涌出了大量的泪水并顺着脸颊流下来（"这有点怪诞，他那么胖，你知道的。"）。印度人用一种他没有听懂的语言说了什么，然后用法语问他什么时候有船去托农。他上船时四下张望，但并没看到人，后来发现他蜷缩在一件阿尔斯特宽大衣里，帽檐被拉得很低，遮住眼睛，他独自一人站在船头。在横渡期间，他始终盯着托农看。

"他现在在哪？"阿申登问。

"我先下了船，费力克斯先生让我来找你。"

"我想他们大概把他关在等候室里。"

当他们赶到码头时阿申登已经上气不接下气了。他径直闯进等候室。一群人正围着一个躺在地板上的人高声争论，指天划地。

"出了什么事？"他大叫道。

"你看。"费力克斯先生说。

钱德勒·拉尔躺在那儿，他的眼睛大睁着，嘴唇上有一道薄薄的白沫，他死了。他的身体扭曲得很厉害。

"他自杀了。我们已经去请医生了。他动作比我们快。"

阿申登突然感到一阵恐惧。

印度人上岸时费力克斯就从描述中认出他就是他们要找的人。船上只有四个乘客。他是最后一个。费力克斯用了超长的时间来检查前面三个人的护照，然后才到印度人。这是本西班牙护照，一切都合乎规定。费力克斯问了几个常规问题并把它们写在公文纸上。之后他和气地看着他说：

"请到等候室来一会儿。这儿有一两个手续要办一下。"

"我的护照不合规定吗？"印度人问道。

"你说得对。"

钱德勒犹豫了一下，但还是跟着海关官员向等候室走去。费力克斯把门打开站在一边。

"请进。"

钱德勒走进去，两名侦探站了起来。他应该立马就怀疑他们是警官并意识到他落入了圈套。

"请坐下。"费力克斯说，"我有一两个问题要问你。"

"这里太热了。"他说。事实上他们有个小火炉，因此这个地方就像个烤箱。"如果你们允许的话我想脱掉大衣。"

"当然可以。"费力克斯彬彬有礼地说。

他脱掉大衣，显然费了点工夫，然后他转身把大衣放在椅子上，在他们还没意识到发生了什么时，他们就惊愕地看到他跟跟跄跄地重重摔倒在地。在脱大衣的时候钱德勒就设法吞下了一个小瓶子里的东西，这个瓶子现在还被他紧握在手里。阿申登用鼻子闻了闻。有股非常明显的杏仁气味。

他们看了一会这个躺在地板上的人。费力克斯充满了歉意。

"他们会非常生气吗？"他紧张地问。

"我不认为这是你的错。"阿申登说，"不管怎样，他不会再伤害到别人了。对我来说，我很高兴他自我了断。他被处决的想法会让我很不舒服。"

几分钟后医生来了并宣布他的生命终止。

"是氢氰酸。"他告诉阿申登。

阿申登点点头。

"我去看看拉扎里女士，"他说，"如果她想要多待一两天，我必须同意。但如果她打算今晚就走，那也完全可以。你能给车站的探员下指令让他们放她走吗？"

"我会亲自去车站。"费力克斯说。

阿申登再一次爬上山。现在已是傍晚时分，这是个寒冷而明亮的夜晚，万里无云的天空挂着一轮新月，银白的月光像丝线一样从天而至，阿申登禁不住把口袋里的钱翻转了三次，暗暗祈祷自己今晚能有好运气。当他走进旅馆时突然间对它冷酷的平庸风格感到厌恶。空气中有卷心菜和煮羊肉的味道。客厅的墙上挂着铁路公司的彩色海报为格勒诺布尔①、卡尔卡松②及诺曼底③海滨浴场做广告。他走上楼，在短暂的敲门后径直打开了茉莉亚·拉扎里的房门。她坐在梳妆台的前

---

① 格勒诺布尔（Grenoble），法国东南部城市。
② 卡尔卡松（Carcassonne），法国南部城市，奥德省首府，卡尔卡松旧城是一个中世纪要塞城市。
③ 诺曼底（Normandy），法国西北部一地区，北临英吉利海峡。

面，心灰意冷而又绝望地看着镜中的自己，茫然不知所措。就在这时阿申登走了进来。当她看到他时她的脸色突然变了，她猛地跳了起来，不顾椅子向后翻倒。

"出什么事了？为什么你的脸这么苍白？"她哭叫道。

她转过身盯着他，她的容貌渐渐扭曲成恐怖的样子。

"他被抓了？"她喘息着问。

"他死了。"阿申登说。

"死了！他一定是吃了毒药。他来得及这么做。他终究还是逃脱了你们。"

"你说什么？你怎么知道毒药的事？"

"他总是随身携带。他说英国人绝不应当活捉他。"

阿申登反思了片刻。她这个秘密保守得很好。他认为这种事是有可能发生在他身上的。他是如何预测到这些戏剧性的情节的？

"你看，现在你自由了。你可以去任何你想去的地方并且不会遇到任何障碍。这是你的机票和护照，这是你被捕时属于你的钱。你想去看一眼钱德勒吗？"

她惊跳了起来。

"不，不。"

"是没必要。但我以为你会在乎。"

她没有哭泣。阿申登认为她已经耗尽了所有的情感。她看上去一脸漠然。

"今晚西班牙边境会接到一封电报告知当局不要为难你。如果听我的劝告，你最好尽快离开法国。"

她依旧未开口。阿申登觉得没什么可说的，他就准备要走了。

"我很抱歉之前不得不对你态度强硬。我很高兴现在你最大的麻烦已经过去了，我希望时间能慢慢减轻你朋友的死带给你的悲痛。"

阿申登向她微微鞠了一躬并转向大门。但她叫住了他。

"稍等片刻。"她说,"我想要个东西。你能行行好吗?"

"请相信我会尽我所能帮你。"

"他们会怎么处置他的东西?"

"我不知道。怎么了?"

然后她说了些让他感到困惑的话。这倒是令他始料未及、倍感意外。

"他有一个腕表是去年圣诞节我送给他的,值十二英镑。我能要回来吗?"

叛国者

阿申登主管一些在瑞士工作的间谍。当他首次被派往那儿时，R.希望他能了解一下他需要获得的报告类型，就给了他一扎用打字机打的文件参考，这些通信报告都来自特工处一位名叫古斯塔夫的情报员。

"他是我们这儿最好的情报员。"R.说，"他提供的消息总是非常完整，描述非常详细。我想要你重点关注他的报告。当然古斯塔夫是个非常聪明的小伙子，但我们没有理由不能从其他情报员手中得到一样好的报告。问题仅仅在于如何解释我们到底想要什么样的情报。"

古斯塔夫住在巴塞尔[①]，是一家在法兰克福[②]、曼海姆[③]和科隆[④]都有分部的瑞士公司的代表。凭借公司的业务，他可以自由地进出德国而没有任何风险。他在莱茵河上上下下旅行，收集各种资料，包括部队行动、军火制造、国家意志（R.特别重视的一点），以及盟国想要的其他信息。他经常给妻子写信，信中隐藏着巧妙的代码，当他妻子在巴

---

① 巴塞尔（Basle），瑞士西北部城市，位于莱茵河畔。
② 法兰克福（Frankfurt），德国第五大城市。
③ 曼海姆（Mannheim），德国西南部城市。
④ 科隆（Cologne），德国城市。

塞尔一收到信就立即寄给在日内瓦的阿申登，阿申登再从中提取重要信息，把它们传达到合适的地区。每两个月古斯塔夫就回家一趟，并把其中一份报告准备成模板让处在这个特别区域的其他间谍参考。

古斯塔夫的雇主对他很满意，他也有理由让他们对他满意。他的情报很有用，因此他不仅得到的报酬要比别人多得多，而且时不时还有些特殊的独家新闻能为他额外获得一笔丰厚的奖金。

这样的状态持续了一年多。然而有些东西很快引起了 R. 的猜疑。他这个人有着惊人的警觉性，与其说是来自敏捷的思维，不如说是本能使然。他突然有种感觉有些欺骗行为正在进行。他对阿申登没有明确的指示（无论他猜测什么，他都愿意保持沉默），只是叫他去趟巴塞尔跟古斯塔夫的妻子谈谈，因为古斯塔夫此时应该在德国。他让阿申登自己决定谈话的要旨。

阿申登抵达巴塞尔。因为他并不确定是否在这儿逗留，他就先把旅行包寄存在车站，然后乘电车到街道拐角古斯塔夫住的地方，在飞快地四下里一看确定无人跟踪后，径直向他要找的房子走去。这是一栋公寓楼，看上去外表体面而实际内在破败不堪。他猜想这里大都住着职员和小商人。一进门就是个鞋匠铺，阿申登停下脚步。

"请问格拉博先生是住这儿吗？"他用一点也不流利的德语问道。

"是的，我看见他几分钟前刚上楼。你会找到他的。"

阿申登大吃一惊，因为他昨天刚收到古斯塔夫寄自曼海姆再通过他妻子转寄来的信，信中古斯塔夫用密电码提供了刚渡过莱茵河的某些团的兵力数目。阿申登问题已到嘴边，但转念一想这样直接问鞋匠不太妥当，遂谢过他之后就上到古斯塔夫住的三楼。他撤响门铃并听到它发出的叮当声。过了一会门开了，一个短小精悍、留着圆平头、戴着眼镜的男人出现在门口，他脚上穿着地毯拖鞋。

"格拉博先生？"阿申登问。

"乐意为你效劳。"古斯塔夫说。

"我可以进来吗?"

古斯塔夫站在那儿背对着光线,阿申登看不清他脸上的表情。他犹豫了片刻报上了他接收古斯塔夫从德国来信时使用的名字。

"请进,请进。我非常高兴见到你。"

古斯塔夫带他走进一间东西塞得满满的小房间,到处是橡木雕花家具,在一张铺着绿色平绒桌布的大桌子上赫然摆着一台打字机。显然古斯塔夫正在忙着撰写一份非常有价值的报告。一个女人正坐在敞开的窗户边上织补袜子,听到古斯塔夫的一句话她就起身收拾好东西离开了。阿申登扰乱了一个婚姻幸福的美丽画面。

"请坐。我真幸运你能在巴塞尔!我早就想认识你了。我也刚刚从德国回来。"他指着打字机旁的那几张纸,"我想你会对我带回来的消息感到满意的。我有一些非常有价值的信息。"他咯咯笑着说,"一个人从来不会后悔获得额外收入。"

他非常热诚,但对阿申登来说,他的诚意听起来很虚假。古斯塔夫虽然微笑着,但在眼镜后面却目不转睛地盯着他,很可能他的眼睛里透着一丝紧张。

"你动作可真够快的啊,你上封信寄到这里、再由你的妻子转寄到日内瓦给我,几小时后你就又弄到信息了。"

"这是非常可能的。有件事我必须要告诉你,德国人怀疑有些信息通过商务信函泄露出去,因此他们决定把所有的邮件都在边境扣留四十八小时。"

"我明白了。"阿申登温和地说,"因为这个原因你采取了预防措施,把你的写信日期写到寄出四十八小时后,对吗?"

"我这样做了吗?我真蠢,我一定是把这个月的日期弄错了。"

阿申登带着淡淡的微笑看着古斯塔夫。作为一个商人,古斯塔夫清楚地知道在他的特殊工作中精确的日期有多重要。从德国获取情报不得不走迂回路线，这势必难以迅速及时地传递消息，因此准确地了解哪些事件发生的具体时间是一件非常重要的事。

"让我看一下你的护照。"阿申登说。

"你要看什么？"

"我想看一下你是什么时候进德国的，又是什么时候出来的。"

"你不会认为我的来来往往都标注在护照上了吧？我有很多办法能通过边境。"

阿申登对这件事了如指掌。他知道德国人和瑞士人都派重兵严守边境。

"哦？为什么你不通过正常的途径过境？你被雇佣是因为你和一家供应德国必需品的瑞士公司有关系，这让你能自如地进出德国而不受怀疑。我可以理解你或许能在德国人的纵容下越过德国哨兵，但瑞士人呢？"

古斯塔夫装出一副非常愤慨的样子。

"我不明白你的话。你的意思是说我在为德国人服务吗？我向你保证我的名誉……我不会允许我的正直受到指责。"

"你不会是唯一一个从两边拿好处但对两边都不提供有价值的信息的人。"

"你认为我的信息毫无价值吗？那为什么还要给我比其他任何情报员都要多的奖金？上校也多次表达对我工作的高度满意。"

现在该轮到阿申登热情点了。

"好了好了，我亲爱的朋友，不要这么趾高气扬。你不愿意给我看你的护照，我也不想坚持。你不会是以为我们留下情报员的信息而不去做进一步的证实，或者我们蠢到不跟踪他们的行动？即便最好的笑话也经不起无休止的重复。我在和平时期是个职业幽默家，这是我的痛苦经验之谈。"现在阿申登觉得他虚张声势的时机到了，他知道一些精彩但难度很大的扑克游戏。"我们有消息证明你不仅现在没去德国，早在你为我们工作之初就根本没去，而是在巴塞尔悄悄地坐在这里，你所有的报告仅仅源自你丰富的想象力。"

古斯塔夫看着阿申登，但只看到他的表情宽容且怡然自得。他的嘴角慢慢地绽开一丝微笑，轻轻地耸了耸肩。

"你觉得我会傻到为了一个月五十英镑而拿自己的生命冒险吗？我爱我的妻子。"

阿申登开怀大笑。

"我祝贺你。不是所有人都能自夸他骗了我们情报局整整一年。"

"我有机会不费吹灰之力就能挣钱。我的公司在战争之初就不再派我去德国了，但我从其他游客身上可以获得我想要的信息。在饭店和酒馆里我注意倾听，同时我也看德国报纸。给你们写报告和信的时候我也从中获得很多乐趣。"

"我不觉得奇怪。"阿申登说。

"那么你想做什么？"

"不做什么。我们能做什么？你难道以为我会继续付你工资？"

"不，我没这么想。"

"对了，我是否可以冒昧地问一下，你和德国人也玩同样的游戏吗？"

"噢，当然没有。"古斯塔夫激动地叫了起来，"你怎么能这么想？我是支持盟军的，我的心一直跟你们在一起。"

"好吧，为什么不呢？"阿申登问，"德国人那么有钱，你没有理由不去弄一点来。我们可以时不时给你一些情报，德国人会愿意为此付钱的。"

古斯塔夫用手指敲敲桌子，从那堆没用的报告中拿起一张纸。

"德国人不是好惹的，他们很危险。"

"你是个聪明人。至少，即便你的工资被停发了，你还是可以通过给我们一些有用的情报来挣点报酬。但它必须要得到证实，以后我们根据结果付钱。"

"让我想一想。"

有那么一会儿阿申登让古斯塔夫自己思考。他点上一支烟，望着他吸入的烟雾一点点消失在空气中。他也在思索。

"有什么是你特别想知道的吗？"古斯塔夫突然问道。

阿申登微微笑了。

"如果你能告诉我德国人想要他们在卢塞恩①的一个间谍干什么，你就可以得到几千瑞士法郎。他是英国人，他的名字叫格兰特利·凯珀尔。"

"我听说过这个名字。"古斯塔夫说，他停顿了片刻，"你在这儿要待多久？"

"看需要吧。我会在旅馆里要个房间并告诉你房间号。如果你有消息要告诉我，可以在每天早上九点和晚上七点到我房间找我。"

"我不会冒险到旅馆找你，但我可以写信。"

"很好。"

阿申登站起身告辞，古斯塔夫陪他走到门口。

"我们没有带着敌意分开吧？"

"当然。你的报告还是会作为如何写报告的范本保存在我们的档案里。"

阿申登花了两三天时间游览巴塞尔。这座城市没有引起他多大兴

---

① 卢塞恩（Lucerne），又称琉森，位于德语区，是瑞士中部卢塞恩州的首府，位于卢塞恩湖畔。卢塞恩由于其美丽的自然风光和独特的人文情怀成为重要的旅游城市。

趣。他在书店里消磨了许多时光翻阅书籍，并感叹这些书值得人们读几辈子。有一次他在街上看到古斯塔夫。第四天早上有一封信随着咖啡一起送到他手里。信封属于一家他不认识的商行，里面是一张打字机打出来的纸。通篇没有地址也没有签名。他很好奇古斯塔夫是否知道打字机也可以像手写笔迹一样出卖它的主人。他仔细读了两遍信之后，把信纸举起来对着灯光去查看水印（他这么做无任何缘由，只是因为侦探小说里的侦探总是这么做的），然后他划了根火柴看着它燃烧。他把手中烧焦的碎片揉成一团。

根据他可以享受到的服务他是在床上用的早餐，现在他起床，收拾好行李就去搭下一班火车去伯尔尼。从那儿他可以发一封密电给R. 上校。两天后在一个夜深人静的时分，R. 上校的指示被以口头形式送达他旅馆的房间里。之后的二十四小时内，他几经曲折终于到达卢塞恩。

阿申登在被指定要入住的旅馆里订了个房间后就出去了。这是八月初的一天，天气很好，阳光灿烂，万里无云。从孩提时代起他就再没来过卢塞恩，只依稀记得有一座廊桥、一个大石狮子，还有一个他曾做过礼拜的教堂，无聊但印象深刻，因为当时有人弹风琴。现在，他沿着阴凉的码头漫步（湖水看起来潋滟俗丽，就像明信片上的图画一样不真实），与其说他在试图找回那个几乎被遗忘的风景，不如说在他脑海中重新形成了一些回忆，关于当时的天空和多年前也曾在此漫步的急切少年对生活的渴望（不是他眼前所见的青春期，而是他成年后的未来）。但在他看来，最生动的记忆并不是他自己，而是一群人；他似乎还记得烈日炎炎的骄阳和热情如火的人们。火车被挤得水泄不通，同样拥挤的还有旅馆，一房难求，湖面上的蒸汽机船也挤满了人，码头和街道上，他在众多摩肩接踵的度假者中艰难地穿行。他们形形色色，有胖的、老的、丑的和怪的，还散发出阵阵臭味。现在，在战争时期，卢塞恩被遗弃了，它早该在全世界都发现瑞士是欧洲的游乐场之前就被遗弃了。大多数的旅馆都关门了，街道上空荡荡的，供出租的划艇在水边无所事事地摇摇晃晃，没有一个人前来带走它们。临湖的大道上唯一可见的是严肃的瑞士人，带着表示他们中立态度的东西比如一条德国达克斯狗在散步。阿申登因孤独而感到兴奋，坐在长椅上面对湖水，他有意让自己沉溺在直觉当中。固然这湖显得很荒谬，水过分碧蓝，山上的积雪也多得离奇，你所面对的美丽让人恼火而不是感到震撼；但无论如何前景中有种令人愉悦的东西，一种天真的坦诚，像一首门德尔松①的《无词歌》，让阿申登得意洋洋地微笑了。卢塞恩让他想起了玻璃盒子里的雅致蜡花、布谷鸟钟和柏林羊毛精品。不管怎样，只要天气晴朗，他就准备尽情享受。他看不出至少试着把自己的享乐和国家的利益相结合有什么不可以的。他用一个假名，带着一本崭新的护照旅行，这给了他一种拥有新个性的愉快感觉。他常常对自己有点厌倦，这正好让他暂时成为 R. 上校轻而易举发明出来的产物。这一经历使他对荒谬有了深刻的理解。的确，R. 上校没看到它的乐趣：他所拥有的幽默是一种冷嘲热讽，他没有这个能力以牺牲自己的利益为代价好好地开个玩笑。要做到这一点，你必须能够从外部审视自己，并且在愉快的生活喜剧中同时做好观众和演员。R. 上校是个战士，他认为自我反省是不健康的、非英国式的，也是无爱国心的。

　　阿申登站起身慢慢溜达回旅馆。这是个小巧的二星级德国旅馆，房间收拾得一尘不染，他的房间视野很好；家具是由色泽明亮的北美油松漆成，可能在寒冷潮湿的天气会变得很糟糕，但现在天气温暖，阳光灿烂，让人感觉舒适，心情愉快。客厅里有些桌子，他在其中的

---

① 门德尔松（Mendelssohn，1809—1847），德国作曲家。

一张旁坐下，要了一瓶啤酒。女店主很好奇为什么在这个死气沉沉的萧条时期他会来这里逗留，他很高兴地满足了她的好奇心。他解释说自己最近刚刚从一场伤寒中康复，前来卢塞恩是休养恢复体力。他在审查部门工作，借此机会可以温习一下他那生疏的德语。他问她是否能帮他推荐一名德语老师。女店主是个金发碧眼、外表邋遢的瑞士人，性格开朗，幽默健谈，因此阿申登确信她会在适当的时候重复他透露给她的信息。现在轮到他来问几个问题了。她在战争这个话题上滔滔不绝，因为这家旅馆通常在这个月份都是住满的，有时还必须要到附近的房子去为客人找房间，而现在几乎空无一人。有些人从外面来这儿固定用餐，但她只有两批住客。一批是一对住在沃韦的爱尔兰老夫妇，他们来卢塞恩度夏；另一批是个英国人和他的妻子。她是个德国人，他们为此不得不生活在一个中立国。阿申登尽力不显示他对他们的好奇——他从描述中认出格兰特利·凯珀尔——但她自愿告诉他，这对夫妻每天花大部分时间到山上散步。凯珀尔先生是植物学家，对这个国家的植物群很感兴趣。他的夫人是个非常好的人，她对自己的处境很敏感。啊，总之，战争不会永远持续下去。女店主匆匆离去，阿申登也上楼去了。

晚餐七点开始供应，为了能在其他客人之前到达餐厅以便他们进来时他可以逐一观察，阿申登一听到吃饭铃响就下楼了。这是间粉刷成白色的简单又呆板的屋子，椅子是用和他卧室一样的漆面北美油松制成，墙上挂着主题为瑞士湖的油画式石版画。每张小桌子上摆着一束鲜花。一切都干净而整洁，却预示着一顿糟糕的晚餐。阿申登很想点一瓶这个旅馆里最好的莱茵葡萄酒弥补一下，但又不想冒险因为奢侈而引起大家的注意（他看到有两到三张桌子上摆着剩下半瓶的白葡萄酒，他忍不住推测其他客人们都喝得很节俭），因此他只为自己点了一品脱的淡啤酒。不久有一两个人进来了，大概是在卢塞恩工作的单身男人，显然是瑞士人，他们在各自的小桌子旁坐下，解开他们在午餐结束时整齐绑好的餐巾。他们一边大声地喝汤，一边把报纸靠在水壶上阅读。接着进来一位年纪很大的高个子驼背男人，须发皆白，胡子下垂，伴着一位身穿黑衣的头发花白个子矮小的老妇人。他们当然就是女店主提及的爱尔兰上校和他的妻子。他们在自己的桌子旁坐下，上校给他的太太倒了一小杯葡萄酒后又给自己倒了一小杯。他们默默地等待着丰满而又热情的女佣给他们摆好晚餐。

最后阿申登要等的人终于出场了。他正在尽最大努力读一本德语书，只有通过自我控制才能做到在他们进来的一瞬间抬起眼睛看了一下。他这一瞥告诉他此人大约四十五岁，黑色夹杂着灰白的短发，中等身材，有些发福，一张胡子刮得干干净净的宽阔的红润脸庞。他穿着一件宽领口且领口敞开的衬衫，一套灰色西装。他走在他妻子的前面。对于后者阿申登只看到一个自卑而又无趣的德国妇女。格兰特利·凯珀尔坐下来就开始用大嗓门对女招待解释他们今天走了很多路。他们今天去爬了一座山，山的名字阿申登从未听说过，却让女佣无比兴奋，从她那吃惊和激动的表情就可以看出。接着凯珀尔依然用流利、带着点英国口音的德语说他们来得太晚了，甚至都来不及上楼去梳洗一下，只是在外面把手洗干净了。他的声音宽厚洪亮，举止令人愉快。

"快点上晚餐，我们都饿坏了，再拿点啤酒，拿三瓶来。天啊，我渴极了！"

他似乎是个精力旺盛的人。他把生机和活力带进了这间过于沉闷和洁净的餐厅，每个在里面就餐的人都突然变得活泼。他开始用英语跟他妻子说话，他说的每句话大家能听得到；但不久妻子就低声地打断了他的话。凯珀尔停下来，阿申登感觉到他的目光转向他这里。凯珀尔太太察觉到了陌生人的到来并且提醒她的丈夫注意此事。阿申登翻动着他假装在看的书页，但他感到凯珀尔的目光紧紧盯着他。当他再次跟妻子说话时声音已压得很低，阿申登甚至听不出他用的是哪种语言，当女佣把他们的汤送来时，凯珀尔用依旧低沉的声音问了她一个问题。显然他在询问阿申登是谁。阿申登只听到女佣回答中的一个词——国家 [①]。

有一两个人用完餐，走出去剔牙齿。年迈的爱尔兰上校和他的老伴也从餐桌旁站起身，他站在一边让她先走。他们在整个吃饭过程中没有说过一句话。妻子慢慢地走向门口，上校停下来跟一个看起来像当地律师的瑞士人交谈了几句，走到门边妻子就停了下来，弯着腰，带着像绵羊一样的表情，耐心地等待丈夫前来为她开门。阿申登意识到她这辈子从没有为自己开过门。她不知道怎么开。不一会儿上校迈着老态龙钟的步子走到门口打开了门；她走出去而上校尾随其后。这件小事为他们的整个人生提供了一把钥匙，由此阿申登开始重建他们的过去、生活环境和彼此的性格；但他马上停止了他的胡思乱想；他现在没有时间天马行空地进行创作。他已用好晚餐。

他走进客厅时看到有一条叭喇狗被拴在桌子脚上，他经过时下意识地用手去抚摸狗那下垂的软耳朵。女店主正站在楼梯的底部。

"这个可爱的小东西是谁的？"阿申登问。

"它是凯珀尔先生的，叫弗里齐。凯珀尔先生说它的家谱比英格兰国王还长。"

弗里齐用身体蹭着阿申登的腿，用鼻子嗅着他的手掌。阿申登上楼去拿他的帽子，再下楼来时看到凯珀尔站在旅馆入口处跟女店主说话。从他们突然的沉默和拘束的态度中，他猜测凯珀尔在打听他的情况。当他从他们中间经过并走到街上时，他从眼角的余光瞥到凯珀尔

---

① 原文为德文：länder。

正用怀疑的眼光盯着他，那张坦率、快活的红润脸庞上露出狡猾的神色。

　　阿申登往前闲逛直到找到一家小酒馆，在那儿他可以在露天喝咖啡，并且点了酒馆里最好的白兰地来补偿自己在吃晚饭时为了责任感而迫使自己只喝了瓶啤酒的遗憾。他很高兴终于和这个他听说了那么多并且一直想认识的男人面对面了。想认识一个养狗的人从来都不是件难事，但他并不着急。他会让事情顺其自然，既然目标在视线范围内，他就不能草率行事。

　　阿申登回顾了一下整个情况。格兰特利·凯珀尔是个英国人，根据他的护照，他出生在伯明翰，现年四十二岁。他与之结婚十一年的妻子出生在德国并具有德国血统。这是众所周知的。关于他祖先的信息被藏在一个秘密文件里。据此可知，他开始在伯明翰的律师事务所供职，后来转向新闻工作。他曾跟在开罗的一家英国报社有联系，另一家在上海。之后他因企图诈骗讹取钱财而惹上麻烦，被判处短期监禁。在他获释后的两年里，所有的踪迹都消失了，直到他再次出现在马赛的一家航运公司。他从那里去了汉堡，依然从事航运业务，并结了婚，再去伦敦。在伦敦他开始从事出口生意，但一段时间后就倒闭并破产了。他又重返新闻行业。战争爆发时他再一次从事航运业，并于一九一四年八月和他的德国妻子悄悄地居住在南安普顿[①]。次年年初，他告诉雇主由于他妻子的国籍问题使他的处境变得难以忍受；他们挑不出他的毛病，又意识到他的处境尴尬，就同意他的请求把他调到热那亚[②]。他在那里一直待到意大利参战，随后他发出通告，带着齐全的身份证件越过边境来到瑞士定居。

---

① 南安普顿（Southampton），英国英格兰南部港口城市。
② 热那亚（Genoa），意大利西北部海港，意大利最大商港和重要工业中心。

所有这一切都表明，这是个既没有身世背景，也没有财务状况的，诚信度可疑、性格不稳定的男人。但其实这些事实对任何人来说都是不重要的，直到凯珀尔被发现在战争伊始也许更早些时候就为德国情报部门工作。他一个月有四十英镑工资。如果他只是满足于传递他在瑞士所能得到的信息，那么尽管他危险又狡猾，盟军还是没有采取任何措施来对付他。因为他在那儿不会造成多大伤害，而且也许还能利用他传递一些希望让敌人知道的信息。他不知道他的一切已尽人皆知。他发出去的和收到的许多信件都受到严密的审查；很少有密码是干这行的行家里手所不能破译的，因此通过他迟早还是有可能把在英国发展方兴未艾的德国间谍组织一网打尽。但他做了件事引起了R.上校的注意。要是他知道的话，他一定会吓得瑟瑟发抖的：R.上校并不是个良善之辈，如果你激怒了他，他就会毫不留情。凯珀尔在苏黎世想方设法结识了一位名叫戈麦斯的西班牙青年，他是不久前加入英国情报局的，凯珀尔利用他的国籍骗得了戈麦斯的信任，他设法隐瞒了自己从事间谍活动的事实。也许这个西班牙人出于人性想要让自己显得很重要，他所做的无非就是故弄玄虚地交谈；但根据凯珀尔的情报，当他去德国时受到了监视，有一天他在邮寄一封密码信时被当场抓获，信最终被破译。他受审、被判有罪并被枪决。失去一位有用而又无私的特工已经够糟糕的了，除此之外还需要更换一套安全又简单的代码。R.上校非常不高兴。但他不会让任何复仇欲望阻碍自己实现主要目标。他想到如果凯珀尔仅仅是为了金钱而背叛他的祖国，那么就有可能让他为了更多的钱而背叛他的雇主。他成功地把盟军的一名特工送到他们手里已经取得了他们的信任。他应该会非常有用。但R.上校不知道的是，凯珀尔是个怎样的人，他隐约过着简陋而偷偷摸摸的生活，唯一的一张照片还是护照上的。阿申登的任务就是结识凯珀尔，并考察他是否有可能诚实地为英国情报局工作：如果他认为有可能，并且他的建议被认可的话，他就有权利进一步试探他。这是一项需要机智和对人性充分了解的任务。另一方面，如果阿申登得出结论凯珀尔不能被收买，他就要观察和报告他的一举一动。他从古斯塔夫那里得到的信息含糊不清，但很重要；里面只有一点是有意思的，那就是德国在伯尔尼的情报处负责人开始对凯珀尔的无所作为越来越不耐烦了。凯珀尔要求加工资，而冯·P.少校告诉他自己挣。很有可能他想催促他去英格兰。如果他能被诱导穿过边境，阿申登的任务就完成了。

"你怎么能指望我说服他把脑袋放进绞索里？"阿申登问。

"它不会是绞索，它会是一个射击队。"R.上校说。

"凯珀尔很聪明。"

"那么我们就比他更聪明，该死的。"

阿申登打定主意不先采取行动去跟凯珀尔认识，而把这个第一步的主动权让给他。如果他急于得到结果，他一定会想到，跟一个在审查部门工作的英国人交谈会是件有价值的事。阿申登已准备好一些对核心国来说毫无用处的信息。因为使用假名字和假护照，他几乎不害怕凯珀尔会猜出他是个英国特工。

阿申登没有等太久。第二天他正坐在旅馆门口喝一杯咖啡，在饱食一顿丰盛的午餐后，他已经有点昏昏欲睡，这时凯珀尔夫妇从餐厅走出来。凯珀尔太太上楼了，凯珀尔解开他的狗。那狗一路往前蹦跳，并友好地扑到阿申登的怀里。

"过来，弗里齐。"凯珀尔叫道。然后对阿申登说："非常抱歉，但它很温柔。"

"哦，没关系。它不会伤害我的。"

凯珀尔在门口停下。

"它是条叭喇狗。在欧洲大陆不常见。"他边说边想摸清阿申登的底细；他对女佣喊道："小姐，请来一杯咖啡。你刚到，对吗？"

"是的，我昨天刚来。"

"真的吗？我昨晚在餐厅没见到你。你会在这儿待一段时间吗？"

"我还没决定好。我生病了，我是来这里疗养的。"

女佣端着咖啡过来，看见凯珀尔正在跟阿申登说话，便把托盘放在他座位前的桌子上。凯珀尔发出一丝尴尬的笑声。

"我不想强迫你。我不知道女佣为什么把我的咖啡放在你的桌上。"

"请坐。"阿申登说。

"你真是太好了。我在欧洲大陆生活得太久，我总是忘记我的同胞的脾性，如果你和他们说话，他们会把这看成是无礼的行为。顺便问一下，你是英国人还是美国人？"

"英国人。"阿申登说。

阿申登是个生性非常害羞的人，他也曾试图摆脱这个和自己的年龄不太相称的弱点，但徒劳无益，然而有时他也知道如何有效利用它。眼下他就迟疑而笨拙地解释昨天已对女店主说过的原因，他确信这番话早已通过女店主传到了凯珀尔的耳中。

"你不可能找到比卢塞恩更好的地方了，在这个饱受战争蹂躏的世界里，它就是一块和平的绿洲。你在这里几乎会忘记战争还在进行。这也是我为什么要来这里的原因。我是一名专业记者。"

"我很想知道你是否写作。"阿申登带着羞怯的微笑殷勤地说。

很显然他在运输事务所没感受到"饱受战争蹂躏世界里的和平绿洲"。

"你看，我娶了个德国姑娘。"凯珀尔严肃地说。

"哦，是吗？"

"我想没有人能比我更爱国了。我是个彻彻底底的英国人，我不介意告诉你，我认为大英帝国是世界上所能见到的最好的国家机器，但有个德国妻子让我看到了许多这枚荣誉勋章的另一面。你不必告诉我德国人犯了很多错，但坦白地说，我不准备承认他们是魔鬼的化身。在战争之初我可怜的妻子在英国就举步维艰，而在我看来，如果她对此感到痛苦，我是不能责怪她的。所有人都认为她是间谍。如果你了解她你就会觉得这种想法很可笑。她是个典型的德国家庭主妇①，她只关心她的房子、她的丈夫和他们唯一的孩子弗里齐。"凯珀尔抚摸着他的狗轻轻地笑了，"是的，弗里齐，你是我们的孩子，对吗？这让我的处境很尴尬。我跟许多重要的报纸有联系，我的编辑们对此都不太舒服。总之，长话短说，我想最有尊严的做法就是辞职，然后来到一个中立国直到这场风暴结束。我妻子和我从来不讨论战争，尽管我一定要告诉你这更多是因为我而不是因为她，她比我宽容得多，较之我站在她的立场，她更愿意站在我的立场来看待这场可怕的战争。"

"这很奇怪。"阿申登说，"一般来说女人比男人更加狂躁。"

"我的妻子是个了不起的人。我很愿意把你介绍给她。对了，我不知道你是否知道我的名字，格兰特利·凯珀尔。"

"我叫萨默维尔。"阿申登说。

然后他告诉凯珀尔他在审查部门工作。他觉得凯珀尔的眼睛里流露出一种热切的期望。

不久他告诉凯珀尔他正在找人给他上德语课，以便重温他生疏的语言知识；他说这话时一个念头从他的脑海一闪而过：他看了凯珀尔一眼，发现他也有同样的想法。他们俩突然同时意识到如果凯珀尔太太能当阿申登的老师，这将是一个非常好的计划。

---

① 原文为德文：Hausfrau。

"我问女老板是否能帮我找到这样的人，她说她也许可以，我应该再问她一下。应该不难找到一个可以每天上门跟我说一个小时德语的人。"

"我不会接受她推荐的任何人。"凯珀尔说，"毕竟你想要一个有着地道北德口音的人，而她只会说瑞士口音的德语。我会问我的妻子看她是否认识谁。我的妻子是个受过高等教育的女人，你可以相信她的建议。"

"多谢你了。"

阿申登正无拘无束地观察着格兰特利·凯珀尔。他注意到自己昨晚没能看到的那双灰绿色的小眼睛与他红润脸庞上愉悦的率真表情非常不相称。这双眼睛平时贼溜溜地转得很快，而一旦他的思路被突如其来的想法所控制时，它们也就平静了下来。这让人对他那高速运作的大脑产生奇怪的感觉。这双眼睛无法让人产生信任；凯珀尔正竭尽全力地用他开心和善的微笑、宽阔而饱经风霜的脸上透着的坦诚、心安理得的肥胖及低沉嗓门里的高声欢呼让自己显得和蔼可亲。阿申登跟他说话时依然有点腼腆，但恰好能博得这个满面春风、热情坦诚、让所有人都感觉自由自在的人的信任，这也让他时刻牢记此人是个普通间谍。他的谈话里有种调调让人觉得他随时准备为了最多一个月四十英镑而出卖自己的祖国。阿申登认识戈麦斯，那个被凯珀尔背叛的西班牙年轻人。他是个喜欢冒险、做什么事都兴致勃勃的青年。他承担危险的任务不是为了靠它赚钱，而是出于一种浪漫的激情。他以智取笨拙的德国人为乐，并且扮演廉价小说中的一个角色这种荒谬的想法也很吸引他。现在想到躺在监狱院子地下六英尺的他似乎不太好，他是那么年轻，举止也有几分优雅。阿申登很想知道凯珀尔在亲手把他送上毁灭之路时内心是否感到过不安。

"我想你懂一点德语？"凯珀尔对眼前的陌生人很感兴趣地问。

"哦，是的，我在德国上过学，我曾经说一口流利的德语，但那是很久以前的事了，我现在都忘记怎么说了。但阅读还是没有问题。"

"噢，是的，我看到你昨晚在读一本德语书。"

愚蠢！刚刚他还告诉阿申登晚餐时没看到他。他很好奇凯珀尔有没有发现自己的口误。从来没有失误是一件多么困难的事！阿申登必须提高警惕；让他最紧张的就是担心自己不能从容不迫地对萨默维尔这个假名做出自然的回应。当然也有可能是凯珀尔故意说漏嘴想以此从阿申登的脸上看出他是否注意到什么。凯珀尔站起身。

"那是我的妻子。我们每天下午都要去一座山上散步。我可以告诉你一些迷人的散步路线，即使是现在，花儿也还是姹紫嫣红，十分可爱。"

"恐怕我得等自己再强壮一点才行。"阿申登边说边轻轻叹了口气。

他天生就脸色苍白，而且看上去从来就不像他实际上那样强健。凯珀尔太太走下楼来，她的丈夫走到她身边。他们沿着路走，弗里齐绕着他们撒欢，阿申登看到，凯珀尔立刻开始滔滔不绝地说话。显然他在告诉他的妻子他跟阿申登会面的情况。阿申登看着艳阳欢快地照射在湖面上闪闪发光，微风轻轻地吹拂着树上的绿叶发出阵阵喜悦的摇动，所有这一切都仿佛在发出散步的邀请：他站起身回到房间，扑到床上睡了个舒心的觉。

当天晚上他去吃晚餐时凯珀尔夫妇已用好餐，因为他在卢塞恩大街上忧郁地徘徊着，希望能找到一杯鸡尾酒来面对他早已预见到的土豆沙拉，故而来迟了。在他们就要走出餐厅时凯珀尔停下来问他是否愿意跟他们一起喝杯咖啡。阿申登到客厅来跟他们会面，凯珀尔站起身向他介绍他的妻子。她僵硬地鞠了一躬，没有露出任何微笑来回应阿申登礼貌的问候。不难看出她的态度是十分敌意的。这倒让阿申登感到安心。她是个相貌平平的女人，大概四十岁左右，肤色黯淡，面容模糊；她蓬乱的头发编成辫子绕在头上，就像拿破仑的普鲁士王后一样；她的身材敦厚，与其说是胖不如说是丰满、结实。但她看起来并不愚蠢；恰恰相反，她看上去是个有个性的女人，阿申登由于在德国居住长久足以让他认出这一类人，他愿意相信尽管她能做家务、煮饭、爬山，但同时她也是个十足的见多识广的人。她穿了一件白色宽松上衣，露出被太阳晒黑的脖子，一条黑裙子和一双笨重的步行靴。凯珀尔用英语快活地告诉她阿申登曾告诉过他关于自己的信息，仿佛她还不知道似的。她严肃地听着。

"我记得你告诉过我你懂德语。"凯珀尔说。他的红色大脸盘上带着礼貌的微笑，但他的小眼睛却不安地转来转去。

"是的，我曾在海德堡学习过一段时间。"

"是吗?"凯珀尔太太用英语说，一种隐约感兴趣的表情片刻之间驱散了她脸上的闷闷不乐。"我很熟悉海德堡。我在那儿读过一年书。"

她的英语虽正确，但带着点沙哑的喉音，而且她对单词强调的重音听起来也十分不舒服。阿申登顺着话题对老大学城及周边优美的环境赞不绝口。从日耳曼人的优越感立场来看，她是带着宽容而不是热情在听他说话的。

"众所周知内卡河的山谷是全世界最美丽的地方之一。"她说。

"我还没告诉你，亲爱的。"凯珀尔说，"萨默维尔先生在找一位在他逗留期间能给他上会话课的德语老师。我跟他说也许你能推荐一位。"

"哦，不，我不认识我能认真推荐的人。"她回答。"瑞士人的口音简直可恶到难以形容。和瑞士人交谈对萨默维尔先生只有坏处。"

"如果我处在你的位置，萨默维尔先生，我会试图劝说我的妻子给你上课。她是个，如果我可以这么说，非常有教养而且受过高等教育的女人。"

"哎哟，格兰特利，我没有时间。我有我自己的事要做。"

阿申登明白他们在给他机会。陷阱已经挖好，他需要做的就是往里面跳。于是他转向凯珀尔太太，尽量做出羞怯的样子谦卑地说：

"当然如果你能给我上课那再好也不过了。我会认为这是一种真正的特权。我并不想打扰你的工作。我来这儿是为了恢复体力，并没有其他事要做。我完全可以根据你方便的时间来上课。"

他感觉到一阵满意的神情在他们俩之间传递，在凯珀尔太太的蓝眼睛里他仿佛看到一种黑色的光芒。

"当然这纯粹是商业安排。"凯珀尔说，"我的好妻子没有理由不赚点零花钱。你觉得一小时十法郎会太多吗？"

"不多。"阿申登说，"我应该觉得自己很幸运找到了一流的老师。"

"你觉得怎么样，亲爱的？你当然可以腾出一个小时，并且你会善待这位先生的。他会明白不是所有的德国人都是他们在英国所认为的邪恶的魔鬼。"

凯珀尔太太不安地皱了皱眉头，阿申登只能忧心忡忡地认为一天一小时的对话他将要跟她一起度过。天知道他要怎样绞尽脑汁地想出话题来与这个沉闷阴郁的女人说话。现在她做出了明显的努力。

"我非常乐意能给萨默维尔先生上会话课。"

"祝贺你，萨默维尔先生。"凯珀尔聒噪地说，"你一定会满意的。什么时候开始？明天上午十一点？"

"如果凯珀尔太太觉得合适的话我完全没有意见。"

"是的，我觉得还行。"她回答。

阿申登先走了，留下他们继续讨论他们今天外交的愉快成果。第二天早上十一点，他很准时地听到了敲门声（因为按约定凯珀尔太太要到他的房间给他上课），他不慌不忙地把门打开。他应该要坦诚点，稍微带点轻率，但又要明显小心翼翼地面对一个非常聪明且冲动的德国女人。凯珀尔太太的脸色阴沉而愠怒。她显然讨厌和他有任何关系。但他们一起坐下来，她一开始就有点不由分说地问他有关德国文学的知识。她用正确的说法为他纠正错误，当他问她一些德语句子结构的难点时，她清楚而准确地一一做了解释。可见虽然她不喜欢给他上课，但她还是打算认真地教下去。她似乎不仅有教学的天赋，而且还热爱它。一个小时过去了，她开始更加认真地说话了。事情已变成她需要努力才能想起他是个无情的英国佬。注意到她内心无意识的挣扎后，阿申登觉得非常有趣；事实上，那天晚些时候当凯珀尔问他课上得怎么样时，他回答说他非常满意；凯珀尔太太不仅是个优秀的老师，还是个非常有趣的人。

"我早就告诉过你了。她是我认识的最了不起的女人。"

阿申登有种感觉，当凯珀尔发自内心地笑着说这番话时，他是头一次完完全全的真诚。

这一两天内阿申登猜想凯珀尔太太给他上课只是想让凯珀尔跟他的关系更亲密些，因为她把自己局限在文学、音乐和绘画这些话题上；当阿申登尝试把谈话的内容引向战争时，她就打断他的话。

"我想我们最好能避免谈论这个话题，萨默维尔先生。"她说。

她继续一丝不苟地上课，他的钱也花得很值得，但每天她都面色阴沉地来上课，只有当她沉浸在教学的乐趣中时，有那么一时半会她忘记了对他的本能厌恶。阿申登用尽所有伎俩，但徒劳无功。他曲意逢迎、故作天真、谦恭卑微、感激涕零、奉承讨好、天真单纯及胆小怯懦。但都没用，她一如既往地冷漠敌对。她是个狂热分子。她的爱国主义是咄咄逼人的，但又是无私的，她痴迷于德国一切事物都具有优越性这样一个观念，并对英国怀有刻骨的仇恨，因为她在这个国家看到了他们渗透的主要障碍。她的理想是建立一个德语世界，其他国家将处于一个比当时的罗马帝国更大的霸权之下，他们也将享受德国科学、艺术和文化带来的好处。这个想法中令人难以置信的妄自尊大引起了阿申登的幽默感。她并不愚蠢。她读过很多用各种语言写成的书，并且她也能很理性地讨论她所读过书。她有着丰富的当代美术和当代音乐知识，给阿申登留下深刻的印象。有趣的是有一次听到她在午餐前弹奏德彪西 ① 的月光曲中的一段；她带着轻蔑的神情弹奏，因为这是法国人的曲子，调子宁静轻柔，但同时她又不得不恼怒地欣赏它的优雅和欢快。当阿申登称赞她时，她只耸了耸肩。

"颓废国家的靡靡之音。"她说。随后她用有力的手击打出贝多芬 ② 奏鸣曲的第一声响亮的和弦，但她没有弹下去。"我无法弹，我太久没练习了，而你们英国人，你们对音乐了解多少？自从普赛尔 ③ 后你们就没出过作曲家。"

"你对此怎么看？"阿申登笑着问站在附近的凯珀尔。

"我承认这是事实。我仅有的一点音乐知识还是我妻子教我的。我真希望你能听到她练习时的弹奏。"他把他那只肥大的手放在她的肩膀上，手指又方又粗，"她能用纯粹的美来拨动你的心弦。"

"傻瓜 ④。"她用温柔的声音说，"愚蠢的家伙。"阿申登看到她的嘴唇颤抖了片刻，但她迅速恢复了正常，"你们英国人，你们不会绘画，你们不会雕刻，你们不会写曲子。"

"我们中有些人有时也会写出迷人的诗句。"阿申登随和地说。因

① 德彪西（Debussy，1862—1918），法国作曲家。
② 贝多芬（Beethoven，1770—1827），德国作曲家。
③ 普赛尔（Prucell，1659—1695），英格兰作曲家，吸收法国与意大利音乐的特点，创作出独特的英国巴洛克音乐风格。
④ 原文为德文：Dummer Kerl。

为被迁怒并不关他的事，他也不知道为什么，两句诗句就脱口而出了：

> 哦，意欲何去，金舟玉舸？
> 扬帆起航，此去西行，美哉壮哉！ [1]

"真好。"凯珀尔太太做了个奇怪的手势说，"你能写诗。我想知道为什么。"

让阿申登惊奇的是她接下去用她沙哑的英语背诵了他引用的这首诗的另外两句。

"来吧格兰特利，午餐 [2] 已经准备好了，让我们到餐厅去。"

他们留下阿申登一个人陷入沉思。

阿申登崇尚美德，但也不会被邪恶所激怒。人们有时觉得他没心没肺，是因为很多时候他只是对别人感兴趣但并不亲近他们，即便在少数亲近的人身上他也会泾渭分明地把他们的长处和短处看得清清楚楚。当他喜欢别人时并不是因为他对他们的缺点视而不见，而只是不介意并耸耸肩表示可以接受，或是因为他把他们本不具备的优点归功于他们；正因为他对朋友坦率不带任何偏见，他们也从未让他失望或离他而去。他从不奢求他无以回报的东西。他可以不带任何偏见和感情地继续研究凯珀尔夫妇。凯珀尔太太在他看来更表里如一些，因此是俩人中比较容易琢磨的一个；显而易见她十分憎恨他，虽然她必须对他彬彬有礼，但她的反感实在太强烈，时不时地就会做出粗鲁无礼的表情；如果她可以安全脱身的话，她一定会毫不犹豫地杀了他。但是从凯珀尔胖乎乎的手压在他妻子的肩上，以及她嘴角瞬间的颤抖

---

① 选自英国桂冠诗人罗伯特·布里奇斯（Robert Bridges，1844—1930）的短诗。
② 原文为德文：Mittagessen。

中，阿申登觉得有一种深沉而真挚的爱把这个不讨人喜欢的女人和那个自私的胖男人紧紧联系在一起。这很感人。阿申登把过去这几天他所做的观察和他所注意到的一些小事汇总在一起，并没有发现什么特别的。在他看来，凯珀尔太太爱她的丈夫是因为她比他性格坚强，并且她感到了他对她的依赖；她因他对她的崇拜而爱他，可想而知在遇到他之前，这个又矮又胖、相貌平平的女人由于她的沉闷、理智和缺乏幽默感而很少享受到男人的欣赏和赞美；她享受他的真心实意和他那些闹哄哄的笑话，他兴高采烈的热情搅动着她无精打采的心绪；他是个精力充沛活力十足的大男孩，他再也不会是其他人的了，她觉得自己对他像个母亲；是她把他变成今天这个样子，他是她的男人，而她是他的女人。尽管他很软弱（她的头脑清楚，想必早就意识到这一点），但她还是爱他。天啊，她爱他就像伊索尔德爱特里斯坦①一样。但是，别忘了还有间谍活动。即便阿申登能尽其所能地宽容人类的缺点，他还是不得不认为为了金钱而背叛自己的祖国不是什么好的行为。当然她一定知道这件事，也许就是通过她凯珀尔才会开始跟德国情报局接触；如果不是她的极力怂恿，他是绝对不会干出这种事的。她爱他，并且她也是个诚实正直的女人。她是用什么狡猾的手段说服自己迫使她的丈夫接受德国情报局卑鄙可耻的召唤？阿申登陷入了错综复杂的猜测之中，他试图拼凑出她的内心活动。

格兰特利·凯珀尔又另当别论。他没有什么值得欣赏的地方，而且当前阿申登并不是要寻找一个值得崇拜的对象；但是在这个粗鄙庸俗的家伙身上却有着许多奇异和意想不到的东西。阿申登饶有兴味地

---

① 《特里斯坦与伊索尔德》(Tristan and Isolde) 是瓦格纳于1865年根据德国中世纪著名诗人戈特弗里德·冯·斯特拉斯堡 (Gottfried von Strassburg) 的史诗编写创作的歌剧，是一个具有奇幻色彩的爱情故事。与《罗密欧与朱丽叶》并称欧洲两大爱情悲剧经典。

看着这个间谍以温文尔雅的方式试图诱骗他陷入他布下的天罗地网。

他第一次课后过了几天，凯珀尔太太在晚餐后径直上楼了，凯珀尔则重重地坐到阿申登身旁的椅子上。他忠实的弗里齐走近他并把它的长嘴连同黑色的鼻子一起靠在他的膝盖上。

"它不聪明，"凯珀尔说，"但心地善良。你看那小小的粉色眼睛。你见过这么蠢的东西吗？多么难看的脸，但它又是多么迷人啊，令人难以置信！"

"你和它在一起很久了吗？"阿申登问道。

"我在一九一四年战争快要爆发前得到它的。对了，你怎么看今天的新闻？当然我妻子和我从来不讨论战争。你想象不出找到一个我可以敞开心扉的同胞多么令我宽慰。"

他递给阿申登一支廉价的瑞士香烟，阿申登怀着为了职责牺牲一切的悲壮心情接过了它。

"当然他们没有任何机会，我是说德国人。"凯珀尔说，"一点机会都没有。我知道我们一进来他们就会被打败。"

他的态度认真、诚挚而又推心置腹。阿申登用了个老生常谈的回答给搪塞了过去。

"这是我人生中最大的悲痛，因为我妻子的国籍我无法从事任何与战争有关的工作。战争爆发的那天我就想去应征入伍，但他们以我的年纪太大为由拒绝了我，但我不介意告诉你，如果战争还要持久地打下去，不管什么妻子不妻子，我都要做点什么。凭着我的语言知识我应该可以在审查部门做点事。这也是你工作的地方，对吗？"

这才是他瞄准的目标，为了回答他精心引导的问题，阿申登把早已准备好的信息提供给了他。凯珀尔把他的椅子拉近了些，同时压低了他的声音。

"我相信你不会告诉我任何人都不该知道的事，但毕竟所有的瑞士人都是亲德的，我们不能给任何人偷听的机会。”

然后他继续用另一个方法告诉阿申登许多机密的事。

“我不会把这些告诉其他人，你放心，但我有一两个朋友很有影响力，他们知道能信任我。”

这很鼓舞人心，阿申登有点故作轻率，当他们分开时各自都怀揣满意拱手告别。阿申登猜想凯珀尔的打字机第二天早上要忙活一阵了，而精力充沛的伯尔尼少校不久也会收到一份最有趣的报告。

一天晚上，吃过晚餐上楼时，阿申登经过一间敞开的浴室。他一眼就看到了凯珀尔夫妇。

“进来。”凯珀尔用他一贯的热情叫道，“我们正在给弗里齐洗澡。”

叭喇狗时常把自己弄得很脏，而看到它又洁白又干净是凯珀尔的骄傲。阿申登走进去。凯珀尔太太袖子卷得高高的，围一条白色围裙，正站在浴缸的一端，而凯珀尔穿着一条长裤和一件背心，他那肥胖的布满雀斑的手臂裸露着，正在给那可怜的猎犬打肥皂。

“我们只能在晚上做。”他说，“因为菲茨杰拉德夫妇用这间浴室，他们如果知道我们在这里给狗洗澡一定会大发脾气的。我们一直等到他们上床睡觉。来吧，弗里齐，等你把脸洗干净了，再向这位绅士展示你的美丽。”

可怜的畜生愁眉苦脸地站在浴缸六英尺高的水中央，轻轻地摇着尾巴好像在说，不管它正在遭受的行为让它有多痛苦，它都不会对动作的实施者怀有恶意。它浑身涂满了肥皂，凯珀尔边说话边用他那肥大的手掌给它洗头。

“哇，等它变得像雪一样白时它会是一条多么漂亮的狗啊。它的主人和它出去会非常自豪的，所有的小母狗都会说：天啊，这条漂亮的贵族模样的叭喇狗是谁？它走起路来仿佛整个瑞士都是它的。现在安静地站着，我要给你洗耳朵了。你不能带着脏耳朵到街上去，对吗？像个讨厌的瑞士小男孩。贵族责任感[1]。现在，黑鼻子。哦，所有的肥皂都到它的小粉红眼睛里了，它们会痛的。"

凯珀尔太太听着他的胡言乱语，她那相貌平平的宽脸庞上挂着愉快而懒散的微笑，不久后她严肃地拿起一条毛巾。

"现在它要到水里浸一浸了，起来没事啦。"

凯珀尔抓住狗的前腿把它往水里浸了一下拎起来，又浸了一下。一阵挣扎、抖动和水花泼溅声。最后凯珀尔把它从浴缸里抱出来。

"现在去妈妈那儿让她把你擦干。"

凯珀尔太太坐下来把狗放在她粗壮的双腿之间用力为它擦拭，直到汗水从她的额头流下来。而弗里齐带着甜美蠢萌的脸，洁白耀眼地站在那儿，虽然有些颤抖和喘不过气来，但它很高兴一切终于结束了。

"血统不彰自显。"凯珀尔欣喜若狂地叫喊道，"它知道不少于六十四位祖先的名字，而且个个出身高贵。"

阿申登隐约感到有些不安。他走上楼时有点哆嗦。

之后的一个周日，凯珀尔对他说他和妻子要去郊游，并在某个山村餐馆吃午饭；他建议阿申登可以跟他们一起去，大家各付各的。在卢塞恩已待了三个星期，阿申登认为他的体力应该能允许他冒险动一动了。他们很早就出发了，凯珀尔太太郑重其事地穿着步行靴，戴着蒂罗尔斯帽，拿着登山杖；凯珀尔则穿着长筒袜和灯笼裤，看上去非常英国范儿。这情形让阿申登感到好笑，他也准备好享受他的一天；但他打算睁大眼睛，保持警惕；如果说凯珀尔夫妇发现了他的身份这并非一点不可能，并且离悬崖太近也不行，凯珀尔太太会毫不犹豫地推他一下，而凯珀尔尽管表现得很快乐，却是个难对付的家伙。但从表面上看，没有什么能破坏阿申登尽享美好清晨的愉悦心情。空气芳

---

① 原文为法文：Noblesse oblige。

香清新。凯珀尔真是个话匣子。他讲了很多有趣的故事。他又开心又快活。汗珠沿着他宽大红润的脸庞滚落下来，他因此而自嘲太胖了。阿申登感到惊奇的是，他对山上各种不同的花有着独到的见解。有一次他看到离道路有点距离处有朵花还特意去摘下来送给自己的妻子。他温柔地看着它。

"多可爱的花啊，不是吗?"他叫道，他那狡猾的灰绿色眼睛有那么会儿像孩子一样坦诚，"就像沃尔特·萨维奇·兰德[1]的一首诗。"

"植物学是我丈夫最喜欢的科学。"凯珀尔太太说，"我常常笑话他。他对花儿很痴迷。有时我们几乎都没有足够的钱买肉吃了，他还是会把口袋里所有的钱都用来为我买一束玫瑰花。"

"谁的房内鲜花怒放，谁的心中就心花怒放。[2]"格兰特利·凯珀尔说。

阿申登有一两次看到凯珀尔散步回来后送给菲茨杰拉德太太一束山花，虽然举止笨拙，但并非完全令人不快;他所学的知识给这个小小的举动增添了一定的意义。他对花儿的热爱是真诚的，当他把花送给爱尔兰老太太时，就像给了她一些他珍视的东西。他显示出一颗真正善良的心。阿申登总是认为植物学是门枯燥的科学，但凯珀尔一边走一边兴高采烈地谈论着，让它显得那么鲜活和有趣。他一定对此做过很多的研究。

"我从来没写过书。"他说，"世界上已经有太多的书，而每日为报纸写一篇结构短小却能立即发表的文章已经大大满足了我想写作的愿望了。但如果我在这里久居的话，我就有点想要写一本关于瑞士野山花的书。喔，我真希望你能早点来，它们真是美得不可思议。看到它们的人都想成为诗人，但我只是个可怜的新闻记者。"

---

① 沃尔特·萨维奇·兰德（Walter Savage Landor，1775—1864），英国诗人和散文家。

② 原文为法文：Qui fleurit sa maison fleurit son cœur。

看他如何能够将真正的情感和虚假的事实结合起来真是件奇妙的事。

当他们到达小饭馆时，看着周围美丽的湖光山色，将一瓶冰凉的啤酒一饮而尽，那感觉真是好极了。你不得不为一个人在简单的事情上获得如此多的乐趣而唏嘘不已。他们午餐享用的是美味的炒鸡蛋和山鳟鱼。即使是凯珀尔太太也被这周围的环境感动而变得异常温柔；小饭馆位于一处风景宜人的郊外，看起来就像十九世纪早期旅行书中图片上的瑞士山间农舍；而她对阿申登的态度也少了几分平时的敌意。他们刚到达时她就已对着美丽的景色大声抒发德国式的感慨了，现在，可能是再次被美食和美酒打动，凝视着眼前壮丽的美景，她的眼里饱含着泪水伸出双手。

"太糟糕了，我感到羞愧，尽管这场可怕的不公正的战争还在进行，此刻我的心中却只感到幸福和感激。"

凯珀尔紧紧地握住她的手，出乎意料地用德语称呼她，叫着她的各种昵称。这既荒唐又感人。留下他们沉浸在自己的情感中，阿申登独自离开在花园中漫步，并在为游人小憩准备的长椅上坐下来。眼前的景色无疑是绮丽壮美的，你就是被它深深吸引了；它就像一首平淡无奇、俗不可耐的音乐，然而就在此刻却将你的自控彻底粉碎。

阿申登边在这片地区漫无目的地溜达，边思考着格兰特利·凯珀尔叛国背后的秘密。如果他喜欢陌生的人，那么他已经在凯珀尔身上发现了一个不可思议的人。要否认他有和蔼可亲的性格是愚蠢的。他的快活未曾假装，他的热心明眼可鉴，而且他有一副真正的好脾气。他总是乐于助人。阿申登常常看到他跟爱尔兰老上校和他的妻子在一起，他们是这个旅馆里唯一另外的客人；他会和气地倾听老上校絮絮叨叨关于埃及战争冗长乏味的故事，也会逗他妻子开心。随着阿申登对凯珀尔的进一步熟悉，他发现他对凯珀尔与其说排斥，不如说好奇。他不认为他仅仅是为了钱而成为一名间谍；他是个谦虚的人，他在航运公司挣的钱足够让像凯珀尔太太这么好的管家应付日常开支了；在战争开始后，对超过应征入伍年龄的男人来说也不乏报酬丰厚的工作。也许他属于那种喜欢用迂回的方式通过欺骗同伴来获得错综复杂的乐趣；而他之所以成为间谍，并不是出自于对监禁过他的国家的仇恨，甚至也不是因为对妻子的爱，而是出于一种强烈的渴望，他想奚落那些从来不知道他的存在的权贵人物。也许是一种虚荣心在驱使着他，他感到他的才华没得到应有的认可，抑或只是一种卑劣、顽皮的恶作剧欲望。总之，他是个骗子。的确目前只有两件不诚实的案件证明他有过失，但如果他被抓了两次，那么可以猜测他由于经常不诚实而逃过了一次次的抓捕。凯珀尔太太怎么看这件事？他们是如此亲密，她一定有所察觉。她是否会由于自己无可辩驳的正直而为此感到羞耻，抑或是她把它当做心爱的男人身上不可避免的瑕疵无奈接受？她是否尽力阻止过，抑或是她由于无能为力故视而不见？

如果世界上都是黑人或都是白人那么生活会容易得多，对他们采取行动也要简单得多！凯珀尔是个向恶的好人还是个向善的坏人？这些不可调和的因素是怎么共处、和谐共存在同一个人身上的？有件事是清楚的，他没有受到良心的折磨；他满怀热情地做着卑鄙无耻的工作。他是个享受背叛行为的叛徒。虽然阿申登一生都在或多或少有意识地研究人性，他觉得自己到了中年对此事还是知之甚少，如孩提时一般。当然 R. 上校可能会对他说：你干吗把时间浪费在这种胡思乱想上？此人是个危险的间谍，你的任务就是把他捉拿归案。

这倒是真的。阿申登认为尝试跟凯珀尔谈任何合作都是没有用的。诚然他会对背叛他的主子毫无愧疚，这也说明了他不可信任。此外他妻子对他的影响太大了。尽管他不时地告诉阿申登同盟国必胜，但他从内心相信核心国会赢得这场战争，而他会站在战胜方。因此，凯珀尔必须被送进监狱，但要怎么做阿申登还没有想好。突然他听到一个声音。

"原来你在这儿。我们还在想你躲到哪儿去了。"

他环顾四周，然后看到凯珀尔夫妇正漫步向他走来。他们手拉手走着。

"这就是让你如此安静的原因了。"凯珀尔看着眼前的风景说道，"好一个漂亮的观光点。"

凯珀尔太太双手紧握。

"上帝啊，晨星闪耀！ [①]"她叫道，"晨星闪耀。当我看到这碧蓝的湖水和远处白雪皑皑的山脉，我就忍不住想要像歌德的浮士德那样对着流淌的时光喊叫：停下来。"

"这要比在英格兰忍受战争的喧闹和骚乱好一些，对吗？"

"好多了。"阿申登说。

"顺便问一下，你出来时遇到过任何麻烦吗？"

"没有，一点也没有。"

"我听说他们现在在边境很惹人讨厌。"

"我过来时一点困难都没有。我并不认为他们会找英国人的麻烦。我觉得他们的护照检查很敷衍了事。"

凯珀尔和他的妻子匆匆对视了一眼。阿申登很想知道这是什么意思。如果凯珀尔的想法专注于在这个非常时期的英国之旅，尤其在他思考过可能性后仍坚持的话，这将会匪夷所思。不一会儿凯珀尔太太建议他们最好开始原路返回。于是他们一起走在树荫下，徜徉在下山的路上。

阿申登很警觉。他什么也做不了（他的无所事事也让自己很恼

---

① 原文为德文：Ach Gott, wie schon。

火），只能睁大了眼睛等待抓住可能出现的机会。几天后一个小插曲的出现使他确信有什么事将要发生。在他上早课时凯珀尔太太说：

"我的丈夫今天去日内瓦。他在那有些生意要做。"

"哦。"阿申登说，"他要去很久吗？"

"不，就两天。"

不是所有人都能觉察到谎言，但阿申登也不知道为什么能感觉到凯珀尔太太说了谎。当她提到一个阿申登可能不感兴趣的事实时，她的态度也许不像他想象的那么毫不在意。有个念头从他的脑海一闪而过，凯珀尔可能被召唤去伯尔尼见那令人敬畏的德国情报局的首脑。他找了个机会漫不经心地对女招待说：

"你可以少做点活了，小姐。我听说凯珀尔先生去伯尔尼了。"

"是的。但他明天就会回来。"

这证明不了什么。但这是件值得去做的事。阿申登知道在卢塞恩有个瑞士人愿为别人做点十万火急的事，就把他找来，请他送封信到伯尔尼。也许有可能找到凯珀尔并追踪他的行动。第二天凯珀尔重新和他的太太出现在餐桌旁，但只对阿申登点点头之后就双双径直上楼了。他们看起来很烦恼。平时很活泼的凯珀尔弯着腰走路，既不看左边也不看右边。隔天早上阿申登收到了对他急件的回复：凯珀尔去见了冯·P.少校。可想而知少校对他说了什么。阿申登非常清楚他有多粗鲁；他是个冷酷的人，残忍、聪明而又不择手段。他不习惯咬文嚼字。他们厌倦了付给凯珀尔薪水却让他坐在卢塞恩无所事事；他该去英国了。猜测？当然是猜测，但在这一行里大部分工作都得靠猜；你必须从它的颌骨推断出这个动物。阿申登从古斯塔夫那儿得知德国人想派个人去英国。他深吸了一口气。如果凯珀尔去的话他就得忙起来了。

凯珀尔太太来给他上课时显得既沉闷又无精打采。她看起来非常倦怠，但她口风很紧，什么都不说。在阿申登看来凯珀尔夫妇一定是经历了彻夜长谈。他真希望能知道他们都谈了些什么。她是催促他去还是劝阻他去？阿申登午餐时又见到他们。的确出问题了，因为他们俩几乎不说话，往常他们可有说不完的话。他们早早地离开餐厅，但阿申登出去时却看到凯珀尔一个人坐在客厅里。

"喂。"他高兴地叫道，但很明显他的语气是努力做出来的，"你过得怎么样？我前几天去了日内瓦。"

"我听说了。"阿申登说。

"来跟我喝杯咖啡。我可怜的妻子犯了头痛。我让她最好上楼去躺一下。"在他狡猾的绿眼睛里有一种让人读不懂的眼神，"事实上，她相当担心，我可怜的小可爱；我在考虑去英国。"

阿申登的心脏突然猛地一跳，几乎要碰到肋骨了，但他仍装作若无其事，脸上毫无表情。

"哦，你要去很久吗？我们会想念你的。"

"说实话，我受够了什么事都不做。战争看来要旷日持久地打下去，而我不能无期限地坐在这里。并且，我也快支付不起日常开销了。我要挣钱养家糊口。也许我有一个德国妻子，但我是英国人，真见鬼，我要尽我所能做点事。如果我在这儿安逸舒适地待着，直到战争结束都没有试着去帮国家做点事，我都无法面对我的朋友。我的妻子从德国的角度看问题，告诉你也无妨，她有点心烦意乱。女人嘛，你知道的。"

现在阿申登明白他在凯珀尔眼里看到的是什么了，害怕。他的生活发生了糟糕的转变。凯珀尔不想去英格兰，他想平安地待在瑞士；阿申登现在知道当他去伯尔尼见少校时少校对他说的话了。他不得不去否则就失去薪水了。当他告诉他的妻子这件事时他的妻子怎么说？他希望她能强迫他留下，但显然她没有这样做；或许他不敢告诉她自己有多害怕；对她来说他总是快乐的、勇敢的、爱冒险的和无所顾忌

148

的。现在，他作茧自缚，他无法承认自己是个卑鄙的懦夫。

"你要带你的妻子一起去吗？"阿申登问。

"不，她要待在这里。"

一切都安排得很周到。凯珀尔太太将在这里接收他的信并把信中的消息转发到伯尔尼。

"我离开英格兰太久了，真不知道如何在战时找一份工作。如果你是我你会怎么做？"

"我不知道，你想做什么样的工作？"

"嗯，你知道，我想我可以做和你一样的事。我不知道审查部门是否有你的熟人？你能帮我写个介绍信去认识一下吗？"

阿申登没有让自己通过压抑的叫声或断断续续的手势来表现出吃惊的样子真是奇迹；但他并不是惊讶于凯珀尔的请求，而是他开始认识到的事实。他真是个白痴！他曾困扰于自己原有的想法，认为他是在卢塞恩虚度时光而无所事事，虽然事实证明凯珀尔将要去英格兰，但也是由于他自己的不聪明。阿申登觉得自己并无半点功劳。现在他明白了，他被派到卢塞恩，按照指示介绍自己并提供适当的信息，所以才让这一切水到渠成地发生。对于德国情报局来说，安插一个特工在英国的审查部门将是件美妙的事；机缘巧合正好格兰特利·凯珀尔与某个在那里工作的人关系良好，因此他是最适合这项工作的人。多么幸运啊！冯·P.少校是个有教养的人，他一定边搓着手边在喃喃自语：命运想要谁毁灭，必先令其疯狂①。这是恶毒的R.上校设下的圈套，而冷酷的伯尔尼少校自投罗网。阿申登只要坐着不动，什么也不干就完成了他的任务。当他想到R.上校把他弄得那么愚蠢，他几乎要放

---

① 原文是拉丁文：stultum facit fortuna quem vult perdere，出自叙利亚作家普布利乌斯·西鲁斯的名言。

声大笑了。

"我跟我们部门的主管关系很好，如果你愿意，我可以帮你写个便条给他。"

"那正是我想要的。"

"当然我必须告诉他事实。我必须说我在这里遇见你并且我们只认识了两周时间。"

"当然。但你会为我说一些其他你能说的好话，对吗？"

"哦，当然可以。"

"我还不知道是否能拿到签证。我听说他们非常挑剔。"

"我不明白为什么。我想回去的时候如果他们拒绝给我签证，我会很不舒服的。"

"我要去看看我的妻子怎么样了。"凯珀尔突然站起来说，"我什么时候能拿到你的推荐信？"

"什么时候都可以。你马上就走吗？"

"越快越好。"

凯珀尔径直离去。阿申登继续在大厅里等了一刻钟，这样他就不会显得很匆忙。之后他上楼写了很多封信。其中一封他通知 R. 上校，凯珀尔即将去英格兰；另一封信里他对伯尔尼做了安排，尤论凯珀尔申请去哪里的签证都要毫不怀疑地发给他；这些信他立即就发了出去。当他下楼吃晚餐时他递给凯珀尔一封热情洋溢的介绍信。

第三天凯珀尔离开了卢塞恩。

阿申登耐心等待。他继续每天跟着凯珀尔太太上一小时课，在她的认真教学下，他开始轻松自如地讲德语。他们谈论歌德和温克尔曼[1]，谈论艺术、人生和旅游。弗里齐安静地坐在她的椅子旁。

---

[1] 温克尔曼（Winckelmann，1717—1768），德国考古学家。

"它想念它的主人。"她拉着它的耳朵说,"它只在乎他,它忍耐我只是因为我属于他。"

每天早晨上完课,阿申登都会去库克店询问他的邮件。所有写给他的信件都是寄到这里。在没收到新的指令前他还不能走。但可以相信,R.上校不会让他长时间无所事事;与此同时,他除了耐心等待外什么也做不了。不久前他收到一封来自日内瓦领事馆的信,说凯珀尔来申请他的签证并准备启程去法国。读完这封信阿申登继续在湖边散步。回去的路上正巧看到凯珀尔太太从库克店出来。他猜她也把她所有的来信都寄到这里。他走到她跟前。

"有凯珀尔先生的消息吗?"他问她。

"没有。"她说,"我几乎不指望现在会有。"

他走在她身边。她很失望,但还不焦虑;她知道这个时期邮政业务的不稳定。但第二天在上课时他看出她整节课都心神不宁、坐立不安。邮件在中午会送到,早五分钟她就开始看表并看他。虽然阿申登十分清楚她不会收到任何信件,但他还是不忍心看到她提心吊胆焦虑不安的样子。

"你不认为我们今天上得差不多了吗?我相信你一定很想去库克店。"他说。

"噢,谢谢。你真是太好了。"

稍晚些时候他独自去那儿时他发现她站在屋子的中央。她面露忧心如焚之色,几欲发狂。她语无伦次地对他说:

"我的丈夫答应要从巴黎写信给我。我确信这儿有一封给我的信,但这些笨蛋说什么都没有。他们太粗心大意了,真不像话。"

阿申登不知道该说什么。当店员在仔细查看那堆信件看是否有他的东西时,她再次走到柜台前。

"下次从法国来的邮件什么时候到?"她问。

"有时候大约在五点会有信送到。"

"我到时再来。"

她转身快速离开，弗里齐尾巴垂在两腿之间跟在她后面。毫无疑问，她已经开始害怕出了什么事。第二天早上她看起来很糟糕，一定是整晚都没合过眼。课上到一半她突然从椅子上站了起来。

"请原谅我，萨默维尔先生。我今天不能给你上课了，我有点不舒服。"

阿申登还没来得及说什么，她就紧张地从房间飞奔而出。晚上他收到一张来自她的纸条，说她很抱歉必须要中断给他上的会话课程。她没说原因。之后阿申登就没再见过她；她不出来吃饭；除了早上和下午各去一趟库克店，显然一整天时间都待在房间里。阿申登可以想象到她一连几小时坐在那儿任由可怕的恐惧折磨着她的心。谁能为她感到难过呢？他也感到时间过得太慢了。他读了很多书也写了不少，还租了一条独木舟，在湖上长时间悠闲地划桨。最终有一天上午，库克店的店员递给他一封信，是 R. 上校寄来的。它表面上跟所有的商业信函没什么两样，但在字里行间他捕捉到了重要信息。

亲爱的先生，（信开头）你从卢塞恩发送的附函货物已按时交付。对你如此迅速地执行我们的指示，我们深表感谢。

后面的内容继续这个口吻。R. 上校真是欣喜若狂。阿申登猜想凯珀尔早已被逮捕，并且现在已为自己的罪行得到了应有的惩罚。他有点不寒而栗。他记得那可怕的场景。拂晓时分。一个既阴冷又灰暗的拂晓，天空飘着毛毛细雨。一个被蒙住眼睛的人靠着墙站着。一位面色非常苍白的军官发出命令，子弹齐发，之后行刑队中的一个年轻士兵，转过身抓住枪作为支撑禁不住呕吐起来。军官的脸色更加苍白了，而他，阿申登，则感觉非常虚弱，简直要晕倒了。凯珀尔一定非常害怕！当眼泪从他们脸上流下时真是太可怕了。阿申登打了个哆嗦。他来到售票处按照指示给自己买了张去日内瓦的票。

在他等着找零钱时凯珀尔太太走了进来。他震惊地看着她。她蓬头垢面，眼睛周围有很重的黑眼圈，脸色惨白，面如死灰。她蹒跚地向前走到柜台询问信件。店员摇摇头。

"我很抱歉，女士，没有你的信。"

"但再找找，再找找。你确定吗？请再找一遍。"

她声音中的痛苦令人心碎。店员耸了耸肩从一个信件分类箱里拿出所有的信再一次重新分类。

"没有，没有你的信，女士。"

她发出一声绝望的嘶喊，她的面孔因痛苦而扭曲着。

"哦，上帝，哦，上帝！"她悲叹道。

她转身离开，泪水从她疲惫的眼睛里倾泻而下，有那么一会儿她站在那儿像个瞎子摸索着，不知道该往哪走。这时可怕的事情发生了。弗里齐，那条叭喇狗，坐在自己的臀部上，把头往后一仰，发出长长的哀嚎声。凯珀尔太太惊恐地瞪着它；她的眼球似乎都要从眼眶里迸出来了。那疑虑，那个啃噬她的内心、在那些可怕的悬而未决的日子里天天折磨着她的疑虑，终于不再是疑虑。她明白了。她盲目地踉踉跄跄地走到了街上。

大使先生

当阿申登被派往 X 城时，他环顾四周发现自己所处的情况十分微妙。X 城是一个主要好战国的首都；但这个国家已经四分五裂；有一个很大的政党反对战争，革命即使不是迫在眉睫也是不可避免的。阿申登接到指令，前来看看在这种情形下该怎么做最好，他要拿出一个方案。如果这个方案被派他来的尊贵人物批准通过的话，他就要着手实施了。他手上可支配的资金非常充裕。英国大使和美国大使也都奉命要给他提供他们可以自由支配的设施，但阿申登私下里被告知要单独行动；他并不是去向两大强国的官方代表们透露不方便他们知道的事实从而给他们制造麻烦的；而且由于他必须要在暗中支持一个政党，该政党与执政当局剑拔弩张，并且和关系十分密切的美国和英国也势不两立，因此阿申登凡事最好自己作决定。尊贵人物并不想让大使们因为发现一位不明身份的特工被派来跟他们对着干而感到羞辱。另一方面，在对立阵营中有一个代表也是好的，万一发生突然的剧变，他的手头有足够的资金，而且也会得到国家新领导人的信任。

但大使们都坚持自己的尊严，并且有敏锐的嗅觉能察觉到任何侵犯他们权威的行为。

阿申登一到 X 城就前去正式拜访英国大使赫伯特·威瑟斯彭爵士，并毫无例外地受到彬彬有礼的接待，只是他态度中散发出的冷淡连北极熊的脊椎都会感到有些微微颤抖。赫伯特爵士是一名职业外交官，在某种程度上培养了自己的职业风格，让旁观者充满了敬仰和钦佩。他没有问阿申登任何关于他任务的问题，因为他知道阿申登一定会顾左右而言他，但是他让他看到这是个完全愚蠢的行为。他带着强忍的尖酸刻薄讲起把阿申登派到 X 城的尊贵人物。他告诉阿申登他接到指示要满足他提出的任何需要帮助的要求，并说如果阿申登任何时候想见他，但说无妨。

"我接到一个有点奇怪的请求，需要用事先已给过你的专用码为你发电报，再把收到的电报用专用码交给你。"

"我希望它们寥寥无几，先生。"阿申登回答，"我不知道还有什么比编码和解码更乏味的事了。"

赫伯特爵士停顿了片刻，也许这不是他期望的回答。他站起身。

"如果你想进入大使馆我将为你介绍参赞和秘书，你可以从秘书那儿取你的电报。"

阿申登跟着他走出房间，大使把他交给参赞后就无力地握了握他的手。

"我希望今后能愉快地再次见到你。"他说，例行公事般微微点一下头就离开了。

阿申登沉着冷静地接受了对他的招待。他的职责需要他保持默默无闻，他并不想引起官方对他的关注。但在同一天的下午，他去拜访美国大使馆时发现了为什么赫伯特·威瑟斯彭爵士对他如此冷淡。美国大使是威尔伯·谢弗先生，来自堪萨斯城，他被任命这个职位作为对他政治表现的奖励，当时还很少有人怀疑战争即将爆发。他是个高大魁梧的人，头发花白已不再年轻，但他保养得很好并且异常健壮。

他有一张方形的红润脸庞，胡子剃得很干净，一个小小的狮子鼻和一个透着坚强意志的卜巴。他的面部表情十分多变，他不断把它扭曲成奇特而有趣的鬼脸，看起来好像是用制作热水袋的印度红橡胶做的。他热情地欢迎阿申登。他是个真诚热心的家伙。

"我想你已经见过赫伯特爵士并已惹恼他了。华盛顿和伦敦方面告诉我们收发你的密码电报而不必知道它们的内容，这是什么意思？你知道，他们没有权利这么做。"

"哦，大使先生，我想这么做只是为了节省时间和避免麻烦。"阿申登说。

"那好吧，你这次的任务到底是什么？"

这个当然是阿申登没有准备要回答的问题，但想到直接拒绝不够得体，他决定给大使一个答复但又让他知之甚少。阿申登从他的表情就已作好判断，谢弗先生虽然拥有在总统选举中灵活改变立场的天赋，至少大家明眼可见的是他不具有他的职位要求的敏锐性。他给人的印象是个直率豪爽、性情愉快并喜欢开玩笑的家伙。阿申登如果跟他玩纸牌可能会对他有所提防，但对于在自己掌控之下的事他感到相当安全。他开始含糊而漫不经心地谈论整个世界格局，在他深入这个话题之前他设法问大使对于当前总体局势的看法。这就像是对着战马吹响的号角声：谢弗先生长篇大论没有停顿足足讲了二十五分钟，直到他最后筋疲力尽停下来。阿申登对他的友好接待表示衷心感谢并告辞离去。

阿申登决定对两位大使都敬而远之，他开始着手工作并制定好一套作战计划。但碰巧他能帮赫伯特·威瑟斯彭爵士一个大忙，于是他又开始和他有了接触。有人认为谢弗先生与其说是外交官不如说是政治家，是他的地位而不是他的个性决定了他的观点。他把这次显赫的升迁看成是享受美好生活的机会，并且纵情享乐，如果他不加节制的话，他的健康很快就会垮掉。他对外交的无知让他在任何情况下作出的判断都令人值得怀疑，但他在盟国大使会议上的状态经常是昏昏欲睡的，他似乎根本无法作出判断。众所周知他迷上了一位异常美丽的瑞典女士，但从一位情报局特工的角度来看，这位女士的动机十分可疑。她和德国的关系密切，这就使她对盟国表现出的同情显得十分不可靠。谢弗先生每天都与她见面，而且显然受她的影响很大。现在人们注意到经常有非常秘密的信息泄露出去，人们不禁怀疑是否谢弗先生在他每日的拜访中不经意地把这些信息说出去，然后被快速地传到敌人的总部。没有人怀疑谢弗先生的忠诚和爱国，但对他在言行上的谨慎程度却十分不确定。这是个棘手的问题，但伦敦和巴黎方面的担忧和华盛顿的一样严重。阿申登被指示前来处理此事。当然他被派到X城来完成任务并非没有任何帮手，在他的助手中有一个特别精明能干有魄力的人，他是加利西亚裔的波兰人，名叫赫巴特斯。在与他商量后就发生了一个秘密工作中偶尔会发生的幸运巧合，那位瑞典女士的一个女佣突然病倒了，伯爵夫人（她的身份就是如此）很幸运地找到了一位来自相邻地区克拉科夫的非常可敬的人来顶替她的位置。在战前她曾是一位杰出科学家的秘书这一事实使她毫无争议地胜任女佣这个位置。

这一事件的结果就是阿申登每隔两三天就能收到一份简洁的报告，让他对这个迷人女士家中发生的一举一动了如指掌，虽然还没确凿的证据证实那被提出的模糊怀疑，他却意外掌握了一些重要的信息。在伯爵夫人专为大使举行的舒适小型二人晚餐上，从他们的交谈中可见，大使先生对他的英国同行颇有微词。他抱怨他和赫伯特爵士之间的关系被刻意维持在纯粹的官方层面上。他直言不讳地说他厌倦了这该死的英国佬摆出的臭架子。他是个男子汉和百分百的美国人，礼仪对他来说就像地狱里的雪球（瞬间被地狱之火融化）一样毫无用处。他们为什么不能像两个普通人一样聚在一起，无拘无束地畅所欲言呢？血浓于水，他说，为了赢得战争他们必须要坦诚地坐下来喝点朗姆酒作进一步的沟通对话，而不是通过外交辞令和争吵来解决。现在很明显两位大使之间不存在一种百分百的热诚，这是让人很不愿意看到的。因此阿申登想问问赫伯特爵士他是否能见他。

他被引进赫伯特爵士的书房。

"啊，阿申登先生，我能为你做点什么？我希望你对一切都很满意。我知道你的电报线一直都很繁忙。"

阿申登坐下来时看了大使一眼。他得体地穿了一件剪裁完美的燕尾服，对他修长的身材来说就像手套一样非常合身，在他的黑色丝绸领带上嵌着一颗漂亮的珍珠，他的灰色长裤上有一条完美的线，面料上清晰幽雅的条纹和那干净整洁的尖头鞋看上去仿佛他从未穿过。你简直无法想象他只穿衬衫喝着苏打威士忌的样子。他是个又高又瘦的人，有着一副非常适合现代服装的好身材，他笔直地坐在椅子上，好像正在为一幅正式的画像做模特。从他冷漠而无趣的神情看，他真是个非常英俊的家伙。他那整齐的灰色头发在一边分开，苍白的脸上刮得干干净净，他有一个精致笔挺的鼻子、灰色眉毛下一双灰色的眼睛，他的唇形很好，年轻时一定很性感，但现在已被打造成一种随时流露出嘲讽的表情，并且显得黯淡没有血色。从这张脸可以看出几个世纪的高贵血统和良好教养，但你可能不相信它有表达情感的能力。你从来不会指望它能由于放声大笑而绽放出一个真诚的笑脸，最多就是被一个讽刺的微笑点亮而发出冷冷的光，转瞬即逝。

阿申登异常紧张。

"恐怕你会认为我在干预与我无关的事，先生。我已准备好被告知别多管闲事了。"

"别急着下结论，先说说看。"

阿申登说着他得到的消息，大使认真地听着。他那灰色冰冷的眼睛一眨不眨地盯着阿申登的脸，阿申登心知他的尴尬一览无遗。

"你是怎么知道这些的？"

"我有办法掌握一些小道消息，有时还挺有用的。"阿申登说。

"我明白了。"

赫伯特爵士依然目不转睛地看着他，但阿申登奇怪地看到在他钢铁般冷漠的眼睛里突然有了一丝笑意。他那冷酷而高傲的脸瞬间变得颇具吸引力。

"可能有另一条小道消息你会很愿意说给我听的。做一个普通人应该做些什么？"

"恐怕他什么也不需要做，大使先生。"阿申登严肃地回答，"我认为这是上帝的恩赐。"

赫伯特眼里的笑意消失了，但他的举止比阿申登刚被引进屋来时要稍微彬彬有礼些。他站起来伸出手。

"你来告诉我这些做得很好，阿申登先生。我实在是疏忽之至。对我来说，冒犯那位温文随和的老绅士是不可原谅的。但我会尽力去弥补我的错误。我今天下午就去拜访美国大使馆。"

"但是不要太过于正式了，先生，请允许我冒昧地建议。"

大使的眼睛闪闪发光。阿申登开始觉得他几乎有点人情味了。

"我只会做正式的事，阿申登先生。这是我性格中的不幸之一。"当阿申登要离开时他又补充了一句，"对了，不知道你明晚是否愿意来跟我一起吃晚饭。黑色领带，八点一刻。"

他并没有等待阿申登的同意，而是认为这是理所当然的，他点头示意告别后就又坐回到他的大书桌旁。

阿申登满怀疑虑地期待着赫伯特·威瑟斯彭爵士的晚宴。黑色领带意味着是一个小型宴会，也许只有大使的妻子安妮夫人，阿申登并不认识她，或者还有一两个年轻的秘书。没有任何迹象显示这会是一个欢闹的夜晚。他们在晚餐后有可能会打桥牌，但阿申登知道职业外交官不善于打桥牌：也许是因为他们发现很难让他们伟大的头脑屈从于微不足道的室内游戏。另一方面他也很想多了解一些大使在不太正式的情况下的样子。因为显然赫伯特·威瑟斯彭爵士不是个普通人。他在外貌和举止风度上都堪称是他这个阶级的完美典范，能遇到一个众所周知的行业中的杰出代表是件有趣的事。他就正好是你所期待的大使形象。如果他的任何性格特点稍微夸张一点，他就是个漫画人物了。他一点也不可笑，你看着他时会情不自禁屏住呼吸，就像在看一个在令人目眩的高度上表演危险技艺的钢索舞者。他是个有个性的人。他在外交界的崛起非常迅速，虽然与一个有影响力的家族联姻无疑对他有帮助，但是他被提拔主要还是归功于他自身的能力。他知道什么时候该态度强硬、当机立断，什么时候又该态度缓和、适当调解。他的言谈举止非常完美，他能轻松准确地说六国语言；他的头脑清晰、逻辑性强，从不害怕将自己的想法贯彻到底，但也会足够明智地使自己的行动适应严峻的形势。在他年仅五十三岁时在 X 城做到了这个职位，在这个出战争和政党意见不合造成的极其困难的境地中用自己的机智、信心和至少有一次用勇气承担起了职责。有一回发生了一场骚乱，一帮革命者强行进入英国大使馆，赫伯特爵士站在楼梯的顶端训斥他们，对在他面前挥舞的左轮手枪视而不见，他成功地说服他们回家去。他将在巴黎结束他的职业生涯。这很显然，他是一个你不得不钦佩但很难喜欢上的人。他属于维多利亚时代的那类大使，能够很有信心地被委托处理大事，他们有独立自主的个性，有时让人觉得骄傲自满，但结果证明是有益的。

当阿申登开车到大使馆门口时，门被推开了，一个结实而又严肃的英国管家和三个男仆出来迎接他。他被带上了一段华丽的楼梯，就是在这里发生了上述的戏剧性事件，接着被引入一间极大的房间，屋内灯罩下的灯光显得十分黯淡，他第一眼就看到大件庄严的家具，在烟囱的上方是一幅巨大的身着加冕长袍的乔治四世画像。但壁炉里燃烧着明亮的熊熊炉火，旁边有张宽厚舒适的沙发，当他的名字被报上时，主人赫伯特爵士缓缓地从沙发里站起身来。他朝他走来时显得优雅极了，穿着无尾礼服气质非凡，这是最难让男人穿起来显得好看的服装了。

"我的妻子去听音乐会了，但她会晚些时候加入我们。她很想认识你。我没有邀请其他人。我想我会非常享受与你面对面在一起的乐趣。"

阿申登礼貌地小声客套了两句，但他的心已沉了下去。他不知道要怎么单独跟这个男人在一起打发至少几个小时，他不得不承认，这个人让他非常拘束。

门被再次打开，管家和一个男仆捧着非常沉重的银托盘走了进来。

"晚餐前我总要先来一杯雪莉酒。"大使说，"但万一你养成了喝鸡尾酒的野蛮习惯，我也可以给你来上一杯，我记得是叫干马提尼。"

虽然感到害羞，阿申登却不打算逆来顺受地在这种事情上落了下风。

"我是紧跟时代潮流的。"他针锋相对地说，"当你能喝一杯干马提尼时却选择喝雪莉酒，无异于你能乘东方快车旅行却坐了马车一样。"

这一场关于时尚的东拉西扯的闲聊被两扇大门突然打开的声音打断了，接着宣布阁下的晚餐可以开始了。他们走进餐厅。这是一间宽敞的屋子，六十个人一起舒适地用餐都没问题；但现在那儿只放了一张小圆桌，因此赫伯特爵士和阿申登可以坐得亲密些。那儿有一个巨大的桃花心木餐边柜，上面摆放了许多金盘子，再上面正对着阿申登的是一幅卡纳莱托[①]的精美画作。在烟囱的上方是一个四分之三长的维多利亚女王少女时代的肖像，她整洁的小脑袋上戴着一顶小巧的金王冠。晚餐由壮实的管家和三个高大的英国男仆负责上菜。阿申登觉得大使很享受那种对他生活的浮华视而不见的感觉，这也许出自他良好的教养。他们就像在英国的豪华乡村别墅里吃饭；他们完成的是一套仪式，奢华而不张扬，而正因为它是一种传统，让你感受不到它的荒诞。但阿申登从中所品味到的则是一直萦绕在他心头的想法，他感到在墙的另一边是不安的骚动的人群，随时都有可能演变成一场血腥的暴力革命，在不到两百里的地方，战壕里的人们正躲在深挖的坑里躲避着刺骨的严寒和无情的炮击。

　　阿申登不需要害怕会谈会艰难地进行，而他认为赫伯特爵士邀请他来是为了询问他的秘密任务的想法也很快消除了。大使对待他彬彬有礼，就好像他是个英国游客前来向他递交一封介绍信。你几乎想不到一场战争正在爆发，因为他仅仅提到他并不是故意回避一个令人苦恼的话题。他谈论艺术和文学，让人觉得他是个虔诚的天主教读者。阿申登跟他谈论自己熟悉的作家，赫伯特爵士只知道他们的作品，但他以友好的态度谦恭地倾听，就像那些伟大的艺术家对待后辈的态度（虽然有时他们也会因一幅画或一本书略有瑕疵而让后辈稍感宽慰）。他顺便提到阿申登某部小说中的一个人物，但并没有提到他的客人就是作者。阿申登很佩服他的温文尔雅和善解人意。他不喜欢别人当面谈论他的作品，他一旦完成就不再感兴趣了。别人当面称赞或责备他，会让他觉得难为情。赫伯特·威瑟斯彭爵士为了维护他的自尊，

----

① 卡纳莱托（Canaletto，1697—1768），意大利风景画家，尤以准确描绘威尼斯风光而闻名。

体贴地表示自己读过他的作品，但并不发表意见来体现自己的周到。他也提到在他的职业生涯中被派驻过的许多不同的国家，以及在伦敦或其他地方他和阿申登都认识的各种各样的人。他很会说话，也很有技巧，明明是讽刺的口吻却偏偏让人感到愉悦，还可能会被认为是幽默。阿申登觉得他的晚餐既不丰盛也不令人兴奋。如果大使不是在每个话题上的评论都那么正确、睿智和理智的话，他可能还觉得有趣些。阿申登发现要费点劲才能跟上他敏捷的思维，但他更希望这种谈话能直接坦率些，好比说可以把脚翘在桌子上。但在这里绝无可能。阿申登发现自己不止一次在想，晚餐后多久他可以得体地告辞。十一点他在巴黎饭店还要和赫巴特斯碰面。

晚餐接近尾声，咖啡被送了进来。赫伯特爵士对美食和美酒颇有研究，阿申登不得不承认他见多识广。餐后酒也和咖啡一起被送进来。阿申登拿了一杯白兰地。

"我有一些陈年的汤姆利乔酒。"大使说，"你要不要尝尝？"

"说实话我认为白兰地是唯一值得品尝的酒。"

"我不敢肯定我不同意你的看法。但如果是那样的话，我必须要给你更好的东西。"

他给管家下了个命令，后者很快就拿来了一个还带着蜘蛛网的瓶子和两只巨大的酒杯。

"我并不想炫耀。"大使边看着管家把那金黄色的液体倒进阿申登的酒杯边说，"但我敢说如果你喜欢白兰地，你就一定会喜欢这个酒。这还是我在巴黎当短期参赞时弄到的。"

"最近我跟你的一个继任者打过多次交道。"

"拜林？"

"是的。"

"你觉得白兰地怎么样？"

"妙不可言。"

"拜林呢？"

这问题突如其来，看似与前一个问题风马牛不相及，听起来有点滑稽。

"哦，我认为他就是个十足的傻瓜。"

赫伯特爵士向后靠在椅子上，用双手握着大玻璃杯以便用体温带出点酒的香气。他慢慢地环顾这间庄严而又宽敞的房间。桌上没有多余的东西。只有一碗玫瑰花放在阿申登和主人之间。仆人们离开时把电灯都关了，现在屋子里只靠桌上的蜡烛和壁炉里的火照明。尽管空间很大，还是能感觉到一种清新舒适的氛围。大使的目光停留在挂在烟囱上方的那幅非常出名的维多利亚女王画像上。

"愿闻其详。"他最后说道。

"他将不得不离开外交部门。"

"恐怕是的。"

阿申登迅速地给了他探究的一瞥。他没料到大使会同情拜林。

"是的，在这种情况下，"大使继续说，"我认为他离职是不可避免的。我感到很遗憾。他是个能干的人，大家会想念他的。我相信他还会有自己的事业。"

"是的，这就是我所听到的。我听说在外交部，他们对他的评价很高。"

"他对这枯燥的行业倒是天赋异禀，做起事来如鱼得水。"大使淡淡地笑着，态度冷淡却又公正地评价道，"他长相英俊，具有绅士风度，举止优雅，讲一口标准流利的法语，他很聪明，工作相当出色。"

"他浪费了这么好的机会真是可惜。"

"我知道他在战后会做葡萄酒生意。说也奇怪，他将要代理的公司正是我得到这种白兰地的那家。"

赫伯特爵士举起玻璃杯凑到鼻子边深深地吸了一口酒的芳香，然后看着阿申登。他看人的时候也许在想其他事情，这说明他认为他们有些奇怪，但并不讨厌。

　　"你见过那个女人？"他问道。

　　"我跟她和拜林一起在拉鲁饭店吃过饭。"

　　"真有意思。她是个什么样的人？"

　　"很迷人。"

　　阿申登想要对主人描述她，但与此同时，他回忆起在饭店里拜林把他介绍给她时给他留下的印象。他对这个听闻已久的女人并不感兴趣。她叫自己罗斯·奥伯恩，但她的真名很少有人知道。她最初是作为"快乐女孩"舞蹈团的一员来到巴黎的，她们在红磨坊演出，但她惊人的美貌很快使她引人注目，一个富有的法国制造商对她一见倾心。他送给她一栋房子和无数的珠宝，但他无法长期满足她的需求，于是她频频更换情人。短时间内她就成了法国最有名的交际花。她挥霍无度并玩世不恭、冷漠无情地毁了一个又一个的仰慕者。最富有的男人都发现自己无法满足她的奢侈挥霍。在战前阿申登有一次在蒙特卡洛见到她一口气输了十八万法郎，这可真是一大笔钱。在好奇的旁观者包围中，她坐在大桌子旁泰然自若地扔下了几包一千法郎票面的钞票，如果她输的是自己的钱，那会很令人钦佩的。

　　阿申登遇见她时，她过的就是这种奢侈无度的生活，整夜整夜地跳舞和赌博，一周中大部分的下午时光都泡在赛马场上，一晃十二三年过去，她已不再年轻；但她那可爱的额头上几乎没有一丝皱纹，水汪汪的眼睛周围也几乎没有鱼尾纹来泄露她的真实年龄。最令人惊奇的是，她在这些狂热而无休止的愚蠢的放荡行为中，还能保持一种童真的气质。当然这也是她刻意培养出来的。她身材优美苗条、婀娜多姿，她无数的连衣裙总是式样简单、朴素大方。她棕色的头发也打理得很简单。她有着椭圆形的脸蛋、迷人小巧的鼻子和大大的蓝眼睛，完全像安东尼·特罗洛普[1]作品中的女主角。这种如此罕见的纪念风格让你几乎无法呼吸，意乱情迷。她的皮肤吹弹可破，白里透红，如果她化妆的话那一定不是出于需要而是任性。她散发出一种露水般的纯真，出乎意料地迷倒众生。

阿申登当然听说拜林当她的情人已一年多之久。由于她的声名狼藉，所有跟她有风流韵事的人都会受到公众的强烈关注。而这一次公众的流言蜚语似乎有了更多的含义，因为拜林没有什么钱，而罗斯·奥伯恩这个众所周知从未给过任何人好处的人好像也不那么金钱至上了。难道她爱他？这看上去难以置信，但若非如此，还有其他解释吗？拜林是个任何女人都有可能爱上的年轻人。他大概三十来岁，身材高大相貌英俊，举手投足间有着独特的风度和魅力，他的外貌如此出众，走在街上的人们都会忍不住频频转身看他；但与大多数帅气的男人不同，他似乎完全没有意识到他给人留下的这种印象。当大家得知拜林是这个知名交际花的心上人[2]（这是个比"情夫"更高雅的英文词儿）时，他成了许多女人仰慕而许多男人忌妒的对象；但当他要娶她的流言四处传播时，他的朋友们都惊慌失措，而其他所有人都用下流的笑声谈论他。听说他的上司问他此事是否当真，而他竟直言不讳地承认了。有人对他施加压力要他放弃这个只能导致灾难的计划，也有人向他指出当外交官的妻子要承担一定的社会责任，而显然罗斯·奥伯恩无法履行。拜林则回应，他随时都可以辞去职务，因此他不会造成任何不便。他对别人的规劝和争论置之不理，他铁了心要娶她。

---

[1] 安东尼·特罗洛普（Anthony Trollope, 1815—1882），英国作家，代表作品《巴彻斯特养老院》和《巴彻斯特大教堂》等。

[2] 原文为法文：Amant de cœur。

阿申登初识拜林时对他并没有什么好感。他发现他略微有点冷淡。但因为他工作的危险性使他不时要跟拜林接触，渐渐地他看出拜林冷淡的态度仅仅是因为他的羞怯；随着他对他的了解，他被他异常甜美的性情迷住了。但是他们的关系纯粹是官方的，因此有一天拜林提出邀请他吃饭并认识一下奥伯恩小姐时，他有点出乎意料，不禁纳闷是否因为人们已经开始对拜林冷眼相待。等到场时他发现这次邀请是出于奥伯恩小姐对他的好奇。更让他感到意外的是，他得知她花时间读过（看起来带着仰慕的态度）他的两三部小说，当晚让他惊奇的事还不止这一件。由于一直过着安静勤勉的生活，他从来没有机会深入高级妓女的世界，他对那个时代风靡一时的交际花们也是只闻其名。他有些吃惊地发现，罗斯·奥伯恩与梅费尔上流社会的时髦女人在言行举止和神态气质上几乎没什么差别，这些女人也是他通过写书或多或少熟悉起来的。她可能有点急于取悦他人（的确，她的一个令人愉快的特点是她对任何与她谈话的人都表现出感兴趣），但除此之外她没有任何装腔作势，她的交谈也充满了智慧。唯一缺少的只是最近社会上颇为流行的粗俗。也许她本能地觉得漂亮的嘴唇不应用脏话毁了自己的形象；也许她本质上还是个淳朴的郊区人。显而易见她和拜林正疯狂相爱着。看到他们彼此热恋的激情真的很感动。当阿申登跟他们握手告别时（她握住他的手，用她湛蓝而闪亮的眼睛看着他的眼睛），她对他说：

"我们定居伦敦后你会来看我们的，对吗？你知道我们马上就要结婚了。"

"我衷心地祝贺你。"阿申登说。

"和他？"她微笑着，她的笑就像天使一般，带着晨曦的清新和南方春天柔情的欢欣。

"你从来没有在镜子里看过自己吗？"

当阿申登（他认为自己带着一丝幽默）在描述那场晚宴时赫伯特·威瑟斯彭爵士专心致志地看着他。他冰冷的眼睛里没有一丝笑意。

"你认为这是场好姻缘吗？"他现在问道。

"不。"

"为什么不？"

这个问题使阿申登大吃一惊。

"一个男人不仅仅是跟他的妻子结婚，他还要接受她的朋友。你知道拜林将要和什么样的人交往吗？涂脂抹粉、名声败坏的女人，社会地位低下的男人、不劳而获的寄生虫和冒险的投机商。当然他们会很有钱，她的珍珠就可能价值十万英镑，他们可以在伦敦时髦的波希米亚圈中大出风头。你知道社会的黄金边缘吗？当一个品行不良的女人结婚了，她能赢得大家的赞赏，她要花招迷住了一个男人从而自己变得体面，而他，那个男人却只是沦为笑柄。即使她的朋友，那些老妇人和她们养的小白脸，以及那些卑贱的、靠介绍那些没有警惕心的人给商人从而得到百分之十的佣金过着简陋的生活的人，甚至连他们都看不起他。他就是个容易受骗的人。相信我，在这样的位置上要举止得体，你要么需要高大的人格尊严，要么需要无与伦比的厚颜无耻。再说了，你觉得他们有可能长久吗？一个曾经过着疯狂刺激日子的女人可能安心于平静的家庭生活吗？没过多久她就会觉得无聊并焦躁不安。爱情能持续多久？你不认为当拜林不再喜欢她时，如果他把他的现状跟他本可能会成为的样子做比较，他的内心难道不痛苦吗？"

威瑟斯彭又喝了一口原来的白兰地。然后他抬头好奇地看着阿申登。

"我不确定一个人去做他非常想做的事而让结果顺其自然是否是不明智的。"

"当大使一定很愉快。"阿申登说。

赫伯特爵士勉强笑了笑。

"拜林让我想起了我在外交部做低级职员时认识的一个家伙。我不能告诉你他的名字，因为他现在非常有名，德高望重。他在事业上取得了巨大的成就，但成功总是有点荒谬的。"

阿申登听闻此言微微扬起了眉毛，这话出自赫伯特·威瑟斯彭爵士之口有点出乎意料，但他没说什么。

"他是我的一位同事。他是个才华横溢的家伙，没有人能否认这一点，而且每一个人从一开始就预言他会前途无量。我敢说他具备从事外交生涯所需的一切相当好的资质。他出身于军人和水手的家庭，虽不显赫但非常受人尊敬，并且他知道如何在这个纷繁世界里举止得体、泰然自若。他博览群书。对绘画很有兴趣。我敢说他把自己弄得有些可笑；他想参加运动，他非常渴望成为时髦人士，在当时人们对高更①、塞尚②还知之甚少时，他就对他们的作品赞不绝口。也许他的态度里有一种俗不可耐的东西，想要震惊传统来达到哗众取宠的愿望，但内心深处，他对艺术的仰慕是真诚的。他崇尚巴黎，只要有机会就跑去拉丁区的一家小旅馆入住，在那儿他可以和画家、和作家交流，按与这类绅士打交道的习惯，他们对他有些屈尊纡贵，因为他只是个外交官，并且有时嘲笑他，因为他显然是个绅士。但他们喜欢他，因为他总是愿意听他们演讲，当他赞美他们的作品时，他们甚至愿意承认，虽然他是个庸俗的人，但他对正确的东西有种本能。"

阿申登注意到他语气中的讽刺，并且出于自己的职业习惯一笑置之。他很想知道这段长篇大论最终指向哪里。大使看起来在顾左右而言他，也许是因为他喜欢这样说话，但也有可能是因为出于某种原

---

① 高更（Gauguin，1848—1903），法国后印象派画家、雕塑家，与梵高、塞尚并称为后印象派三大巨匠。
② 塞尚（Cézanne，1839—1906），法国著名画家，后期印象派的主将。

因，他迟迟不肯说到点子上。

"但是我的朋友很谦虚。他很享受自己的生活，当这些年轻的画家和不知名的涂鸦者大肆抨击那些名人、并狂热地赞叹连头脑冷静而有教养的唐宁街秘书们都闻所未闻的人时，他目瞪口呆地听着。在他内心深处他知道其实他们相当普通，只是二流货色，但当他回到伦敦工作时，他并不感到遗憾，而是觉得自己仿佛观看了一出奇怪而又充满愉悦的戏；现在帷幕落下他也准备回家了。我没有告诉你他是个有抱负的人。他知道他的朋友希望他能做大事，他也不想让他们失望。他完全意识到自己的能力。他想要成功。可惜的是他不富有，他一年只有几百英镑的收入，他双亲都已过世，既没有兄弟也没有姐妹。他知道这种脱离亲密关系的自由也是一种财富。他与别人建立有用联系的机会是不受限制的。你认为他听起来是个讨厌的年轻人吗？"

"不。"阿申登回答这个突如其来的问题，"大多数聪明的年轻人都能意识到自己的聪明，他们对于未来的打算中总有几分玩世不恭的态度。当然年轻人必须要有抱负。"

"嗯，在这些去巴黎的短途旅行中，有一次我朋友结识了一位有才华的年轻爱尔兰画家叫奥马利。奥马利现在是皇家艺术院会员，专为英国大法官和内阁大臣画肖像，收费昂贵。我不知道你是否记得他画过我的妻子，几年前展出的。"

"不，我不记得了。但我知道他的名字。"

"我的妻子对此很高兴。他的艺术在我看来十分高雅，令人愉悦。他能非常明显地在画布上体现他的姐妹们的不同特点。当他画一个有教养的女人时，你就会知道这是个淑女而不是个荡妇。"

"这真是种迷人的天赋。"阿申登说，"他也能画个荡妇并让她看起来像个荡妇吗？"

"他能。毫无疑问现在他几乎不想这么做。以前他曾和一个矮小的法国女人住在切尔米迪街一间又脏又小的画室里，她就是你说的那种女人，他为她画了很多非常体现她身份的肖像。"

在阿申登看来赫伯特爵士有点过于赘述细节，于是他自问故事中的这个朋友到现在还是没有所指，是否实际上就是爵士本人。他开始更加关注这个故事。

"我的朋友喜欢奥马利。他是个很好相处的人，那种令人愉快的话痨，具有典型的爱尔兰人能说会道的口才。他经常滔滔不绝地说，并且在我朋友看来总是妙语连珠。他觉得去奥马利的画室坐坐是件非常有趣的事。当奥马利在作画时，他就听他喋喋不休地谈论他的绘画技术。奥马利总是说他要为我的朋友画一幅肖像，这引发了他的虚荣心。奥马利认为他远非凡人，并说如果他展出某幅至少看起来像绅士的肖像对他只有好处。"

"能否问一下这是什么时候的事？"阿申登问道。

"哦，三十年前了……他们常常谈起他们的未来，当奥马利说，他将要为我朋友画的肖像放在国立肖像馆里会大放异彩时，我的朋友内心深处是有些疑惑的，不管怎样他还是谦虚地说，它最终会在那儿被人发现。有一天晚上，当我的朋友——我们姑且叫他布朗吧——坐在画室里，奥马利正拼命利用白天的最后一丝光线，赶着为画廊完成他情妇的肖像，现在这幅肖像放在泰特美术馆[①]。奥马利问他是否愿意跟他们一起吃饭。他正在等他的一位朋友——顺便说一下，她叫伊冯娜——如果布朗愿意四人成行他会很高兴。伊冯娜的朋友是个杂技演员，奥马利非常想让她做他的裸体模特。伊冯娜说她的身材妙不可言。她看过奥马利的作品并且愿意为他做模特，这顿晚餐就是专门用来商量此事的。她现在没有演出，但她将在盖埃特斯

[①] 泰特美术馆（Tate Gallery），位于英国伦敦。

蒙帕纳斯酒店开始表演。在休息的这几天她不介意帮帮朋友顺便挣点零花钱。这个想法让布朗觉得好玩，他从未认识过杂技演员，于是欣然同意了。伊冯娜建议他可以先看看她朋友是否合他的口味，如果他中意的话她保证不是那么难追到手的。以他高贵的气质和华丽的英式服装，她会把他当作英国贵族。我的朋友大笑。他并没把这个建议当真。'你永远不知道①。'他说。伊冯娜促狭地看着他。他坐下。当时是复活节期间，天气还很寒冷，但画室里温暖舒适，虽然房间很小，一切东西都摆放得杂乱无章，窗棂边上堆积着厚厚的灰尘，但它却显得无比的温馨惬意。布朗在伦敦的韦弗顿街有一间小小的公寓，墙上挂着精美的金属雕版画，四下里零星摆放着几件早期中国陶器，他不由得纳闷为什么他那品位高雅的起居室却既没有半点家的温馨氛围，也没有他在这间凌乱无比的画室里发现的浪漫情调呢。

　　"这时门铃响了，伊冯娜把朋友迎接进来。经过介绍，她名叫爱丽丝，她跟布朗握手，嘴里说着刻板的陈词滥调，带着像烟草专卖店里的胖女人矫揉造作的礼貌。她穿着一件仿貂皮长斗篷，戴着一顶巨大的猩红色帽子。她看上去粗俗不堪，甚至算不上漂亮。她有张宽阔扁平的脸、一张大嘴和一个翘起的鼻子。她有一头浓密的金发，但显然是染的，还有一双大大的蓝眼睛。她浓妆艳抹。"

　　阿申登现在十分确定威瑟斯彭在讲述自己的经历，否则他不可能在三十年后还记得年轻女子戴的帽子和穿的大衣，他不禁为大使的天真感到好笑，竟然认为这么个雕虫小技就能掩盖事实真相。他只能猜测故事的结局，并且一想到这个冷峻尊贵的人也会有一段冒险的经历就忍俊不禁。

　　"她开始和伊冯娜不停地说话，我的朋友注意到她有个奇怪的特

---

① 原文为法文：On ne sait jamais。

征非常迷人：她有一副低沉沙哑的嗓子，仿佛刚从伤风感冒中康复一般，他也不知是为什么，就是觉得这个声音非常动听。他问奥马利这是否她自然的声音，奥马利说自打他认识她起她就是这个声音。他称它为威士忌之声。他告诉她布朗对她嗓音的评论，她对他咧嘴一笑，并说这不是因为喝酒，而是因为做了太多倒立的缘故。这是干她这行的一个不便之处。之后他们四人就去离圣米歇尔大道不远的一家小餐馆，在那里我朋友只花了二点五法郎就吃了一顿美味的晚餐，还包括酒水，在他看来比他曾在萨沃伊饭店或克拉里奇酒店吃过的还要美味。爱丽丝是个非常健谈的年轻人，当她用丰满低沉的嗓音讲述一天中各种各样的事情时，布朗不仅饶有兴味地听着，心中更是充满了惊奇。她精通俚语，虽然有一半他都听不懂，他还是深深陶醉在那如画般的粗俗之中。热沥青的刺激气味，廉价酒馆的镀锌柜台，巴黎贫困地区拥挤广场的活泼奔放，在那些恰当而生动的比喻中有一种能量像香槟一样涌入他无精打采的脑袋里。她是贫民窟的流浪儿，是的，那就是她，但她有种生机活力能像烈火一样温暖你。他意识到伊冯娜已告诉她他是个有钱的单身英国人；他看到她对他掂量的眼光，假装什么都没注意到，他听到了一个词'他挺不错'①。他觉得有点好笑：他自己也觉得他没有那么差。的确，有些地方他们走得更远，见到的人更多。她没有对他过多关注，事实上她们谈论的事他一无所知，他只能表现得很有兴趣，但她时不时会给他长长的一瞥，用舌头暧昧地舔舔嘴唇，仿佛在暗示只要他向她请求她就会给。他不以为然地耸耸肩。她看上去年轻又健康，充满令人愉悦的活力，但除了沙哑的嗓音，她身上没有什么特别吸引人的地方。不过在巴黎有点小艳遇的想法并没有使他不高兴，这就是生活，而且她是音乐厅里的艺人这个

---

① 原文为法文：Il n'est pas mal。

想法稍微有点有趣：当他人到中年时想起他曾受到过杂技演员的喜欢，也未尝不是件有趣的事。不知是拉罗什富科①还是奥斯卡·王尔德②是否曾说过为了晚年有遗憾你应该在年轻时犯点错误？晚餐结束后（他们坐着喝咖啡和白兰地直到深夜），他们走到外面的街上，伊冯娜提议他应该送爱丽丝回家。他说他很乐意。爱丽丝说路不远，他们可以步行过去。她告诉他她有一间小小的公寓，当然大多数时间她都在旅行，但她喜欢有属于自己的地方，她说一个女人应该要有自己的家具，否则她就得不到重视；说话间他们就来到了一所破旧的房子前，它位于一条脏乱不堪的街道上。她按响门铃等待门房来开门。她没有催促他进去。他不知道她是否认为这是理所当然的事。他有些胆怯了。他绞尽脑汁也想不出什么可说的。他们都沉默不语。这太荒唐了。随着一声咔嗒声门开了，她期待地看着他，她有些迷茫，一阵羞怯掠过他的全身。于是她伸出手，感谢他送她回家，并祝他晚安。他的心紧张地跳动着。如果她邀请他就会进去。他需要一些暗示表明她想要他留下。他跟她握手道晚安，抬了抬帽子就转身离开了。他觉得自己是个十足的笨蛋。他一整晚都没睡着，在床上辗转反侧，想着她一定把他当傻瓜看待，他简直等不及天亮了，因为他要采取措施及时把他留给她的可鄙印象从她脑海里抹去，他的自尊心受到了伤害。十一点一到他就迫不及待地赶到她家准备请她吃午饭，可是她出去了；这天晚些时候他又再次上门拜访并送去一些花。她回来过，可又出去了。他去看奥马利，并希望能凑巧遇见她，但她不在那儿，奥马利开玩笑地问他昨晚进展如何。为了保全面子他说他得出结论，她

---

① 拉罗什富科（La Rochefoucauld, 1613—1680）法国贵族出身，17 世纪法国古典主义作家。代表作《箴言集》。

② 奥斯卡·王尔德（Oscar Wilde, 1854—1900），出生于爱尔兰都柏林，19 世纪英国最伟大的作家与艺术家之一，以其剧作、诗歌、童话和小说闻名。小说代表作《道林·格雷的画像》。

对他来说并不重要，因此他就像个十足的绅士一样离开了她。但他有种不安的感觉，他觉得奥马利似乎看穿了他的心事。他发了封信件给她，邀请她第二天吃晚饭。但她没有回复。他不明白发生了什么，他问了旅馆门房许多遍，是否有他的信件。最后，几乎在绝望中，在晚餐前他又一次去她家找她。门房说她在家，于是他上楼。他十分紧张，甚至有点生气，因为她竟然如此傲慢地对待他的邀请，但同时他又假装显得轻松自在。他爬上四层光线阴暗、气味难闻的楼梯，按照指示按响了她家的门铃。停顿了一下他听到屋里有动静，于是又按了一次。很快她就把门打开了。他绝对确信她一点也不知道他是谁。他吃了一惊，这对他的虚荣心是个打击，但他装出一副愉快的微笑。

"'我来看看你是否愿意今晚和我一起去吃饭。我给你发过一封信件。'

"这下她认出他了。但她站在门口没有请他进去。

"'哦，不，我今晚不能跟你去吃饭。我有可怕的偏头痛，需要卧床休息。我无法回复你的信件，我不知把它放哪儿了，而且我也忘了你的名字。谢谢你的花儿。你把它们送来真是太好了。'

"'那你明天晚上能来和我吃饭吗？'

"'怎么这么巧，我明天晚上正好有个约会。真是抱歉。'

"不需要再说什么了。他没有勇气再问她什么，因此他跟她道了晚安就离开了。他觉得她没有生他的气，而是彻底把他忘了。这可真丢脸。他没有再去见她就回伦敦了，心里充斥着一种奇怪的不满情绪。他一点也不爱她，甚至有些迁怒于她，但他对她无法忘怀。他心里很清楚他只是虚荣心受到了伤害。

"在离圣米歇尔大道不远的那家小餐馆吃饭时，她曾说过他们戏班子在春天要来伦敦，因此他在写给奥马利的一封信里不经意地提到，如果他的年轻朋友爱丽丝正巧要来伦敦的话，他（奥马利）应该让他知道以便去看她。他想亲耳听她说说对奥马利为她画的裸体肖像是怎么看的。当画家一段时间后写信告诉他，她一周后会出现在艾奇韦尔路的大都会剧场时，他一时间心血来潮，兴奋异常。他去看了她的演出。如果当天他不是有先见之明提前看了节目单，就有可能错过她的表演，因为她是第一个出场的。她的节目中还有另外两个男人，一个结实一个瘦小，都留着黑色的大胡子。他们穿着非常不合身的粉色紧身衣和绿色绸缎短裤。两个男人在双人高空秋千上做了各种各样的动作，而爱丽丝则在舞台上走来走去，给他们递手帕擦手，或偶尔翻个筋斗。当胖男人把瘦男人扛在肩膀上时，爱丽丝也爬上去，站在第二个男人的肩上，向观众用手飞吻致意。他们还在安全自行车上玩把戏。聪明杂技演员的表演往往优雅甚至美丽，但他们的表演实在是太粗糙低俗了，连我的朋友都感觉非常尴尬。

"看到成年人当众出丑总觉得有点可耻。可怜的爱丽丝，她的嘴角上挂着僵硬的假笑，身着粉色紧身衣和绿色绸缎短裤，显得那么怪诞不经。他不禁想起当他去她的公寓没被认出时他怎么会让自己感到一时的烦恼呢？他不由得耸耸肩。之后他屈尊去了后台，给看门人一先令让他把自己的名片递给她。几分钟后她出来了。看起来她很高兴见到他。

"'噢，能在这个悲伤的城市看到一张熟悉的面孔真好。'她说，'哈，现在你可以请我吃你在巴黎想请我吃的晚餐了。我简直饿极了。我在表演前什么都没吃。想想看他们竟给我们这么差的场地表演。这是侮辱。我们明天要见代理。如果他们觉得能像那样欺负我们，那他们可就错了。不，不，不！还有那都是些什么观众啊！没有热情，没有掌声，什么都没有。'

"我的朋友有些震惊。莫非她是认真地对待她的表演？他几乎要大笑起来。但她继续用那低沉沙哑的嗓音说着，而我朋友的神经也莫名地感到阵阵悸动。她穿着一身红衣服，还是戴着他初见她时戴的红帽子。她看上去很俗丽花哨，他都不敢设想要是请她去一个他可能会被认出的地方会怎么样，因此他建议去索霍区。那个年代还有带篷的双座小马车，我猜想比起现在的出租车，这种小马车更有利于谈情说爱。我的朋友用胳膊搂着爱丽丝的腰，并吻了她。吻使她平静了下来，但这个吻并没有使我的朋友失去理智。后来他们去吃了一顿比较晚的正餐，他表现得很有风度，而她也投其所好举止令人愉快；但当他们起身要走而他建议她一起去他位于韦弗顿街的公寓时，她说她有一个朋友跟她从巴黎一起来，她要在十一点去见他：她能跟我的朋友一起吃饭是因为她的同伴有个生意上的会面。我的朋友非常恼火但又不能表现出来，他们一起走到沃杜街（因为她说她想去莫尼科咖啡馆），在一家当铺前停下来看橱窗里的珠宝，她对一个由蓝宝石和钻石制成的手镯醉心入迷，而在我的朋友看来它真是粗俗无比。他问她是否喜欢它。

"'但它标价十五英镑。'她说。

"他走进店里把它买下来送给她，她高兴极了。在他们到达皮卡迪利广场之前她让他离开她。

"'听着，亲爱的。'她说，'我在伦敦不能再见你了，因为我的朋友像狼一样忌妒，这也是为什么我让你现在就走更谨慎些的原因，但下个星期我在布伦演出，不如你到时过来？我应该是独自一人。我朋友回荷兰了，他在那儿居住。'

"'好的。'我的朋友说，'我会来的。'

"当他去布伦——他有两天假——他只想让自己受伤的自尊心得到痊愈。真奇怪他为什么这么介意。我敢说这有点莫名其妙。他无法忍受爱丽丝把他看作傻瓜，而且他觉得一旦他消除了她对他的这种印象，他就不会再去打扰她了。他还想到了奥马利和伊冯娜。她一定也把自己的想法告诉了他们，他一想到他从心底蔑视的这些人竟然在背后笑话他时就感到异常恼怒。你是不是觉得他非常卑鄙？"

"天啊，一点也不。"阿申登说，"有理智的人都知道，虚荣心是所有折磨人类灵魂的情感中最具毁灭性的、最普遍也是最难根除的，也只有虚荣心能让人拒绝承认它的力量。它比爱情更令人疲惫神伤。随着岁月的推移，幸运的话你可以面对爱的恐惧或是爱的枷锁轻松地打个响指，而年龄的增长却无法让你摆脱虚荣心的束缚。时间可以减轻爱情带来的痛苦，但只有死亡才能最终平息受损的虚荣心造成的伤痛。爱情是单纯的，不需要任何借口，但虚荣心能让你上百次地伪装自己。它是一切德行不可或缺的一部分：它是勇气的源泉，它是雄心的力量；它使情人忠贞不渝，使坚忍的人持久忍耐；它点燃了艺术家渴望成名的欲望，也及时给予诚实正直的人有力的支持和重要的补偿；它甚至对圣人的谦卑冷嘲热讽。你无法逃避，如果你不辞辛苦地防范它，它就会利用这些辛苦来让你不断犯错。你对它的攻击毫无抵抗力，因为你根本不知道它会从你薄弱的哪一边下手。真诚固然不能保全你不落入它的圈套，而幽默也无法使你免受嘲弄。"

阿申登停了下来，不是因为他把该说的都说完了，而是他需要喘口气。他也注意到大使其实是想说而不想听，但又出于礼貌听他说，而神情里已然有些不耐烦。但他做的这长篇大论与其说是为了开导主人，不如说他是自我消遣。

"最后还得靠虚荣心支撑一个人挺过他倒霉的命运。"

有那么一分钟赫伯特爵士陷入了沉默。他直直地看着前方，仿佛他的思想在遥远的记忆深处苦苦徘徊。

"我的朋友从布伦回来后就知道他已疯狂地爱上了爱丽丝，于是他准备两周后当她去敦刻尔克演出时再跟她会面。在这期间他无法想其他任何事情，这次他只有三十六小时的时间，他出发的前一天晚上几乎无法入睡，他的激情是如此强烈，一点点地吞噬着他。然后为了看她，他去巴黎住了一个晚上。有一次，她空闲了一个星期，他劝她来伦敦。他知道她不爱他。在她眼里他和其他人一样，他不是她唯一的情人，她对这件事毫不掩饰。他饱受忌妒之苦但又不能表现出来，因为他知道这样只会激怒她或激起她的嘲笑。她甚至不喜欢他。她之所以跟他在一起只是因为他是一位衣冠楚楚的绅士。她很愿意当他的情妇，只要他对她提出的要求不令人讨厌。但也就是仅仅如此。他的经济能力不足以使他让她做出认真的承诺，但即便他有这个能力，以她热爱自由的性格，她也会拒绝。"

"但那个荷兰人呢？"阿申登问道。

"荷兰人？纯属虚构。她一时兴起就随口胡诌了一个，因为出于某种原因，她当时并不想被布朗打扰。一个谎言对她来说算得了什么？别以为他没有跟自己的激情作过斗争。他也知道那是疯狂的；他知道他们之间的永久关系只能把他引向灾难。他对她没有幻想；她是如此普通、粗鄙又庸俗。她无法说些让他感兴趣的东西，她也不想去尝试，只是想当然地认为他关心她的事，于是喋喋不休地告诉他一些日常琐事，诸如她跟表演的搭档吵架、她跟经理争论以及她跟旅馆老板发生口角等。她所说的话让他厌烦得要死，但她那沙哑的嗓音却又让他心跳不已，因此有时他觉得自己快要窒息了。"

阿申登不安地坐在椅子上。这是谢拉顿[①]风格的椅子，非常好看，但又硬又直；他真希望赫伯特爵士能有回到另一个房间的想法，那儿有舒适的沙发。很显然他在讲述的故事的主角就是他自己，这让阿申登觉得这个男人在他面前赤裸裸地剥开自己的灵魂有伤大雅。他并不想知道这强加在自己身上的秘密。赫伯特·威瑟斯彭爵士对他来

---

① 谢拉顿（George Sheraton，1751—1806），新古典家具大师。

说毫无意义。借着黯淡的烛光，阿申登看到他脸色惨白，眼睛里有一种狂野，这个冷酷沉稳的人令人感到奇怪的不安。他给自己倒了杯水，他的喉咙干得说不出话来了。但他还是无情地继续说下去。

"最后我的朋友设法振作了起来。他对自己卑鄙的阴谋感到厌恶：那里面没有任何美的东西，只有羞耻，而且没有任何结果。他的激情和他对之产生感情的那个女人一样粗俗。那时爱丽丝要和她的戏班子去北非待六个月，在此期间他不可能去看她。他下定决心要抓住机会跟她一刀两断。他痛苦地深知这对她毫无意义。三个月后她就会彻底忘了他。

"这时又发生了另外一件事。机缘巧合使他结识了一些人并且与他们关系很好。他们是一对社会地位和政治关系都颇为重要的夫妇。他们只有一个女儿，而且我也不知道为什么她爱上了他。她拥有一切爱丽丝所没有的，她是个标准的英伦美女，她有着湛蓝的双眸和粉白的脸颊，身材高挑，苗条美丽；她就像从杜莫里埃为《潘趣》杂志所画的图片中走出来似的。她聪明机智，博览群书，由于她一直生活在政治交际圈里，她能思路清晰地讲述这个圈子里发生的各种各样的事。我朋友对此非常感兴趣。他有理由相信如果他向她求婚，一定不会遭到拒绝。我告诉过你他非常有野心，知道自己能力很强，他需要找寻机会施展自己的才华。而她与伦敦上层社会最有影响力的家庭有亲戚关系，如果他没有意识到这样的婚姻能让他通往成功的道路更加一帆风顺他就是个傻子。这个机会真是千金难买，并且令人欣慰的是他可以把那段不堪的小插曲抛在脑后，在他对爱丽丝的激情中他费尽心思地讨好却只是徒劳，所得到的不过是喜怒无常的对待及敷衍了事的应付，与之相反的是，他可以愉快地感到对别人来说他真的很重要，这是多么幸福的感觉啊！当他走进屋子时，他看到她的脸因激动而喜形于色，他怎能不感到被取悦的荣幸和感动呢？他并不爱她，但他觉得她很迷人，而且他想要忘掉爱丽丝及她曾引导他进入的粗俗生活。最后他下定决心向她求婚，并被欣然接受了。她的家庭也都很高兴。婚礼将在秋天举行，因为新娘的父亲要带着他的妻女到南美去完成一些政治任务。他们一整个夏天都要待在那儿。我的朋友布朗也从外交部被调到驻外部门，并被任命了一个在里斯本①的职位。他马上就要动身。

"他为他的未婚妻送行。此时又生意外，由于一些障碍，原本布朗要接替的那个人还要在里斯本多留三个月，至此我的朋友发现他处于一个闲散无事的阶段。正当他下决心要做点什么时，他接到了爱丽丝的来信。她已回到法国并又签了一个巡回演出。她给了他一长串她要去的地方的名字，并友好而又漫不经心地说如果他能设法过来玩一两天，他们都会很开心的。一个疯狂而又可耻的念头抓住了他。如果她非常渴望他去，他倒有可能拒绝，但正是她那满不在乎的态度和若即若离的冷淡让他欲罢不能。突然间他对她非常渴望。他不再介意她是否粗俗，他对她的思念已深入骨髓。这是他最后的机会了。不久他就要结婚了。机不可失，时不再来。他立即动身去马赛，并在她从来自突尼斯的船上下来时接到她。她见到他时愉悦的表情让他的心欢快地跳了起来。他知道自己疯狂地爱着她。他告诉她他三个月后就要结婚，并邀请她一起度过这最后三个月的自由时光。但她拒绝放弃她的巡回演出。她怎么能让她的同伴陷入困境呢？他提出补偿他们，但她不想听这些；他们既无法立即找到人来顶替她，也不能放弃这么好的工作合同，这也许在将来会带来其他更多的机会；他们都是老实人，信守承诺，他们对他们的经理和公众都负有责任。他非常恼火；为了这可怜的巡回演出他就要牺牲他所有的幸福，这可真是荒唐。但是三

---

① 里斯本（Lisbon），葡萄牙首都。

个月之后又该如何呢？她将会怎么样？哦，不，他在向她提一些不合理的要求。他告诉她他很爱慕她。直到那时他才明白他是多么疯狂地爱着她。那么，她说，为什么他不来加入他们的巡回演出呢？她会很高兴有他的陪伴；他们在一起会很开心，三个月之后他可以回去娶他的女继承人，他们两个都不会更糟。他犹豫了一会，但既然他又见到她了，他就无法忍受很快就要跟她分离的想法。于是他同意了。然后她又说：

"'但是听着，我的小宝贝，你不能犯傻，你懂的。如果我太过于小题大做，经理们会不高兴的，我要为我的将来考虑，如果我拒绝取悦那些老顾客的话，也许将来他们就不会那么急着让我回来了。这种事不会很频繁，但你要理解，如果有时我跟一个喜欢我的人走，你不能跟我当众吵闹。你不用当真，这只是生意。你才是我的心上人。'

"他的心里感到一阵奇怪的剧痛，我想他突然间变得脸色苍白，连她都以为他要晕过去了。她好奇地看着他。

"'这些是条件。'她说，'你可以接受或离开。'

"他接受了。"

赫伯特·威瑟斯彭爵士坐在椅子上身体往前倾，他的脸色如此苍白，阿申登也觉得他要晕倒了。他头盖骨上的皮肤紧紧拉着，让他的脸看起来像个骷髅，额头上的静脉血管暴突得像打了结的绳子。他失去了所有的含蓄。阿申登再一次希望他能停下来，看见一个男人赤裸裸的灵魂让他害羞和紧张：谁也没有权利在悲惨的情况下把自己展示给别人看。他很想大叫：

"停下，停下，你不能再说了。你会感到羞愧的。"

但这个男人已经丢掉了所有的耻辱。

"三个月中，他们一起从一个枯燥无味的城镇旅行到另一个，在脏乱不堪的小旅馆里共享一间脏兮兮的小卧室；爱丽丝不让他带她去豪华干净的大宾馆，她说她没有合适的衣服应付那种场合，并且她在已经住惯了的旅馆里感觉更舒服；她不想让她的搭档说她在摆架子。他在破旧的咖啡馆里一连坐几个小时。他被戏班子的成员当作兄弟看待，他们以他的教名称呼他，粗俗地跟他开着玩笑，随意拍打他的背。当他们都很忙时，他就帮忙跑腿。他看到经理的眼中流露出愉快而又轻蔑的表情，但也不得不忍受舞台工作人员的随意使唤。他们总是乘坐三等车厢从一个地方到另一个地方，而他帮忙拎行李。喜欢读书的他没有打开过一本书，因为爱丽丝觉得读书很无聊，认为读书的人都是在装腔作势。每天晚上他都去音乐厅看她完成荒诞不经而又卑微粗俗的表演。他不得不苟同她认为这就是艺术的可怜幻想。她发挥得很好时他热烈祝贺她，她的技巧出了差错时他就安慰她。她结束表演的时候他就去咖啡馆等她换好衣服，有时她会匆匆跑来说：

"'今晚别等我，宝贝儿，我很忙。'

"于是他开始遭受痛楚和忌妒的折磨。他痛苦，因为他从不知道一个人会如此痛苦。她大概在凌晨三四点钟回到旅馆。她好奇为什么他还不睡觉。睡觉！他的心被巨大的痛苦啃噬着，他还怎么睡得着？他曾承诺过他不会干扰她的行动。他无法信守诺言，他跟她发生激烈的口角。有时他还打她。于是她对他失去了耐心，并告诉他她厌倦了他，她要收拾东西离开，然后他会向她卑躬屈膝，承诺一切，作出任何屈服，发誓要忍受任何屈辱，只要她不离开他。这真是既可怕又丢脸。这样看来他可真够悲惨的。悲惨？不，他这一生从未这么快乐过。他这是在阴沟里打滚自甘堕落，但他乐在其中。哦，他对以往所过的生活感到厌烦，而眼前的生活在他看来是奇妙而浪漫的。这才是真实的生活。而那个邋遢、丑陋、嗓音沙哑的女人，她精力充沛，充满了活力，她对生活如此热情，似乎把他自己也提升到一个生动的水平上。在他看来这真的像是一种纯宝石般的火焰在燃烧。现在人们还读佩特^①的作品吗？"

"我不知道。"阿申登说，"我不读。"

"只有三个月的时间。哦，时光是如此的短暂，日子又是如此飞逝而过！有时他疯狂地梦想着要不就放弃一切，跟着杂技演员一起表演吧。他们开始很喜欢他了，并且他们说他可以很容易训练自己参加表演。当然他知道他们更多是在开玩笑，而不是认真的，但这个想法让他隐隐有些蠢蠢欲动。但这些都只是梦想，他知道他们不会有什么结果。他从来没有认真考虑过这个问题，当三个月结束时他是否会选择不回到原来的生活去履行自己的职责。用他冷静而有逻辑的头脑想想他都知道，为了像爱丽丝这样的女人牺牲一切是荒谬的；他雄心勃勃，渴望权势；并且他也不想伤了那个迷恋他信任他的可怜小东西的心。她每周都给他写信。她渴望早点回来，时间对他们来说像是遥遥无期，他私底下则暗自希望有什么事能耽误她的归期。如果他能有再多一点的时间就好了！也许如果他有六个月的时间，他就能忘掉他的痴迷。他有时已经有点恨她了。

"最后一天终于来了。他们好像彼此已经没什么可说的了。他们都很伤心；但他知道爱丽丝只是遗憾破坏了一个好习惯，二十四小时后她就会欢快而充满活力地跟她的流浪同伴在一起，好像他从未在她的轨道上出现过；他唯一能想的就是，第二天他就要去巴黎见他的未婚妻和她的家庭。他们的最后一晚是在彼此的怀抱里哭泣度过的。如果她请求他不要离开她，也许他会留下；但她没有，她从来也不会这样做，她接受他的离开就像那是一个既定事实，而她哭泣不是因为她爱他，而是因为他不开心。

"第二天早上她睡得正香，他不忍心把她叫醒作别，就悄悄地溜

---

① 瓦尔特·佩特（Pater, 1839—1894）英国散文家、文学艺术评论家。

下床出门，手里拎着背包登上了开往巴黎的火车。"

阿申登转开他的头，因为他看到有两颗泪珠涌出威瑟斯彭的眼眶，并顺着他的脸颊滑落。他甚至没有试图掩饰。阿申登又点上了另一支雪茄。

"在巴黎，当他们看到他时禁不住惊叫起来。他们说他看上去就像个幽灵一样失魂落魄。他告诉他们他生病了，之所以只字未提是因为怕他们担心。他们非常善良，相信了他的话。一个月后他喜结连理。他的事业发展得非常好。他得到了施展才华出人头地的机会，他也证明了自己出类拔萃，与众不同。他的职位升迁非常迅速，令人叹为观止。他拥有了一直追求的稳定而又受人尊敬的社会地位。他拥有了长期渴望的显赫权势，功成名就，载誉而归。哦，天哪，他的人生是如此成功，他成为千人羡万人妒的对象。然而一切都是浮云，他很厌倦，厌倦到心烦意乱，厌烦那个与他结婚的高贵美丽的女士，厌烦那些他被迫要打交道的人们；这些只不过是他在出演的一场戏，有时他觉得永久地戴着面具生活似乎是无法忍受的，有时他觉得实在是受不了了。但他还得继续忍受。有时候他疯狂地想念爱丽丝，他甚至觉得就是自杀也好过深受如此痛苦的思念的折磨。他没有再见过她，再也没有。他从奥马利那儿得知她嫁人了并离开了戏班子。她现在一定是个肥胖的老妇人了，但与他已经没有任何关系了。但他虚度了他的一生。他从来没有让那个他娶的可怜女人幸福过。因为在感情上他什么也给不了她，除了怜悯，而这事他又怎么能年复一年地瞒着她？于是有一次，在极度痛苦中他告诉了她关于爱丽丝的事，之后她就开始满怀忌妒地折磨他，再没好脸色。他现在知道当初就不应该娶她；如果他一开始就告诉她，他不能忍受跟她结婚，那么最多六个月她就会忘掉悲伤，最后她还是可以高高兴兴地嫁给别人。就她而言，他的牺牲是无所谓的。他非常清楚他只有一次生命，对他而言他觉得白过了。一想到这，他就愁肠百转、痛心疾首，他永远也无法弥补这一无法估量的遗憾。当人们都夸他是个强人时他只能暗暗苦笑：他实际上虚弱得跟水一样漂浮不定。这也是为什么我告诉你拜林是对的。即使他们的感情只能维系五年，即使他因此毁了自己的仕途，即使这场婚姻最后以灾难告终，一切还是值得的。他也必将是满意的。他也必将去完成他的使命。”

就在这时门开了，一位贵妇走了进来。大使瞥了她一眼，有那么一瞬间一丝冰冷的恨意掠过他的脸庞，但也就是仅仅那么一瞬；他从桌边站了起来，原本痛苦扭曲的面容已迅速转换成一副彬彬有礼的雍容神情。他对来人疲惫一笑。

“这是我的妻子。这位是阿申登先生。”

“我想不到你们在这儿。为什么你们不去你的书房坐坐呢？我敢肯定阿申登先生坐在这里一定非常不舒服吧。”

她是个又高又瘦的女人，大约五十岁左右，精神萎靡，相当憔悴，但她看起来好像曾经很漂亮。显然她很有教养。她隐约让你想起一种被养在温室里的异国珍稀植物，现在开始慢慢凋零。她穿得一身黑。

“音乐会怎么样？”赫伯特问道。

“哦，还不错。他们演奏了勃拉姆斯[①]协奏曲和《女武神》[②]的激情音乐，还有德沃夏克[③]的《斯拉夫舞曲》。我觉得他们相当炫技。”她转向阿申登。“我希望你一整晚跟我丈夫待在一起不会很无聊。你们在谈什么？艺术还是文学？”

“不，我们在聊原材料。”阿申登说。

他起身告辞。

[①] 勃拉姆斯（Brahms，1833—1897）德国作曲家。
[②] 瓦格纳的《女武神》（Walküre），又称《英雄传唤使》，三幕歌剧，《尼伯龙根的指环》的第二部。
[③] 德沃夏克（Dvořák，1841—1904），捷克作曲家。

哈林顿先生的洗衣袋

当阿申登走到甲板上看到眼前地势低洼的海岸线和一座白色城市时，他感到一阵愉悦的激动。现在天色尚早，太阳还没完全升起，但海水清澈如镜，天空湛蓝如洗；天气已经很暖和了，今后还会变得更加潮湿闷热。符拉迪沃斯托克①。它给人的感觉像是到了世界的尽头。对阿申登来说这真是个漫长的旅途，他先从纽约到旧金山，再乘一艘日本船到横滨②，然后从富山市③乘一艘俄国船，作为船上唯一的英国人，向日本海驶去。他将要从符拉迪沃斯托克乘贯穿西伯利亚的火车到彼得格勒④。他这次要完成一件他所接手过的最重要的任务，神圣的使命感让他心潮澎湃，激动自豪。没有人会告诉他该怎么做，他带着巨额资金（他放在贴身的皮带里的汇票数目之巨大让他每每想到就觉得不可思议），虽然他已准备好做一些超出人类想象的事，但他不太清楚这次任务究竟有多艰难，不管怎样他还是决定信心十足地去着手此事。他相信自己的精明和智谋。他虽然对人类的

---

① 符拉迪沃斯托克（Vladivostok），位于亚欧大陆东面，阿穆尔半岛最南端。原名海参崴。
② 横滨（Yokohama），日本神奈川县的县政府所在地。面积 434 平方千米，著名的国际港口城市。仅次于东京，为日本第二大城市。
③ 日本富山市（Tsuruki）。
④ 彼得格勒（Petrograd），苏联西北部港口城市列宁格勒。

187

敏感性表示尊重，但对他们的智商嗤之以鼻：人们总是觉得牺牲自己的生命比学会乘法口诀更容易。

阿申登对未来十天的俄罗斯火车之旅不抱什么期待，在横滨时他就听到传闻说有一两个地方桥梁被炸毁，路线被切断了。他还听说完全失控的士兵们会抢走你所有的东西，然后把你丢在草原上让你自寻生路。这可真是个"乐观"的前景。但火车还在运营，不管后面会发生什么（阿申登总有一种感觉，事情从来不会像你想象的那样糟糕），他决心要在上面弄到一个座位。他上岸后的打算是立即去英国领事馆看看下一步的安排是什么。当他们离岸越来越近的时候，他看到这凌乱不堪、破旧不已的城市，倒觉得一点也不孤独。他只懂一点点俄语。船上唯一会说英文的是乘务长，他虽然答应阿申登会尽一切可能帮助他，阿申登却觉得他不太靠谱。船靠码头时，一个小个子的年轻人向他迎面走来，他顶着一头蓬乱的头发，显然是个犹太人，他问他是否叫阿申登，这让阿申登如释重负。

"我叫本尼迪克特，是英国领事馆的翻译。我被派来接待你，我们为你在今晚的火车上弄到了一个位子。"

阿申登的精神顿时振作起来。他们上岸后小个子犹太人照看他的行李，并把他的护照送去检查，之后他坐进一辆等待他们的车，朝领事馆开去。

"我负责为你提供一切便利。"领事说，"你只要告诉我需要什么。火车上的事宜我已帮你安排好了，但天晓得你能不能到达彼得格勒。哦，对了，我为你找了个旅伴。他叫哈林顿，美国人，为了费城的一家公司要去彼得格勒，要与临时政府达成某些协议。"

"他是个什么样的人？"阿申登问道。

"哦，他人挺好的。我原想让他和美国领事一起吃个午饭，但他们去乡下郊游了。你必须要在火车开车前几小时到车站。这里总是你争我抢混乱不堪，如果你不提前到你的座位就会被人抢走。"

火车半夜开车，阿申登和本尼迪克特在车站的餐厅用餐，看起来这也是这座懒洋洋的城市里唯一能吃到可口饭菜的地方了。餐厅里很拥挤，服务也是慢得令人难以忍受。之后他们去了站台，虽然他们提早两个小时到，但那里已经挤满了喧嚷的人群。举家出行的大人小孩坐在成堆的行李上，好像安营扎寨。人们来来往往，或三三两两站在一起激烈地争论着。有些女人尖叫着，另一些则默默地流泪。这里还有两个男人正吵得难分难解。真是一片难以形容的混乱景象。车站的灯光黯淡冰冷，显得这些人的面孔毫无血色，如死人一般苍白，他们或耐心或焦虑，或心急如焚或万分愧疚地等待上帝最后的审判。火车已准备好，车厢里也都塞满了人。最后本尼迪克特找到了为阿申登订好的座位，这时一个男人兴奋地跳起来。

"快来这儿坐下。"他说，"我千方百计才保住你的座位。有个家伙带着妻子和两个孩子想要坐下来。我的领事刚刚跟他一起去找站长了。"

"这是哈林顿先生。"本尼迪克特介绍说。

阿申登走进车厢。它有两个卧铺。行李工把他的行李放好。他跟他的旅伴握手。

约翰·昆西·哈林顿先生是个非常瘦削的男子，略低于中等身材，颧骨突出、面色蜡黄的脸上有一双淡蓝色的大眼睛，当他脱下帽子擦拭刚刚由于忧虑不安而冒汗的额头时，露出了一个大秃头；他看上去骨瘦嶙峋，头脊和关节令人担心地兀自突出。他头戴圆顶礼帽，身穿黑色大衣和马甲，搭配条纹西裤，脖子上的白色衣领非常高，系一条整洁低调的领带。阿申登并不十分清楚在穿越西伯利亚的十天旅途中该怎么着装才好，但他不得不认为哈林顿先生的打扮有些怪异。他说话时发音清晰，音调很高，带着点阿申登认为的新英格兰口音。

很快站长陪同一个饱经沧桑的大胡子俄罗斯人向这边走来，后面还跟着一位手抱两个孩子的女士。俄罗斯人泪流满面、嘴唇颤抖地跟站长说话，他的妻子也边抽泣边倾诉她的境遇。当他们到达车厢后争辩愈加激烈了，本尼迪克特也用流利的俄语加入其中。虽然哈林顿一句俄语也不懂，但他也激动地插嘴，滔滔不绝地用英语解释说这些座位分别是英国领事馆和美国领事馆预定的，虽然他不认识英国国王，但他可以直截了当地告诉他们，并且他们可以相信他的话，美国总统绝对不会允许一个美国公民被迫放弃已付过费的座位。他会屈服于武力，但不会屈服于其他任何东西。如果他们敢碰他，他就会立即跟领事一起去投诉。他对站长喋喋不休地说了这些和其他很多话，虽然站长不明白他在说什么，但也以大量的强调和手势做了声情并茂的回复。这激起了他极大的愤慨，他在站长面前挥舞着拳头，脸色因愤怒而苍白，他叫道：

"告诉他我不知道他在说什么，我也不想知道。如果俄罗斯人想让我们把他们看成有教养的人，为什么他们不用双方都懂的语言？告诉他我是约翰·昆西·哈林顿先生，我代表费城的克鲁和亚当斯公司出行，并持有克伦斯基先生的特别介绍信，如果我不能安静地待在这节车厢里，克鲁先生一定会向华盛顿当局提出并进一步讨论此事的。"

哈林顿先生的态度如此凶狠，他的手势又很有威胁性，站长只好放弃商量，闷闷不乐地一句话不说就转身走了，后面跟着大胡子俄罗斯人和还在争论不休的妻子，以及两个无动于衷的孩子。哈林顿先生蹦回车厢。

"我感到非常抱歉，拒绝把座位让给带着两个孩子的女士。"他说，"没人比我更清楚要对一个女人和母亲表示尊重，但我必须要乘这趟火车到彼得格勒，否则我就会失去一个非常重要的订单，而且我也不想跟俄罗斯妈妈们一起在过道上挤十天。"

"我不会责怪你。"阿申登说。

"我是个已婚男人，也有两个孩子。我知道全家一起旅行是件多么麻烦的事，但没有什么能阻止你跟家人待在一起。"

如果你安静地跟一个男人在火车车厢里待十天，你几乎不可能不了解关于他的大部分情况，而且这十天来（准确地说是十一天）阿申登一天二十四小时都跟哈林顿先生在一起。他们一天三次去餐厅面对面坐着吃饭；列车早上和中午各停车一小时，他们就肩并肩在站台上走来走去。阿申登认识了一些同行的旅伴，有时他们会到他的车厢来聊天，如果他们只讲法语或德语，哈林顿先生就会表情酸涩，很委屈地看着他们；但如果他们讲英语，那就没有他们说话的分儿了。因为哈林顿先生就是个话痨。说话对他而言就好像是人类自然而然的一个功能，就像人们呼吸或消化食物一样自动完成。他说话并非是因为有东西要分享，而是因为情不自禁，他说起话来嗓门很大，带着鼻音，而且音调毫无变化。他说话力求准确，尽量用丰富的词汇，深思熟虑地斟酌句子，如果他能用长句子就坚决不用短句子，他从不停顿，总是滔滔不绝。它不是水流湍急的河水，因为并没有什么急迫的事，它就像一股熔岩浆势不可挡地顺着火山的一侧倾泻而下，它以一种静寂而平稳的力量流淌，淹没它前进道路上的一切阻挡。

阿申登认为他对任何人的了解都不如对哈林顿先生的了解那么多，而且不仅是他，他所有的想法、他的生活习惯、他的经济状况，还包括他的妻子、他妻子的家庭、他的孩子和他们的同学、他的雇主们和他们在费城与最好家庭三到四代的联姻。他自己的家庭在十八世纪早期从德文郡 ① 迁来。哈林顿先生曾回到过那个乡村，在教堂墓地还能看到他祖先的坟墓。他为自己的英国血统感到骄傲，他同样为自

---

① 德文郡（Devonshire），英格兰西南部的郡。

己出生在美国而自豪，虽然在他看来美国只是大西洋沿岸的一小块陆地，而美国人也只是一小群血统纯正的英国人和荷兰人的后裔。他把最近一百年突然来到美国定居的德国人、瑞典人、爱尔兰人以及欧洲中东部的居民都视为闯入者。他选择无视他们，就像一个住在僻静庄园的老姑娘拒绝看工厂的烟囱一样，因为她认为这侵犯了她的隐居生活。

当阿申登说起在美国有个富人拥有一些名画时，哈林顿先生说：

"我从未见过他。我的姑婆玛丽安·佩恩·沃灵顿总是说她的祖母是个非常出色的厨师。我的姑婆玛丽安由于出嫁离开厨师而感到非常遗憾。她说她从未见过其他人能像她那样做苹果煎饼。"

哈林顿先生对他的妻子非常忠诚，他长篇大论地描述她是个如何有教养而又完美的母亲。他的妻子体弱多病，经受了多次手术，他详细讲述了所有的细节。他自己也动过两次手术，一次是扁桃体切除，还有一次是割除阑尾，他带着阿申登日复一日地体验他所有的经历。他的所有朋友都动过手术，因此他拥有广博的外科知识。他有两个儿子，都在学校上学。他正在认真考虑是否要听从别人的劝告带他们去动手术。很奇怪，他的一个儿子看似有扁桃体增大的毛病，而他对另一个儿子的阑尾一点也不乐观。他们俩比他所见过的其他兄弟更热爱彼此，他的一个非常要好的朋友，费城一个最出色的外科医生提出可以同时为他们兄弟俩动手术，这样他们就不用分开了。他给阿申登看孩子们和母亲的照片。他这次的俄罗斯之旅是他这一生中第一次没有和他们在一起，每天早上他都要写一封长信给他的妻子告知所发生的一切，以及他一天里说过的话。阿申登看着他用工整简洁而又清晰可辨的笔迹一页一页地写着。

哈林顿先生看过所有关于对话的书籍，并对每一个技巧了如指掌。他有一个小本子，里面记录了他听到的所有故事，他告诉阿申登，每当他要去赴宴前他总要查阅一些故事以免到时不知所措。如果可以在一般社交场合说的故事就被标上"G"，如果只适合男人间开些粗俗玩笑的就被标上"M"。他是擅于利用奇闻轶事的专家，比如讲述一个长长的严重事件，不厌其烦地描述其中的细节，直到以皆大欢喜为全剧终。他还不让你插嘴，因此尽管阿申登早就预料到了结局，但也只能握紧拳头、紧锁双眉，用力压制住自己的不耐烦，最终还要强颜欢笑。如果中途有人走进包厢，哈林顿先生还会热诚地跟他打招呼。

"快过来坐下，我正好在跟我朋友讲一个故事。你真应该听一下，这会是你听过的最有趣的故事。"

然后他又会从头开始复述这个故事，几乎一个字都不变，直到诙谐的结尾。阿申登曾建议他们是否能在火车上找到会打牌的两个人，这样他们就可以打打桥牌消磨时光。但哈林顿先生说他从来不玩牌，但当阿申登无可奈何地玩单人纸牌游戏时，他就摆出不悦的面孔。

"我真弄不懂一个聪明人为何要把时间浪费在玩牌上，在所有无聊的消遣中我觉得单人纸牌游戏是最糟糕的。它终结了对话。而人类是社会性动物，当他参与社交活动时他的大脑就得到了锻炼。"

"浪费时间也是一种优雅。"阿申登辩解道，"任何傻瓜都会浪费金钱，但当你浪费时间时，你浪费的是无价的东西。再说了，"他刻薄地加了一句，"你还是可以说话。"

"当你的注意力集中在你是否用一张黑七放在一张红八上时，我还怎么跟你说话？交谈能激发出智慧的最高力量，如果你研究过你就有权希望跟你说话的那个人能给你最大的关注。"

他并没有尖酸刻薄地说这番话，而是尽可能地带着和气和耐心的口吻。他只是在陈述一个简单的事实，阿申登可以欣然接受也可以置若罔闻。这是一个艺术家的声明，希望他的作品能被认真对待。

哈林顿先生是个勤奋的读者。他读书的时候手里拿着铅笔，在每段吸引他的文字下面画线，并在空白处用工整的笔迹写下自己对所读内容的评论。这是他喜欢拿来讨论的，当阿申登也在阅读并突然感到哈林顿先生一手拿着书，一手拿着铅笔，正用他的淡蓝色大眼睛看着他时，他的心脏开始剧烈地悸动。他既不敢抬头也不敢翻页，因为他知道哈林顿先生会把这些举动当作充分的理由来开始交谈。他只能把眼睛死死地盯在一个字上，就像一只专注粉笔线的（被催眠的）小鸡①，直到他意识到哈林顿先生已放弃尝试交谈，继续阅读时才敢冒险呼吸一下。哈林顿正在开始读两卷装的《美国宪法史》，为了娱乐消遣他正在快速浏览厚厚的一卷，这卷书声称涵盖了世界上所有伟大的演讲。因为哈林顿先生是个餐后演说家，他读过所有关于公共演讲的最好的书。他确切地知道如何与听众相处融洽，什么时候用严肃的话语来打动他们的心，怎样用贴切的故事来吸引他们的注意，最后用什么程度的雄辩来与这个场合水乳交融，从而结束他的演讲。

　　哈林顿先生非常喜欢大声朗读。阿申登过去不止一次发现美国人有这种令人苦恼的消遣方式。晚餐后在酒店的休息室里，他常常看到某个家庭的一家之主坐在一个偏僻的角落里，身边围着他的妻子、两个儿子和一个女儿，他们在听他朗读。在穿越大西洋的轮船上，他有时吃惊地看到身材高大、风度翩翩的悠闲绅士坐在十五位青春不再的女士中间，用洪亮的嗓音为她们朗读艺术史。在散步甲板上走来走去时，他经过躺在帆布躺椅里的蜜月夫妇，听到新娘用不紧不慢的语调为她年轻的丈夫朗读流行小说。这种表达爱意的方式在他看来总是很

---

①　有一个实验，是关于如何让小鸡一动不动，就像被催眠了一样：只要握住小鸡的脖子，将鸡身前部放到桌上或地上，并保持鸡头的水平状态，最后在桌上或地上用粉笔从小鸡嘴部画一条 2 英尺长的直线，这样小鸡就会躺在桌上或地上一动不动。

奇特。他有朋友曾主动提出为他朗读，他也认识一些喜欢听别人为她们朗读的女性，但他总是彬彬有礼地拒绝朋友的好意，也果断地无视女人们的暗示。他既不爱好大声朗读，也不喜欢听别人朗读。他从心底里觉得这种全民嗜好的娱乐方式是美国人完美性格的唯一缺陷。但神仙喜欢嘲弄人类而自己乐不可支，这不，现在就把束手无策的他送到了大祭司的刀口上。哈林顿先生自诩是个非常出色的朗读者，他对阿申登解释了朗读艺术的理论和实践。阿申登了解到有两种方式，戏剧式和自然式：第一种方式中你要模拟说话人的声音（如果你在朗读一本小说），当主人公恸哭时你就要恸哭，当他情绪哽咽时你也要哽咽；第二种方式中你可以毫无感情地朗读，就像在读一份芝加哥邮购公司的价目表。这也是哈林顿先生的朗读方式。在他十七年的婚姻生活中，他常常为他的妻子、也为刚有能力欣赏的儿子们朗读各种名家的小说，有沃尔特·斯科特爵士、简·奥斯汀、狄更斯、勃朗特姐妹、萨克雷、乔治·艾略特、纳撒尼尔·霍桑，及威廉·迪恩·豪威尔斯。阿申登得出一个结论，哈林顿先生的大声朗读已成为他的习惯，不让他这么做就像不让一个老烟民抽烟一样会使他心神不安。他会出其不意地抓住你给你朗读。

"听这个。"他会说，"你必须要听听这个。"似乎他突然被一句至理名言或一个简洁短语打动，"只有三行字。如果你觉得这个表达不够精彩，直接告诉我好了。"

他开始朗读，阿申登也很愿意给他片刻的关注，但读完这三行字，他又马不停蹄不加喘息地继续读下去。他一直往下读。用他那平稳的高亢声音，没有抑扬顿挫也毫无感情色彩地一页一页读下去。阿申登开始坐立不安，交叉双腿又分开，点上香烟吞云吐雾，不断变换坐姿。哈林顿先生还在继续朗读。列车慢悠悠地穿过无边无际的西伯利亚大草原。他们经过无数的村庄跨越无数的河流。哈林顿先生还在继续读下去。当他读完埃德蒙·伯克^①的一段著名演讲后,他心满意足地把书放下。

"在我看来这是英语中最杰出的演讲了。我们可以真正自豪地把它视为人类共同文化遗产的一部分。"

"你难道不觉得有点不吉利吗?埃德蒙·伯克的演讲对象都已经作古了。"阿申登幽幽地说道。

哈林顿先生刚想回答说这不足为奇,因为这篇演讲发表于十八世纪,突然他意识到阿申登(任何公正的人都不得不承认他在忍受痛苦折磨时还能振作起来)是在开玩笑。他拍着膝盖开怀大笑。

"天啊,这真是个巧妙的笑话。"他说,"我要把它写在我的小本子上。我完全知道等下次我在午餐俱乐部上演讲时我该怎么用它。"

哈林顿先生是个高雅的人;虽然这个称谓是粗俗者发明的一个滥用术语,但他就像接受圣人殉教的工具,比如圣劳伦斯的火刑烤格^②、圣凯瑟琳之轮^③一样把它视为一种尊称,且为此感到自豪。

"爱默生^④是个高雅的人。"他说,"朗费罗^⑤是个高雅的人,奥利弗·温德尔·霍姆斯^⑥是个高雅的人,詹姆斯·拉塞尔·洛威尔^⑦是

---

① 埃德蒙·伯克(Edmund Burke,1729—1797),英国政治家、作家、演说家、政治理论家和哲学家。

② 圣劳伦斯(The gridiron of Saint Laurence),基督教圣徒,传说被放在铁格上受火刑烧烤殉难而死。

③ 圣凯瑟琳(the wheel of Saint Catherine),基督教圣徒,殉难后被称为圣凯瑟琳。因接受基督教的洗礼,从小就是基督徒。她试图劝说国王停止对基督徒的迫害,可是最终失败了,国王将其判以车轮死刑。这种车轮死刑,是将人固定在车轮上,用棍棒或铁锤击打致死。后来人们以她的名字命名这种刑罚。

④ 爱默生(Emerson,1803—1882),美国思想家,诗人。

⑤ 朗费罗(Longfellow,1807—1882),美国著名诗人。

⑥ 奥利弗·温德尔·霍姆斯(Oliver Wendell Holmes,1841—1935),美国法官、法学家、实用主义法学创始人。

⑦ 詹姆斯·拉塞尔·洛威尔(James Russell Lowell,1819—1891),美国诗人及文艺批评家。

个高雅的人。"

哈林顿先生对美国文学的研究只到那段群星璀璨但并非耀眼、众多名家辈出的繁盛时期。

哈林顿先生是个讨人嫌的家伙。他常常惹恼阿申登，让他狂怒；他还常常让他神经紧张，简直要把他逼疯了。但阿申登并不讨厌他。他的沾沾自喜很是得意忘形，却很坦率朴实，让人对他恨不起来；他的自命不凡也是如此天真无邪，你只能对他报以一笑。他是如此心地善良，体贴周到，温顺恭让，彬彬有礼，以至于阿申登虽然有时气得真想杀了他但也只是片刻的想法，他对哈林顿先生还是怀有一种喜爱的感情。他的举止很完美、郑重其事、也许有点面面俱到（这也没什么不好，因为良好的行为举止是人为的社会状态的产物，因此人们可以对电动假发和花边褶皱见怪不怪），虽然这对他良好的教养来说是很自然的，但也很大程度上得益于他善良美好的心灵。他总是愿意帮任何人的忙，而且如果他能就此帮到同伴的话，他似乎并不觉得有多麻烦。他真是非同寻常的乐于助人①。可能这是个找不到确切翻译的词，因为它所包含的迷人品质在我们现实的人群中并不常见。在阿申登生病的那几天里，哈林顿先生全心全意地照顾他。阿申登对于他的照料有些不好意思，虽然他疼痛难熬，还是忍不住对他过分的关心感到好笑。哈林顿先生给他量体温，从包装整齐的旅行箱里拿出一整包药坚决要他吃，并且他还不辞辛劳地从餐车找来他认为阿申登能吃的东西，阿申登对此非常感动。除了不说话，他做了这世上他能做到的一切。

只有在穿衣时哈林顿先生才能安静一会儿，因为他那保守的脑袋正在集中思考一个问题，如何在阿申登面前换衣服才能不显得无礼。

---

① 原文为法文：serviable。

他真是非常腼腆。他每天都换内衣，整整齐齐地把干净的衣服从手提箱里拿出来，再整整齐齐地把弄脏的衣服放回去；他的动作真是奇迹般的敏捷，在此过程中没裸露出半点肌肤。因为整节车厢只有一个盥洗室，在旅途开始一两天后阿申登就放弃了在这肮脏的列车上保持整洁和干净的念头，很快他就沦为和其他乘客一样邋遢了。但哈林顿先生拒绝向困难低头。他慎重地在厕所里梳洗，不顾外面不耐烦的乘客频频拉动门把手，每天早晨他从盥洗室洗漱完毕回来都是一副容光焕发的样子，带着肥皂的清香。待他穿戴完毕，黑色的大衣，格子西裤，光亮的皮鞋，他看上去整洁漂亮，仿佛刚刚从他费城的干净的小红砖房子里出来，正要去搭乘街车到城里上班。在旅途的某个时刻，他们听到消息说前方有一座桥被炸毁，下个建在河上的车站正在发生骚乱；很有可能火车会被迫停下，乘客们或被赶下车漂泊无依，或被当成俘虏。阿申登想他可能会失去行李，便事先做好预防措施，换上他最厚的衣服，以便万一他要在西伯利亚过冬，他遭受寒冷的痛苦可以减少一点；但哈林顿先生不肯接受劝告；他不为可能发生的事作一点点准备，阿申登确信如果他要在俄罗斯监狱里待三个月，他也依然会保持潇洒整洁的外表。有一支哥萨克部队登上火车，荷枪实弹地站在每一节车厢的平台上，火车发出吱吱嘎嘎的响声，小心翼翼地通过被毁的桥梁；然后他们来到事先被警告过的车站，列车加足马力直冲了过去。当阿申登换回轻便夏装时，哈林顿先生含蓄地面露讥讽。

哈林顿先生是个精明的商人。很显然你要非常机敏才有可能超过他，而且阿申登确信他的老板也是思虑再三才会派他来办这个差事。他一定会竭尽全力维护公司的利益，如果他能与俄罗斯人讨价还价并取得成功，那一定是极低的价格。这是他对公司的忠诚使然。他带着深挚的敬意谈起他的合伙人。他喜爱他们并以他们为傲；但他一点也不妒忌他们财富多达惊人。他心满意足于拿薪水的工作，并且认为自己报酬优厚；既然他有能力培养儿子，即便他走了，他的遗孀也有足够的钱生活下去，钱对他来说又算什么呢？他认为有钱有点儿粗俗。相比之下，他更看重文化。他对钱很小心谨慎，每餐饭后都会把他的实际花费记在笔记本上。他的公司应该会确信对于他花出去的费用他不会多要一分钱。但是自从他发现有很多穷人到车站停车的地方来乞讨，并看到战争真正把人们带到何种境地后，每次停车前他都小心地准备好许多零钱，一边自嘲被这帮骗子骗了，一边羞涩地把自己口袋里的东西全部分光。

"我知道他们不值得帮助。"他说，"我也不是为了他们。我做这些只是为了让自己心安。如果我想到有些人是真的饥饿而我却拒绝给他一顿饭钱，我会感觉非常不舒服。"

哈林顿先生有些可笑，但很可爱。难以想象有人会对他粗鲁无礼，这就好像打孩子一样可怕；而阿申登尽管内心愤怒，可表面还得装作和蔼可亲，带着真正的基督教精神，顺从地忍受这温和而无情的人类社会的苦难。他们花了十一天时间从符拉迪沃斯托克到彼得格勒，阿申登觉得再多一天他都忍受不了。如果需要十二天的话，他有可能会杀了哈林顿先生。

最终（阿申登又脏又疲惫，哈林顿先生则干净整洁、生气勃勃而又咬文嚼字），他们到达了彼得格勒的郊区，站在窗户边上看着城市密密麻麻的房子，哈林顿先生转向阿申登说：

"你看，我从未想过火车上的十一天会过得这么快。我们度过了一段美好的时光。我非常高兴有你陪伴，我知道你也一样。我不想假装不知道你也高兴有我陪伴。我不想假装不知道我是个非常好的健谈者。现在我们要像这样在一起，我们要坚持在一起。我在彼得格勒这段时间我们要尽可能多见面。"

"我会有很多事要做。"阿申登说，"恐怕我的时间不会完全属于自己。"

"我知道。"哈林顿先生热忱地说,"我自己也会非常忙,但我们可以一起吃早餐,晚上可以碰个面交换看法。如果我们现在就分道扬镳那就太糟糕了。"

"是太糟糕了。"阿申登叹息道。

阿申登发现他第一次独自在房间时,便坐下来环顾四周。似乎过了很长时间,他都没有精力马上把行李打开。自从战争开始后,他住过许多旅馆的房间,豪华的简陋的,从一个地方一个国家到另一个,在他看来,他似乎就是在行李上生活。他太疲倦了,他问自己要怎么开始这份他被派来完成的工作。他觉得自己会迷失在这广阔的俄罗斯,而且非常孤独。当他被选中来完成这个任务时,他曾抗议过,因为这个任务看起来太大了,但他的抗议无效。他被选中不是因为当局认为他特别适合这份工作,而是因为找不到比他更合适的人选。这时门外传来敲门声,阿申登很高兴能有机会练习一下他略知一二的语言,便用俄语叫喊起来。门开了,他顿时跳了起来。

"请进,请进。"他叫道,"我非常高兴见到你们。"

三个人鱼贯而入。他凭外貌认出他们,因为他们和他乘同一条船从旧金山到横滨,但根据指示他们和阿申登不能有任何交流。他们是捷克人,因为革命活动被迫流亡国外并长期定居美国,此次他们被派往俄罗斯在这次任务中协助阿申登,帮他与 Z. 教授取得联系,此人在俄罗斯的捷克人当中拥有无上的权威。他们三人的首领是埃贡·奥思博士,一个又高又瘦的人,头发灰白,脑袋不大。他是美国中西部某教会的牧师,也是一位神学博士,但他已放弃他的说教转而投身祖国的解放事业。阿申登感觉他是个聪明人,不会在良心的事上做过多的纠缠。一个有着坚定信念的牧师比普通人有优势,他可以说服自己，几乎做任何事都已得到了全能神的批准。奥思博士的眼中闪着喜悦的光芒，性格里带着不形于色的幽默感。

阿申登和他在横滨曾有过两次秘密会面，并得知 Z. 教授虽然渴望把自己的祖国从奥地利统治中解放出来，且知道必须全心全意协助协约国击败同盟国，这个愿望才能实现，但他还是有些顾虑；他不想做让他良心不安的事，一切都必须是开诚布公、光明正大的，所以有些不得不做的事只能瞒着他。他的影响如此之大，因此他的愿望不容被忽视，但有时最好还是不要让他知道太多下一步的计划。

奥思博士比阿申登早一周到彼得格勒，现在他正把他所知道的情况汇报给阿申登。在阿申登看来形势很严峻，如果要做什么的话就要尽快下手。军队已经开始不满并蠢蠢欲动了，在软弱的克伦斯基领导下的政府摇摇欲坠，之所以政权还在握只是因为目前还没有人有勇气接盘，这个国家已经面临饥荒，还必须要考虑德国人大举进攻彼得格勒的可能性。英国大使和美国大使都被告知了阿申登的到来，但他此次的任务极为机密，甚至他们都不得而知。这也是为什么他不能寻求他们的帮助。他和奥思博士一起安排与 Z. 教授的会面，从中他可以了解 Z. 教授的想法，并向他解释自己有经济来源可以支持任何可能防止灾难发生的计划，因为盟国政府已预见到俄罗斯正在寻求独自和解。但他必须要跟各阶层有影响力的人士取得联系。哈林顿先生的商业提案和他给国家部长的信必须要与政府的官员取得联系才能进行，因此哈林顿先生需要一个翻译。奥思博士的俄语水平与他的母语不相上下，这让阿申登想到他非常适合担任这一职务。阿申登把前后情况向他解释了一下，他们计划好当阿申登和哈林顿先生在用午餐时，奥思博士正好进来，他问候阿申登仿佛之前他们没见过面，然后他被介绍给哈林顿先生；之后主导谈话的阿申登会提示哈林顿先生上天为他的打算派来了奥思博士这个理想的人选。

但还有另一个人他认为可能对他有用，于是他说：

"你是否听说过一个名叫阿纳斯塔西娅·亚历山德罗芙娜的女人？她是亚历山大·德涅舍捷夫的女儿。"

"我当然知道他。"

"我有理由相信她在彼得格勒。你能帮我查清楚她的地址及职业吗？"

"没问题。"

奥思博士将此事用捷克语告知跟随他的两人中的一个。他们俩都是目光锐利的人，一个身材高大皮肤白皙，另一个则矮小精壮皮肤黝黑，但他们都比奥思博士年轻，并且阿申登明白他们都会听命于他。那人点点头，起身跟阿申登握了下手就出去了。

"你今天下午就有可能会得到全部的消息。"

"好的，我想目前我们没有什么要做的了。"阿申登说，"说实话，我已经十一天没洗澡了，我现在特别想洗个澡。"

阿申登还没决定好究竟是在火车车厢里还是在洗澡时进行思考更加愉悦些。就创作的事而言，他更倾向于平稳前进、车速不快的火车，他有很多绝佳的想法都是在他穿越法国平原时产生的。但对于怀旧之乐或是对于一个已想好的主题进行细节编造所获得的乐趣，他认为则非洗个热水澡莫属。他现在边在肥皂水里嬉戏，就像水牛在满是泥浆的池塘里打滚一样，边回忆着跟阿纳斯塔西娅·亚历山德罗芙娜·列昂尼多夫的带着冷幽默色彩的关系。

这些故事最多也只能说明阿申登偶尔也能拥有被讥讽为温柔的激情。这种事情的行家里手，那些哲学家们称之为以娱乐消遣为业的迷人家伙们断言作家、画家及音乐家，所有与艺术有关的人在爱情关系中都没有真实存在过。他们往往空口说白话，雷声大，雨点小。他们或狂喜或叹息，使尽浑身解数遣词造句，表现出许多浪漫的姿态，但最后还是爱艺术或他们自己（他们觉得自己与艺术已合二为一）更甚于他们抒发情感的对象，当这个对象出于现实的性别常识向他们要求实质性的东西时，他们就销声匿迹了。也许这就是为什么女人从灵魂深处以刻骨的仇恨来看待艺术。但就算是这样，阿申登在二十年前还是因为一个个迷人的人物而怦然心动。他从中得到了很多乐趣，也为此遭受巨大的痛苦，但即便遭受了单恋的剧痛，尽管脸上带着苦笑，他还是能对自己说，这段经历还是有用的。

　　阿纳斯塔西娅·亚历山德罗芙娜的父亲是个革命者，他在被判终生劳役后从西伯利亚逃出来定居在英格兰。他是个能干的人，他用一支不知疲倦的笔养活了自己三十年，还在英国文坛上占有一席之地。阿纳斯塔西娅·亚历山德罗芙娜到了适婚年龄就嫁给了弗拉迪米尔·塞梅诺维奇·列昂尼多夫，他是个被迫离开祖国的流亡者。她嫁给他几年后阿申登才认识她。就是在这个时候欧洲发现了俄罗斯。每个人都在读俄罗斯小说，俄罗斯舞蹈家征服了文明世界，俄罗斯的作曲家让急于摆脱瓦格纳①的人们心灵颤动。俄罗斯的艺术就像流行性感冒的病毒一样在整个欧洲蔓延开了。新的短语变成一种时尚，新色彩，新情感，那些高雅的人毫不犹豫地把自己说成是知识分子中的一员。这是个很难拼写却很容易脱口而出的词。阿申登也跟其他人一样，换掉起居室的靠垫，在墙上挂一个偶像，读契诃夫的作品并去观赏芭蕾舞剧。

　　阿纳斯塔西娅·亚历山德罗芙娜生来就由她的家境、她所受教育的程度注定了是个知识分子。她和丈夫住在摄政公园②附近的小房子里，在这里伦敦所有的文学爱好者都会谦恭敬畏地看着面色苍白、满

---

① 瓦格纳（Wagner，1813—1883），德国著名作曲家、剧作家，强调戏剧第一，音乐第二。
② 摄政公园（Regent's Park），一座19世纪风格的大花园，位于伦敦西北部，是仅次于海德公园的第二大公园。

面胡须的文学巨匠们像雅典少女石柱斜靠着墙休息一天；他们都是革命者，没有被送到西伯利亚的矿井里真是奇迹。文学女性们则怯生生地尝试喝一杯伏特加。如果你幸运有加并备受青睐，你可以跟佳吉列夫 ① 握个手，偶尔，就像微风吹送来的桃花一样，巴甫洛娃 ② 也会在这儿露露面。这个时期阿申登的成就还比不上这些高雅的人，虽然他们中有些人对他表示质疑，另一些人（对人性有信心的乐观的人）对他抱有希望，但在年轻时他就显然已是他们中的一分子了。阿纳斯塔西娅·亚历山德罗芙娜当着他的面说他是知识分子中的一员。阿申登已准备好相信她的话，他正处于一种相信一切的状态。他激动不已，在他看来他最终捕捉到了长久以来一直追求的浪漫的虚幻精神。阿纳斯塔西娅·亚历山德罗芙娜明眸善睐，身材迷人，尽管在那个年代看来过于性感：颧骨偏高，鼻尖上翘（非常像鞑靼人），嘴巴略宽，一口大而方的牙齿，皮肤白皙，服装色彩艳丽。在她忧郁的黑眼睛里，阿申登看到了俄罗斯无边无际的草原、钟声鸣响的克里姆林宫、圣以撒大教堂举行的庄严的复活节庆祝仪式、银叶山毛榉树林及涅夫斯基大街。从她的眼里可以看到这么多，真令人吃惊。它们既圆润又闪亮还有点微微突起，真像小狮子狗的眼睛。他们一起谈论《卡拉马佐夫兄弟》③ 里的阿廖沙、《战争与和平》④ 里的娜塔莎、安娜·卡列琳娜及《父与子》⑤。

　　阿申登很快就发现她的丈夫配不上她，并且马上得知她也这么认

---

① 佳吉列夫（Diaghilev），俄罗斯舞剧活动家。1913 年创建佳吉列夫俄罗斯芭蕾舞团，与欧洲著名舞蹈家、作曲家、美术家合作，演出了许多著名芭蕾作品。

② 巴甫洛娃（Pavlova），俄罗斯女芭蕾舞蹈家。

③《卡拉马佐夫兄弟》（The Brothers Karamazov），俄罗斯作家陀思妥耶夫斯基创作的最后一部长篇小说，通常也被认为是他一生文学创作的巅峰之作。

④《战争与和平》（War and Peace），列夫·托尔斯泰的长篇小说。

⑤《父与子》（Fathers and Sons），屠格涅夫的长篇小说。

为。弗拉迪米尔·塞梅诺维奇是个小个子男人，他有个大大长长的脑袋，看上去像一片被拉长的甘草，及一头杂乱不羁的俄罗斯头发。他是个温和又不引人注目的家伙，很难相信沙皇政府会害怕他的革命活动。他在莫斯科教俄语，也写文章。他和蔼可亲又乐于助人。他需要这些品质，因为阿纳斯塔西娅·亚历山德罗芙娜是个有个性的女人：当她牙疼时弗拉迪米尔·塞梅诺维奇也十分痛苦，感同身受；当她为自己不幸的祖国遭受的苦难感到揪心时，他就希望自己从未出生过。阿申登不得不承认他是个可怜的家伙，但他又是如此没有心机，阿申登对他很有好感。阿申登在适当的时机向阿纳斯塔西娅·亚历山德罗芙娜坦露了自己对她的爱恋，并欣喜地得到相同的回应，这时他有点困惑不知该怎么处理跟弗拉迪米尔·塞梅诺维奇的关系。无论是阿纳斯塔西娅·亚历山德罗芙娜或是他都觉得彼此已离不开对方，但阿申登担心的是，以她革命的观点以及诸如此类种种，她不会同意嫁给他；让他颇感惊讶但又使他无比宽慰的是，她欣然接受了他的求婚。

"你认为弗拉迪米尔·塞梅诺维奇会同意离婚吗？"他坐在沙发上，斜倚着靠垫，靠垫的颜色让他感觉像是变质的生肉，他握着她的手问道。

"弗拉迪米尔非常爱我。"她回答，"这会让他心碎的。"

"他是个好人，我不想他太难过。我希望他能很快忘掉这件事。"

"他永远不会忘掉的。这就是俄罗斯精神。我知道我若离开他，他就会感到失去了一切使他的生命值得活下去的东西。我从来没见过有人迷恋一个女人像他对我这样。当然他并不想妨碍我的幸福。在这点上他非常伟大。他清楚如果这是我自身发展中遇到的问题，我不会犹豫。毫无疑问弗拉迪米尔会给我我想要的自由。"

当时英国的离婚法比现在要更复杂更荒唐，阿申登详细地向阿纳斯塔西娅·亚历山德罗芙娜解释了这种案子的困难之处，以免她不了解其中的特殊性。她轻轻地把手放在他的手上。

"弗拉迪米尔不会让我在离婚法庭上抛头露面从而声名狼藉的。如果我告诉他我想跟你结婚他一定会自杀的。"

"那太可怕了。"阿申登说。

他吓了一跳，但又兴奋不已。这真是太像一部俄罗斯小说了，他连篇累牍地看过陀思妥耶夫斯基描写的这类感人而又可怕的情节，他理解他的主人公们遭受的那种撕心裂肺的心痛，摔碎的香槟酒瓶，拜访吉普赛人，伏特加，昏厥，癫痫，还有每个人都会做的长篇大论。所有这一切都既可怕又精彩，同时让人肝肠寸断。

"这会让我们极其伤心。"阿纳斯塔西娅·亚历山德罗芙娜说，"但我不知道除此之外他还会怎么做。我不能请他离开我自己生活。他会像没有方向舵的船或是没有化油器的车一样。我太了解弗拉迪米尔了，他会自杀的。"

"怎么自杀?"出于一个现实主义者对细节的热爱，阿申登追问道。

"他会把自己的脑袋打开花。"

阿申登记得《罗斯莫庄》[①]。当年他曾是狂热的易卜生崇拜者，甚至想过学习挪威语，这样他就可以阅读原著中的主人公，了解到他思想的秘密精髓。有一次他曾经当面见过易卜生[②]在喝慕尼黑啤酒。

"如果我们的良心上一直背负着这个男人的死，你觉得我们还能轻松地过好每一分钟吗?"他问道，"我感觉他会一直在我们中间。"

"我知道我们会痛苦，我们会非常痛苦。"阿纳斯塔西娅·亚历山德罗芙娜说，"但我们能有什么办法? 生活就是如此。我们必须要想到他。也要考虑到他的快乐。他会宁愿自杀的。"

---

① 《罗斯莫庄》(Rosmersholm)，挪威剧作家易卜生写于 1886 年的戏剧。
② 易卜生 (Ibsen, 1828—1906)，挪威戏剧家，欧洲近代戏剧的创始人，代表作有社会悲剧
  《玩偶之家》(1879)、《群鬼》(1881)、《人民公敌》(1882) 等。

她把脸转开，阿申登看见在她的脸颊上已泪流成河。他深受感动。因为他有一颗柔软的心，并且一想到可怜的弗拉迪米尔脑袋中枪倒在血泊里就感到太可怕了。

　　这些俄罗斯人，多么荒唐可笑！

　　但当阿纳斯塔西娅·亚历山德罗芙娜控制好自己的情绪后，她严肃地转向他。她用那双潮湿、圆润而又有点微突的大眼睛看着他。

　　"我们必须要非常确定我们在做正确的事，"她说，"如果我让弗拉迪米尔自杀了，然后发现我犯了一个错误，我永远也不会原谅我自己。我想我们必须要非常确信我们真正彼此相爱。"

　　"但是你不知道吗？"阿申登声音低沉而又紧张地叫道，"我知道。"

　　"让我们去巴黎待一个星期看看我们怎么相处，然后我们就知道了。"

　　阿申登是个有点传统的人，这个建议让他大吃一惊，但也只是片刻之间。阿纳斯塔西娅很聪明，反应非常快，看出了一时间困扰着他的犹豫和迟疑。

　　"你应该没有资产阶级的保守思想吧？"她故意问。

　　"当然没有。"他急忙向她保证，因为他宁可被认为是充满魅力的流氓无赖，也不愿当保守的资产阶级（俗话说男人不坏女人不爱嘛！），我认为这是个极妙的主意。"

　　"为什么女人要冒险把自己的一生孤注一掷？只有等到跟一个男人生活在一起你才有可能知道这个男人的本来面目。唯一公平的方法就是在木已成舟之前给她机会改变想法。"

　　"你说得很对。"阿申登说。

　　阿纳斯塔西娅·亚历山德罗芙娜不是个拖拖拉拉的女人，她随即就作好了安排，接下去的周六他们就启程前往巴黎。

　　"我没有告诉弗拉迪米尔我要跟你一起去。"她说，"这会使他痛苦。"

"那可真遗憾。"阿申登说。

"如果一周过去了我得到的结论是我们犯了个错误,他就什么也不必知道。"

"有道理。"阿申登说。

他们在维多利亚车站见面。

"你是几等车厢?"她问他。

"头等。"

"正合我意。父亲和弗拉迪米尔因为他们的原则旅游都坐三等车厢,但我在火车上总是晕车,所以我喜欢把头靠在别人的肩膀上。头等车厢更容易这样做。"

火车开动后阿纳斯塔西娅·亚历山德罗芙娜说她感到头晕,因此她把帽子脱了把脑袋斜靠在阿申登的肩膀上。他用胳膊搂着她的腰。

"别说话好吗?"她请求。

当他们上船时她经常去女厕所,到加来后她已经能饱餐一顿了;但当他们换乘火车时,她再度脱掉帽子把头枕在阿申登的肩膀上。他想着要读点什么,于是拿出一本书。

"你能不看书吗?"她问道,"我需要靠着,但你翻书页时我会感到不舒服。"

最终他们到达巴黎,并入住阿纳斯塔西娅·亚历山德罗芙娜知道的位于左岸的一家小旅馆。她说那儿有氛围。她不能忍受另外一边那些豪华的大旅馆;它们是无可救药的庸俗和市侩。

"我可以住你喜欢的任何地方。"阿申登说,"只要有浴室。"

她笑着捏了下他的脸颊。

"你真是个可爱的英国人。你不能一个星期没有浴室吗?哦,亲爱的,你还有很多东西要学。"

他们谈论马克西姆·高尔基和卡尔·马克思、人类的命运、爱情和男人的兄弟情谊，一直到深夜；他们喝了无数杯的俄罗斯茶，因此早上阿申登想要在床上吃早餐，然后起床吃午餐；但阿纳斯塔西娅·亚历山德罗芙娜习惯早起。生命是如此短暂，又有那么多事情要做，如果在八点半后吃早餐真是罪孽深重。他们坐在一间小小的昏暗的餐厅里，窗户似乎一个月没打开过。果真满是氛围。阿申登问阿纳斯塔西娅·亚历山德罗芙娜早餐想吃什么。

"炒蛋。"她说。

她吃得很痛快。阿申登已经注意到她胃口很好。他猜想这是俄罗斯人的特点：你无法想象安娜·卡列琳娜会只用一块巴斯圆面包和一杯咖啡来打发午餐，对吗？

早餐后他们去参观卢浮宫，下午他们去游览卢森堡。为了去法兰西喜剧院他们早早解决了晚饭，然后去俄罗斯的夜总会跳舞。第二天早上八点半他们来到餐厅坐下，阿申登问阿纳斯塔西娅·亚历山德罗芙娜想吃什么，她回答：

"炒蛋。"

"但我们昨天刚吃过炒蛋。"他劝说道。

"我们今天再吃一次。"她笑着说。

"好吧。"

他们以同样的方式又度过一天，除了把卢浮宫换成卡纳瓦莱博物馆和把卢森堡换成吉美博物馆。第三天的早餐，面对阿申登的询问，阿纳斯塔西娅·亚历山德罗芙娜还是点了炒蛋，他的心一沉。

"但我们昨天和前天都是吃的炒蛋。"他说。

"你不觉得正是这个原因我们今天才要再吃一次吗？"

"不，我不觉得。"

"你今天早晨的幽默感是不是有点少啊？"她问，"我每天都吃炒蛋，这是我唯一喜欢的吃蛋方式。"

"哦，那好吧。如果是这样，我们就吃炒蛋吧。"

但接下去的早晨他再也受不了了。

"你还要和往常一样吃炒蛋吗？"他问她。

"当然。"她深情地微笑着，露出两排大方齿。

"好吧，我会为你点炒蛋；我自己要点煎蛋。"

微笑从她的嘴边消失。

"哦？"她停顿了片刻，"你不觉得这样很不体贴吗？你觉得让厨师干不必要的活公平吗？你们英国人都一样，把用人当机器。你是否想过他们也有像你一样的心脏、相同的感觉和感情？当像你一样的资产阶级都如此极端自私，你又怎么能对无产阶级的民怨激愤感到惊讶呢？"

"你真的认为如果我在巴黎吃个煎蛋而不是炒蛋，英国就会发生革命？"

她义愤填膺地昂起头。

"你不明白，这有关做事的原则。你认为这是个玩笑，当然我知道你很风趣，我可以和别人一样听了笑话发笑，契诃夫就是俄罗斯有名的幽默作家；但你看不出这里面的关系吗？你整个的态度是错误的。这是缺乏感情。如果你经历过一九〇五年的彼得堡事件，你就不会这么说了。当我一想到哥萨克占领了冬宫，迫使民众跪在冬宫前的雪地里，妇女和儿童！哦，不，不，不！"

她的大眼睛里盈满了泪水，她秀气的脸因痛苦而变形。她一把抓住阿申登的手。

"我知道你有副好心肠，这只是你的偶尔疏忽，我们不再讨论这件事了。你有想象力，你非常敏感，我知道的。你会要一份和我的做法一样的蛋，对吗？"

"当然。"阿申登说。

此后他每天早上的早餐都吃炒蛋。服务生说："先生喜欢吃熘糊蛋①。"一周后他们回到伦敦。从巴黎到加来，从多佛到伦敦，这一路上他搂着阿纳斯塔西娅·亚历山德罗芙娜，她的头枕着他的肩膀。他回想起从纽约到旧金山的一路上已花了五天时间。当他们到达维多利亚并在站台上等候计程车时，她用那双圆润闪亮而又略微突起的大眼睛看着他。

"我们一起度过了一段美好的时光，对吗？"她说。

"非常美好。"

"我已下定决心了。这个实验证明了一切。我非常愿意嫁给你，什么时候都可以。"

但阿申登看到的却是他余生的每个早餐都要吃炒蛋。他让她坐进了一辆计程车，又为自己叫了另一辆到丘纳德邮轮公司售票处，买了前往美国的头班邮轮卧铺票。在那个阳光明媚的早晨，当他乘坐的轮船冒着蒸汽、鸣着汽笛缓缓驶入纽约港时，没有哪一个渴望自由和新生活的移民能比阿申登更加怀着由衷的感激之情看着自由女神像。

许多年过去了，阿申登没有再见过阿纳斯塔西娅·亚历山德罗芙娜。他知道在三月革命爆发后她就和弗拉迪米尔·塞梅诺维奇去了俄罗斯。也许他们可以帮他，某种程度上弗拉迪米尔·塞梅诺维奇应该感激他，因此他决定写信给阿纳斯塔西娅·亚历山德罗芙娜，询问他是否能去看她。

他下楼用午餐时感到精力充沛。哈林顿先生正在等他，他们一起坐下并开始吃摆在他们面前的东西。

---

① 原文为法文：Monsieur aime les oeufs brouilles。

"请让服务员给我们一些面包。"哈林顿先生说。

"面包?"阿申登回答,"这里没有面包。"

"没有面包我没法吃。"哈林顿先生说。

"恐怕你只能将就着吃。这里没有面包,没有黄油,没有糖,没有蛋,也没有马铃薯。只有鱼、肉和绿叶蔬菜,就这么多。"

哈林顿先生的下巴都要惊掉了。

"但只有战时才这样。"他说。

"看起来非常像。"

哈林顿先生沉默了一会儿,然后他开口道:"我告诉你我的打算,我要尽快完成我的工作,然后离开这个国家。我想哈林顿太太一定不愿意看到我吃不到糖和黄油。我的胃非常脆弱。我的公司要是知道我不能享受到最好的服务,他们一定不会派我过来。"

过了一会儿,埃贡·奥思博士进来递给阿申登一个信封。上面写着阿纳斯塔西娅·亚历山德罗芙娜的地址。阿申登把他介绍给哈林顿先生。很显然,一会儿工夫,他已与埃贡·奥思博士交谈甚欢,因此无需再费周章,阿申登直接建议埃贡·奥思博士可以给他当翻译。

"他说起俄语时像个俄罗斯人,但他是个美国公民,所以他不会让你失望。我认识他很久了,我可以保证他绝对信得过。"

哈林顿先生对这个想法感到很满意,午饭后阿申登就让他们自己去解决问题。他写了个便条给阿纳斯塔西娅·亚历山德罗芙娜,很快就收到回复说她正有个会议要参加,但会在七点到旅馆来拜访他。他忐忑不安地等着她。当然他现在知道他爱的不是她,而是托尔斯泰、陀思妥耶夫斯基、里姆斯基-柯萨科夫、斯特拉文斯基及巴克斯特,但他并不确定她是否也这么认为。大约八点半她到了,他建议他们和哈林顿先生一起吃晚饭。他想,有第三人在场也许他俩的会面就不会那么尴尬了;但他完全没有必要焦虑,因为他们一起坐下来喝汤不到五分钟，他就确信阿纳斯塔西娅·亚历山德罗芙娜对他的感觉和他对她的一样冷静。这让他大吃一惊。对一个男人来说，再含蓄也很难接受一个曾经深爱他的女人很可能不再爱他。虽然他未曾设想阿纳斯塔西娅·亚历山德罗芙娜怀着对他无望的爱情憔悴地过了五年，但他认为她渐渐变红的脸色、抖动的睫毛和颤抖的双唇似乎表露她的心底还有一块柔软属于他。看来一点也没有。她跟他说话，就好像多日不见的朋友再次重逢一样高兴，但他们之间的亲密程度纯属社交关系。他问起了弗拉迪米尔·塞梅诺维奇。

"他很让我失望。"她说，"我从来不认为他是个聪明的人，但我以为他很诚实。他马上要有孩子了。"

哈林顿先生正准备将一块鱼送入口中，听闻此言愣住了，他的叉子还在半空中，他惊讶地看着阿纳斯塔西娅·亚历山德罗芙娜。他的反应很好理解，因为他从未读过俄罗斯小说。而阿申登也有点迷惑不解，给了她一个疑问的眼神。

"我不是孩子的母亲。"她笑着说，"我对这种事不感兴趣。母亲是我的一个朋友，一个研究政治经济的著名作家。我不认为她的观点很合理，但不可否认它们值得关注和思考。她很有头脑，非常有头脑。"她转向哈林顿先生，"你对政治经济感兴趣吗？"

有生以来哈林顿先生第一次哑口无言。阿纳斯塔西娅·亚历山德罗芙娜告诉他们她的观点，然后他们开始讨论俄罗斯的局势。她看上去与一些不同的政党领导关系密切，阿申登决定试探一下看她是否愿意和他一起工作。他的迷恋并没有让他对一个事实视而不见，他心里清楚她是个非常聪明的女人。晚饭后他对哈林顿先生说他要跟阿纳斯塔西娅·亚历山德罗芙娜谈点事，随后就把她带到休息室的一个偏僻角落。他告诉她一切他认为该说的，并且发现她很感兴趣且急于帮忙。她热衷于阴谋并渴望权力。当他暗示他有一大笔钱可以支配，她立马看到通过他她也许能对俄罗斯的事务产生一定的影响。这激起了她的虚荣心。她非常爱国，像许多爱国者一样，认为自己的强大对国家有利。当他们告别时他们已达成一项工作协议。

"她真是个了不起的女人。"第二天早上他们在早餐相遇时哈林顿先生说。

"你可别爱上她。"阿申登笑着说。

哈林顿先生可不准备在这个问题上开玩笑。

"自从我跟哈林顿太太结婚后我就没再看过其他女人。"他说，"她的丈夫一定是个坏男人。"

"要是有盘炒蛋就好了。"阿申登岔开话题抱怨道，因为他们的早餐只有一杯不加奶的茶和一点代替糖的果酱。

有阿纳斯塔西娅·亚历山德罗芙娜帮他，还有奥思博士在背后支持，阿申登开始开展他的工作。俄罗斯的局势正每况愈下。临时政府首脑克伦斯基的虚荣心日渐膨胀，他解雇了所有有才干且可能危及他地位的部长。他发表演讲。他发表没完没了的演讲。说不定什么时候德国人就有可能冲进彼得格勒。克伦斯基发表演讲。食物的短缺越来越严重，冬天快要到了，可是没有燃料。克伦斯基发表演讲。暗地里布尔什维克十分活跃，列宁隐藏在彼得格勒，据说克伦斯基知道他在哪，却不敢去逮捕他。他发表演讲。

看着哈林顿先生漫不经心地徘徊在这场混乱中，这让阿申登感到好笑。历史正在缔造，他却只关心自己的事。这是件艰难的事。他被迫向秘书和下属们行贿，这样他才有可能见到大人物。他被送往前厅待了几个小时然后被无礼地打发走了。当他最终见到大人物时，却发现除了空头支票他们什么也给不了。他们给他承诺，但一两天后他发现这些承诺毫无意义。阿申登建议他放弃交易，回美国去。但哈林顿先生听不进去，他的公司派他来做这件特别的工作，老天作证，他不成功便成仁。于是阿纳斯塔西娅·亚历山德罗芙娜亲自帮他处理这件事。两人之间产生了一种奇异的友谊。哈林顿先生认为她是个非凡的女人，而且情伤至深；他告诉她有关他妻子和两个儿子的一切事；他跟她谈论美国宪法；她则站在她的立场告诉他有关弗拉迪米尔·塞梅诺维奇的一切；她跟他谈论托尔斯泰、屠格涅夫以及陀思妥耶夫斯基。他们在一起过得非常愉快。他说他无法叫她阿纳斯塔西娅·亚历山德罗芙娜，因为这实在太拗口了；所以他改称她为大利拉①。现在她把她无穷的精力都用在他身上。他们一起去找可能对他有帮助的那些人。但局势已发展到了紧急关头。骚乱频发，街上已变得非常危险；不时有装甲车满载着牢骚满腹的预备役军人在涅夫斯基大街上疯狂地横冲直撞，为了表达不满情绪，他们甚至对着无辜的路人胡乱射击。有一次当哈林顿先生和阿纳斯塔西娅·亚历山德罗芙娜一起乘有轨电车时子弹密集地打在窗户上，为了安全起见他们只好匍匐在地板上。哈林顿先生非常愤慨。

"有个胖胖的老妇人就躺在我身上，我想要挣扎着爬出来，大利拉打了一下我的脑袋说：别动，你这个笨蛋。我不喜欢你的俄罗斯方式，大利拉。"

"至少你乖乖地没动。"她咯咯笑着说。

"这个国家需要的是少一点艺术，多一点文明。"

"你这是资产阶级思想，哈林顿先生，你不是知识分子。"

"你是第一个这样说的人，大利拉。如果我不是知识分子，我不知道还有谁是。"哈林顿先生自豪地反驳道。

有一天阿申登在房间里工作，敲门声响起随后阿纳斯塔西娅·亚历山德罗芙娜溜了进来，后面跟着有点局促的哈林顿先生。阿申登见

---

① 大利拉（Delilah），《圣经》里的人物，迷惑大力士参孙（Samson）的妇人。

她非常激动。

"出什么事了？"他问。

"除非这个男人回美国去，否则他会被杀死的。你必须要好好跟他谈谈。今天如果我不在那儿，保不准会有什么不愉快的事发生。"

"不会的，大利拉。"哈林顿先生不耐烦地说，"我能很好地照顾我自己，我一点危险都没有。"

"怎么回事？"阿申登问。

"我带哈林顿先生到亚历山大·涅夫斯基修道院去看陀思妥耶夫斯基的墓，"阿纳斯塔西娅·亚历山德罗芙娜说，"我们回来时看到有个士兵对一位老妇人非常粗暴。"

"相当粗暴。"哈林顿先生叫道，"有一位老妇人走在人行道上，胳膊上挎着一只装着食物的篮子。两个士兵走在她后面，其中一个一把夺过的篮子就走。她大声尖叫并哭泣。我听不懂她在说什么，但能大概猜得出，另一个士兵则拿着枪用枪托打她的头。我说得对吗，大利拉？"

"对的。"她回答，忍不住笑了，"我还没来得及阻止，哈林顿先生就跳出计程车追上那个拿篮子的士兵，把篮子从他身上拽过来并开始责骂他们俩像扒手。一开始他俩都惊呆了，不知道发生了什么事，之后他们开始大怒。我跟在哈林顿先生后面跑过去对他们解释他是个外国人并且他喝醉了。"

"喝醉了？"哈林顿先生大叫。

"是的，喝醉了。有一群人围了上来，看样子情况不太妙。"

哈林顿先生睁着两只淡蓝的大眼睛笑了。

"听上去我还以为你在责备他们呢，大利拉，看你表演真有趣。"

"别傻了，哈林顿先生。"阿纳斯塔西娅叫道，突然间生气地跺了一下脚，"你难道不知道这些士兵可以很轻易地把你我都杀掉，而围观者没有人会挺身而出，连伸个手指头都不会。"

"我？我可是美国公民，大利拉，他们不敢动我头上的一根汗毛。"

"他们的确很难找到一根。"阿纳斯塔西娅·亚历山德罗芙娜说，她发脾气时就顾不上礼貌了，"但如果你认为俄罗斯士兵迟疑没有杀你是因为你是美国公民你就错了，总有一天你会大吃一惊的。"

"后来那老妇人怎么样了？"阿申登问。

"士兵们过了一会离开了，我们就回头去找她。"

"还带着篮子？"

"是的，哈林顿先生紧紧抱着不放。她躺在地上，头上血流如注。我们把她弄进车子，等她能开口说话告诉我们她住哪儿时我们就把她送回了家。她出血出得很可怕，我们很难为她止血。"

阿纳斯塔西娅·亚历山德罗芙娜古怪地看了哈林顿先生一眼，阿申登惊奇地发现他突然变得面红耳赤。

"怎么回事？"

"要知道，我们没有任何东西帮她包扎。哈林顿先生的手帕已被血浸透了。我身上只有一样东西可以很快拿出来，因此我脱下我的……"

她还未说完就被哈林顿先生打断了。

"你不必告诉阿申登先生你脱下了什么。我是个已婚男人，我知道女士们都穿它，但我认为没必要在大庭广众下提及它。"

阿纳斯塔西娅·亚历山德罗芙娜咯咯笑了起来。

"那你必须吻我一下，哈林顿先生。如果你不答应我就说出来。"

哈林顿先生犹豫了一会，还在权衡事情的利弊，但他看到阿纳斯塔西娅·亚历山德罗芙娜已决意要说。

"好吧，你可以吻我，大利拉，虽然我不得不说我看不出这对你有什么好处。"

她伸出手臂环绕他的脖子并亲吻他的两颊，然后突然一言未发就泪如泉涌。

"你真是个勇敢的小个子男人，哈林顿先生。你既可笑又了不起。"她抽泣着说。

哈林顿先生没有像阿申登以为的那样惊讶。他带着淡淡的微笑好奇地看着阿纳斯塔西娅，并温柔地拍拍她。

"别这样，大利拉，振作起来。它让你不舒服了，对吗？你看你多难过。如果你再这么哭下去，我的肩膀就要得风湿病了。"

整个场面既滑稽又感人。阿申登笑了，但他的喉咙也像是被什么东西塞住了似的。

阿纳斯塔西娅·亚历山德罗芙娜离开后哈林顿先生坐在那儿沉思着。

"这些俄罗斯人很奇怪。你知道大利拉做了什么？"他突然开口说道，"她就站在计程车上，在两边人来人往的大街中央把内裤脱下来，把它撕成两半，一半让我拿着，另一半她做成了绷带。我一生中从未这么尴尬过。"

"告诉我你为什么叫她大利拉？"阿申登微笑着问。

哈林顿先生的脸有点红。

"她是个非常迷人的女人，阿申登先生。她被她丈夫深深伤害了。我自然会对她深表同情。这些俄罗斯人的感情非常丰富，我不想让她把我的同情误以为是其他什么，我告诉她我非常热爱我的妻子哈林顿太太。"

"你不会以为大利拉是波提乏①的妻子吧？"阿申登问。

---

① 波提乏（Potiphar），《圣经·创世记》中埃及法老的护卫长。他从以实玛利商人的手里买下了约瑟，见其忠诚可靠，办事利索，很快就提拔他做了家里的总管。波提乏的妻子见约瑟长得儒雅俊美，便瞒着丈夫向约瑟频送秋波，却遭到约瑟的拒绝。"波提乏"现在常用来喻指妻子出轨的丈夫。"波提乏的妻子"则喻指淫荡、狠毒的女人。

"我不知道你指什么，阿申登先生。"哈林顿先生说，"哈林顿太太让我明白我对女人有很大吸引力，我想如果我称呼我们的小朋友大利拉，这将使我的立场明确一些。"

"我想俄罗斯已经不适合你待了，哈林顿先生。"阿申登微笑着说，"如果我是你，我会立即离开。"

"我现在不能走。我要让他们最终同意我的条件，我们下周将签署合同，然后我会整理我的旅行袋离开。"

"我很怀疑你的签名对书面合同是否有用。"阿申登说。

他制订了详细的作战计划，花了二十四小时辛苦工作用密码制作了一份电报，把他的计划展示给送他到彼得格勒的那些人。他的计划被批准，他也得到承诺所有的资金都会到位。阿申登心里清楚他什么也做不成，除非临时政府能再支撑三个月；但冬天就要到了，食物也日渐匮乏。军队出现反叛情绪，民众大声疾呼要和平。在欧洲时每天晚上阿申登都要和Z.教授一起喝一杯热巧克力，商量怎样最好地利用这些忠心的捷克人。阿纳斯塔西娅·亚历山德罗芙娜在一个偏僻地区有一所公寓。在这里他和形形色色的人一起开会。他们一起制定计划，一起采取措施。阿申登争论、劝说、承诺。他既要说服那些犹豫不决的人，又要同宿命论持有者争论。他要判断谁是坚定不移的，谁又是自负傲慢的，谁是忠诚可靠的，谁又是意志薄弱的。他不得不耐住性子听俄罗斯人唠唠叨叨；他不得不宽容地对待那些只会闲聊不说重点的人们；他不得不同情地听着人们夸夸其谈，自吹自擂。他还要提防背叛行为。他要会幽默地对待那些蠢人的虚荣，还要会躲避野心勃勃者的贪婪。时间很紧迫，关于布尔什维克诸多行动的传言愈演愈烈，克伦斯基像只受惊的母鸡四处奔走。

真正的打击降临了。一九一七年十一月七日的晚上，布尔什维克发动起义，克伦斯基的部长们都被逮捕。列宁和托洛茨基夺取了政权。

一大早，阿纳斯塔西娅·亚历山德罗芙娜来到阿申登在旅馆的房间。他正在编码电报。他一夜未合眼。开始在斯莫尔尼宫，后来到冬宫。他真是筋疲力尽。她的脸色苍白，闪闪发亮的棕色眼睛里尽显悲哀。

"你听说了？"她问阿申登。

他点点头。

"一切都结束了。他们说克伦斯基逃了。他们甚至打都没打。"她愤怒极了，"这个愚蠢的笨蛋！"她尖声叫道。

这时传来敲门声，阿纳斯塔西娅·亚历山德罗芙娜突然有些不安地看着门。

"你知道布尔什维克有一张他们想要处决的人的名单，我的名字在上面，也许你的也在。"

"如果确实是他们想要进来的话，只要转动把手就行了。"阿申登微笑着说，但他的心里也有一丝慌乱，"进来。"

门开了，哈林顿先生走进房间。他和往常一样整洁漂亮，穿着黑色的短大衣和条纹西裤，皮鞋擦得锃亮，光秃的脑袋上戴着圆顶礼帽。当他看到阿纳斯塔西娅·亚历山德罗芙娜就把帽子脱了下来。

"哦，想不到这么早在这里遇到你。我正要出去，顺便来看看，我想告诉你我的好消息。我昨晚来找你，但你不在。你没来吃晚饭。"

"没有，我在开会。"阿申登说。

"你们俩必须要祝贺我，昨天我的合同签了，我的生意做成了。"

哈林顿先生对着他们微笑，他那沾沾自喜、趾高气扬的样子，活像一只把所有对手都赶跑了的矮脚鸡。阿纳斯塔西娅·亚历山德罗芙娜突然爆发出一阵歇斯底里的大笑。他困惑地盯着她。

"怎么了，大利拉，有什么不对吗？"他说。

阿纳斯塔西娅直到把眼泪都笑出来才停下，随后真切地抽泣起来。阿申登解释说：

　　"布尔什维克推翻了政府，克伦斯基的部长们都被送进了监狱。布尔什维克开始抓人。大利拉说她的名字在名单上。你的部长昨天在文件上签字是因为他知道无论他做什么都没关系，你的合同已一文不值。布尔什维克将很快与德国讲和。"

　　阿纳斯塔西娅·亚历山德罗芙娜很快就恢复了刚刚在顷刻间失去的自控力。

　　"哈林顿先生，你最好尽快离开俄罗斯。你再不走，几天后就走不了了。"

　　哈林顿先生轮番看着这俩人。

　　"哦，天啊！"他叫道，"天啊！"这太难以置信了。"你想告诉我德国部长他愚弄我？"

　　阿申登耸耸肩。

　　"谁知道他是怎么想的。他可能很有幽默感，也许他觉得很好玩，昨天才签了一个五千万美元的合同，今天就有可能靠墙站着被枪杀。阿纳斯塔西娅·亚历山德罗芙娜说得对，哈林顿先生，你最好乘头班火车去瑞典。"

　　"那你们怎么办？"

　　"我在这里也没什么可做的了。我正在等待电传指示，然后尽快离开这里。布尔什维克已经早我们一步行动了，跟我一起共事的人也要停止一切工作先确保性命无忧。"

　　"鲍里斯彼得罗维奇今天早上被枪杀了。"阿纳斯塔西娅·亚历山德罗芙娜皱着眉头说。

　　他们俩一起看着哈林顿先生，而他则盯着地板。他在这次成就中获得的自豪感被粉碎了，此刻就像个被刺穿的气球一样垂头丧气。但片刻后他又抬起了头。他对着阿纳斯塔西娅·亚历山德罗芙娜微微一笑，阿申登头一回发现他的微笑多么亲切迷人。那里边有种特别的关心。

"如果布尔什维克在追捕你，大利拉，你不觉得你最好跟我一起走吗？我可以照顾你，如果你愿意，你可以跟我一起回美国，我相信哈林顿太太一定会很高兴帮助你的。"

"如果你带着一个俄罗斯难民回到费城，我可以想象哈林顿太太脸上的表情。"阿纳斯塔西娅·亚历山德罗芙娜笑道，"恐怕你很难解释清楚。不，我就在这儿，哪儿也不去。"

"但如果你有危险呢？"

"我是俄罗斯人，我的根在这儿。当我的国家最需要我的时候我不会离开它。"

"一派胡言，大利拉。"哈林顿先生静静地说。

阿纳斯塔西娅·亚历山德罗芙娜本来是饱含感情说的，乍闻之下略感吃惊，遂好奇地看了他一眼。

"我知道，参孙。"她回答，"说真的，我认为我们接下来的处境会非常糟糕，天知道会发生什么，但我想看看；无论如何我一分钟都不想错过。"

哈林顿先生摇摇头。

"好奇心会毁了你，大利拉。"他说。

"走吧，去收拾行李吧，哈林顿先生。"阿申登笑着说，"我们会把你送到车站。火车快要被包围了。"

"当然，我会离开的。我一点也不后悔。我自从来到这儿就没吃过一顿像样的饭，而且做了一生中从未想过会做的事，我竟然喝了不加糖的咖啡，当我有幸得到一小片黑面包时还得不加黄油就吃下去。如果我告诉哈林顿太太我的经历，她一定不会相信。这个国家需要的是秩序。"

他离开后，阿申登和阿纳斯塔西娅·亚历山德罗芙娜继续讨论局势。阿申登很沮丧，因为他深思熟虑的计划现在全都付之东流，而阿纳斯塔西娅·亚历山德罗芙娜却很兴奋，她为这场新的革命设想着每一种可能。她假装很严肃，但在她的内心，她把它视为一场闹剧。她希望更多的事情发生。这时门外又传来敲门声，阿申登还没来得及开口，哈林顿先生就闯了进来。

"这家旅馆的服务简直太不像话。"他激烈地叫了起来，"我按了十五分钟的铃竟然没有人理睬我。"

"服务？"阿纳斯塔西娅·亚历山德罗芙娜惊叫，"这家旅馆连一个服务员都没有了。"

"但我要我的洗衣袋，他们答应我昨晚就能拿回来。"

"恐怕你现在很难拿回来了。"阿申登说。

"我不能不带着我的洗衣袋离开。四件衬衫、两条连衫裤、一套睡衣和四个衣领。我房间里还有洗好的手帕和短袜。我想要拿回我的洗衣袋，我得带上它离开。"

"别傻了。"阿申登叫道，"你现在要做的就是趁局势还算稳定赶快离开这儿。如果这里没有服务员帮你去拿，你也只能把你的洗衣袋丢下了。"

"不，先生，我不能那么做。我要自己去拿回来。我对这个国家已经受够了，我可不想把我的四件高级衬衫留给讨厌的布尔什维克穿。绝不，先生。我拿回洗衣袋前是不会离开俄罗斯的。"

阿纳斯塔西娅·亚历山德罗芙娜盯着地板看了一会儿，然后微笑着抬起头。在阿申登看来，她一定是想出了某种办法来解决哈林顿先生徒劳的固执。以俄罗斯人的思维方式，她能理解为什么哈林顿先生一定要带着他的洗衣袋离开彼得格勒。他的坚持赋予了它象征性的价值。

"我到楼下去看看有没有人知道洗衣店在哪儿，如果可能我会尽量陪你一起去，到时你就可以带着你的洗衣袋离开这里了。"

哈林顿先生顿时放松下来。他笑容可掬地回答说：

"你真是太好了，大利拉。我不在乎它们是否被洗好，我原样拿走就行。"

阿纳斯塔西娅·亚历山德罗芙娜出去了。

"那么，你现在怎么看俄罗斯和俄罗斯人？"哈林顿先生问阿申登。

"我受够了它们。我受够了托尔斯泰，我受够了屠格涅夫和陀思妥耶夫斯基，我受够了契诃夫，我受够了这些知识分子。我喜欢这样的人，他们随时都清楚自己的想法，他们说话算数，决不反悔，值得信赖；我讨厌只会用华丽的辞藻、能言善辩和装腔作势的人。"

阿申登正想就这个普遍出现的问题来个长篇大论，这时被一阵嘎嘎声打断了，就像一把豌豆撒在鼓上一样。在如此静谧出奇的城市，这声音听上去显得既突然又诡异。

"那是什么？"哈林顿先生问道。

"枪声。应该在河的对岸。"

哈林顿先生做了个滑稽的表情，虽然笑着，但脸色有点苍白。他不喜欢枪声，阿申登没有责怪他。

"我想是时候离开这个国家了。我不该为自己考虑太多，我还应该为妻子和孩子着想。我很久没收到哈林顿太太的信了，我很担心。"他停顿了一会儿，"我想让你认识哈林顿太太，她是个非常了不起的女人，是有史以来最好的妻子。自从我们结婚后，我从未与她分开超过三天，直到这次我来这里。"

阿纳斯塔西娅·亚历山德罗芙娜回来告诉他们她找到地址了。

"从这儿走过去大概四十分钟，如果你现在出发我可以陪你去。"
她说。

"我准备好了。"

"你们最好当心点。"阿申登说，"我觉得今天街上会很不安全。"

阿纳斯塔西娅·亚历山德罗芙娜看了一眼哈林顿先生。

"我必须要拿到我的洗衣袋，大利拉。"他说，"如果我把它落下不管，我永远都不会得到安宁，哈林顿太太也不会再让我碰洗衣袋。"

"那我们走吧。"

他们出门了，阿申登继续做那枯燥的工作，把这些令人震惊的新闻转化成极为复杂的电码发出去。这是条长消息，同时他还要请示下一步的行动。虽然这个工作单调，但你必须全神贯注。因为一个数字写错就会让整个句子难以理解。

突然他的门被猛地打开，阿纳斯塔西娅·亚历山德罗芙娜冲进房间。她的帽子不知去哪儿了，头发凌乱，气喘吁吁。她的眼睛四下张望，都快要从头上蹦出来了，她处于极度的亢奋状态。

"哈林顿先生在哪儿？"她叫道，"他不在这儿吗？"

"不。"

"他在他的卧室吗？"

"我不知道。怎么了？出什么事了？如果你愿意，我们就去看看。你为什么没有跟他在一起？"

他们沿着过道走到哈林顿的房间并敲门，没人答应。他们试了试把手，门是锁着的。

"他不在里面。"

他们走回阿申登的房间。阿纳斯塔西娅·亚历山德罗芙娜一屁股坐进扶手椅。

"请给我一杯水好吗？我几乎喘不过气来，我是一路跑来的。"

她喝完了阿申登倒给她的水，突然哭了起来。

"我希望他平安无事。如果他出了事我将永远不会原谅自己。我原来期望他能比我先到这里。他顺利拿到了他的洗衣袋。我们找到了地方，那儿只有一个老妇人，他们不让我们拿走，但我们坚持要拿走。哈林顿先生非常愤怒，因为袋子都没被打开过，还是他送出的样子。他们答应昨晚就会洗好的，但它们还在哈林顿先生亲自整理的包里。我说这就是俄罗斯，哈林顿先生说他更喜欢其他肤色的人。我带他从小巷子里走，因为我想这样更好些。我们开始往回走。我们经过一条街的顶端，并看到在这条街的尽头有一小群人，有个男人在对着他们演说。

"'我们去听听看他在说什么？'我说。我可以看到他们在争论。这看上去很刺激。我想知道发生了什么。

"'快走吧，大利拉。'他说，'我们管好自己的事吧。'

"'你回酒店去整理行李吧。我要去看看热闹。'我说。

"我沿着街道奔跑过去，他跟在我后面。那儿大概有两三百人，一个学生在对他们演讲。有一些工人在对着他大喊大叫。我喜欢看别人吵架，于是就侧着身子挤进人群。突然我们听到枪声，在你还没反应过来之前，两辆装甲车就沿着街道疾驰而来。车上有士兵开始对着我们开火。我不知道这是为什么。好玩？我想，或许他们喝醉了。我们像一群兔子般四下逃散。我们只是在逃命。我跟哈林顿先生走散了。我搞不明白为什么他不在这里。你觉得他会出事吗？"

阿申登沉默了一会儿。

"我们最好出去找找他。"他说，"我真不明白为什么放不下他的洗衣袋。"

"我能理解，我非常能理解。"

"这就是个心理安慰。"阿申登忿忿地说，"我们走吧。"

他戴上帽子穿上大衣，他们一起走下楼梯。酒店里空无一人。他们出了门走到街上，几乎看不到一个人。他们沿街往前走着，有轨电车已经停运，整座城市被神秘的沉寂笼罩着。商店都关门了。有汽车以惊人的速度飞驰而过，着实令人吓一大跳。路上遇见的人们看起来都既害怕又沮丧。他们经过一条主干道时加快了脚步。那儿有许多人犹豫不决地站着，似乎不知道他们下一步该干什么。穿着破旧灰制服的预备役军人三三两两地朝马路中间走去。他们没有说话，看起来像绵羊寻找牧羊人一样。然后他们来到阿纳斯塔西娅·亚历山德罗芙娜之前跑过的那条街，只不过他们从另一头进来。许多窗户被乱飞的子弹打破。街上杳无人迹。你可以看出人们是在哪里四下逃散的，因为到处都是他们匆匆离去时落下的物品，书籍、男人的帽子、女士的包，还有一个篮子。阿纳斯塔西娅·亚历山德罗芙娜碰碰阿申登的手臂来引起他的注意：有个女人坐在人行道上，她的头一直垂到大腿上，她已经死了。再过去几步路，两个男人倒在一起，他们也都死了。可以认为那些受伤的人都自己挣扎着离开了，或者被朋友带走了。他们发现了哈林顿。他的圆顶礼帽滚到了排水沟里。他脸朝下躺在血泊中，骨骼突起的秃头显得十分苍白；他那原本干净的黑色大衣污迹斑斑，沾满烂泥。但他的手里紧紧攥着一个包裹，里面有四件衬衫、两条连衫裤、一套睡衣和四个衣领。哈林顿先生没有丢下他的洗衣袋。

疗养院

阿申登在疗养院的头六周都躺在床上。每日所见的人寥寥无几,只有早晚两次来问诊的医生、照看他的护士和给他送饭的女佣。他得了肺结核,因为当时很难送他去瑞士,伦敦给他看病的专家就把他送到苏格兰北部的疗养院。最终他耐着性子期待已久的日子到了,医生宣布他可以起床了。下午护士帮他穿好衣服,送他到阳台上,在他身后放了块靠垫,浑身用毯子包裹着,让他自己在万里无云的晴空下享受阳光的温暖。此时已是仲冬之季,这家疗养院坐落在一个小山顶,放眼望去,整个冰雪覆盖的国家几乎尽收眼底。阳台上的人们都躺在帆布躺椅里,有的在聊天,有的在看书。时而会有人一阵阵地咳嗽,之后你会发现他忧心忡忡地盯着手帕看。护士在离开阿申登前,也许出于职业性,活泼地转向旁边躺椅里的人说:"我想介绍阿申登先生给你认识。"然后对阿申登说:"这是麦克劳德先生。他和坎贝尔先生在这儿待的时间最久。"

阿申登的另一边躺着一个漂亮的女孩,她有着红色的头发和明亮的蓝眼睛。她没有化妆,嘴唇却鲜红欲滴,双颊颜色也是明艳动人。相比之下,她的皮肤苍白得惊人。但即便你知道她纤弱的肤质是由于生病引起的也丝毫不影响她的可爱迷人。她穿着一件皮大衣并裹着毛毯，因此你看不到她的身材，但她的脸非常瘦小，以至于原本并不大的鼻子反而显得十分突出。她友善地看了阿申登一眼，并未开口说话。而阿申登生性害羞，面对一群陌生人更是不知从何说起。

"他们刚允许你起床，对吗？"麦克劳德开口问道。

"是的。"

"你的房间在哪儿？"

阿申登告诉了他。

"小房间，我知道这里的每一个房间。我在这里待了十七年，我的房间是最好的，这是毫无疑问的。坎贝尔一直想跟我争这个房间，但我不想让步，我有权得到它，我比他早六个月住到这里。"

躺在那儿的麦克劳德让人觉得他个头很高；皮肤紧紧包着骨头，他的脸颊和太阳穴都是凹陷的，因此你几乎可以看到他颅骨的形状；在那张瘦骨伶仃的脸上，除了一个非常瘦削的鼻子，还有一双异常大的眼睛。

"十七年的时间真长啊。"阿申登说，因为他实在想不出其他的话说。

"时间过得很快，我喜欢这里。头一两年每到夏天我就离开这儿，但之后就没离开过，这里已成为我的家。我有个兄弟和两个姐妹，但他们都已结婚有各自的家庭，他们都不要我。当你在这儿过个几年后再回到正常的生活你就会感到不适应。你的朋友有自己的生活方式，你跟他们没有任何共同语言。人们每天都行色匆匆，无事空忙，就那么回事。外面的世界既嘈杂又闷人，我看还是待在这里更好。我不会再出去折腾了，直到他们把我抬进棺材。"

主治医生曾告诉阿申登如果他好好照顾自己，一段时间后他就会康复，此刻他好奇地看着麦克劳德。

"你每天都做些什么来打发时间？"他问道。

"打发时间？得了肺结核就够你从早忙到晚的了，小老弟。一早开始量体温、称体重，慢慢地穿衣服，吃早餐后会儿报纸再出去散步，然后回来休息。吃过午饭后打桥牌，再休息一会儿，然后吃晚餐。再打一小会儿桥牌就上床睡觉。这里有个很像样的图书馆，几乎所有的新书都有。但我并没有很多时间看书，我喜欢跟人聊天。在这儿你会遇见各种各样的人，他们来来往往。有时他们离开是因为他们以为自己痊愈了，但许多人又回来了。有时他们离开是因为他们死了。我已见过许多人离去了，在我死之前我还会看到更多的人。"

坐在阿申登另一边的女孩突然开口说话。

"我要告诉你几乎没有人能像麦克劳德先生一样即使坐在灵车里也能大笑。"她说。

麦克劳德轻轻地笑了一下。

"这个我不清楚，但我一定会对自己这样说：'还好，我很庆幸这里面躺着的是他而不是我。'"

他忽然想到阿申登还不认识这个漂亮的女孩，于是他就为阿申登做了介绍。

"顺便说一下，我想阿申登先生你还没见过毕肖普小姐吧。她是英国人，是个好姑娘。"

"你来这儿多久了？"阿申登问道。

"才两年。这是我在这儿的最后一个冬天了。伦诺克斯医生说我几个月后就痊愈了，到时没有理由不回家去。"

"傻孩子。"麦克劳德说，"我认为哪里待着舒适就去哪儿。"

这时一个男人倚着根拐杖，慢慢地朝阳台走来。

"哦，看啊，是坦普尔顿少校。"毕肖普小姐说，一抹微笑点亮了她原本忧郁的蓝眼睛。待他走近了她说：

"很高兴看到你又能起来了。"

"哦，这没什么。一点小感冒而已。我现在感觉很好。"

话音刚落，他就猛地一阵咳嗽，浑身的重量几乎都压在了拐杖上。等他恢复平静，他又欢快地笑了。

"还是摆脱不了这该死的咳嗽。"他自嘲道，"烟抽得太多了。伦诺克斯医生说我应该戒掉，但没用——我做不到。"

他是个高个子，长相英俊，颇有点演员的气质，面色焦黄，双眸黝黑，留着整齐的黑胡子，身穿一件阿斯特拉罕羊皮领大衣。他的外貌精明中透着点炫耀。毕肖普小姐把阿申登介绍给他，坦普尔顿少校亲切而又热诚地说了些客套话，然后邀请女孩陪他一起走走，他被要求步行到疗养院后面那片树林的某个地点再走回来。麦克劳德看着他们走远。

"我很好奇他们俩之间会不会发生点什么。"他说，"人们说坦普尔顿在生病前对姑娘们来说可是个坏家伙。"

"他现在看上去并不像传闻所说的那样。"阿申登说。

"这可难说。我在这儿见过许多稀奇古怪的事，只要我愿意，我可以滔滔不绝地说个没完。"

"你显然是愿意的，为什么不开始呢？"

麦克劳德咧嘴笑了。

"好吧，我告诉你一个。三四年前这儿有个性感的女人，她的丈夫曾每隔一个周末来看她一次，他非常迷恋她，曾从伦敦飞来探望她。但是伦诺克斯医生相当肯定她跟这里的某个人有不正当的关系，只是他无法找出是谁。因此有天晚上，当大家都上床睡觉了，医生就在她的房间外面涂了层薄薄的油漆，第二天他立即检查每个人的拖鞋。干得漂亮，不是吗？那个鞋底有油漆的家伙被开除了。伦诺克斯医生必须特别注意，他可不想让这个地方声名狼藉。"

"坦普尔顿在这里住了多久？"

"三四个月吧。他大多数时间都在床上。这对他来说最好。艾薇·毕肖普一定是个傻瓜才会迷恋上他。她非常有可能完全康复。你知道的，我见过太多这样的人了，我能看得出来。我只要看一眼就能判断这个家伙能好起来还是不能。如果不能，我会进一步盘算他还能活多久。我很少判断失误。我看坦普尔顿最多还能活两年。"

麦克劳德若有所思地看了眼阿申登，阿申登知道他在想什么，本想调侃几句，却不由自主有点紧张。麦克劳德狡黠地眨了一下眼，他对阿申登此刻的心理活动心知肚明。

"你会康复的。如果没有把握的话我是不会乱说的。我可不想让伦诺克斯医生因为我吓唬他的宝贝病人而把我赶出去。"

随后阿申登的护士来把他带回病床。尽管才在外面坐了一个小时，他已感到筋疲力尽，很高兴能立即躺下来。伦诺克斯医生在傍晚的时候来查房，他看了一下他的体温记录。

"情况还不错。"他说。

伦诺克斯医生个头矮小，性格活泼，和蔼可亲，是个合格的医生、出色的商人和狂热的捕鱼爱好者。每当汛期开始他就会把照顾病人的活交给他的助手；病人们虽有些怨言，但吃到他带回来改善伙食的幼鲑鱼还是会让他们喜出望外。他很健谈，这会儿他就站在阿申登的床边，带着明显的苏格兰口音问他下午是否跟其他病人攀谈过。阿申登告诉他护士介绍他认识了麦克劳德。伦诺克斯医生笑了。

"他是这里住得最久的病人。他比我还了解这所疗养院及住在这里的人们。我不知道他是如何获取信息的，但他对这里每个病人的私生活了如指掌。哪个老处女对丑闻的敏感程度也比不上他。他有没有对你说到坎贝尔？"

"他提到过。"

"他讨厌坎贝尔，坎贝尔也讨厌他。你想到这事就会觉得好笑，这俩人在这都住了十七年了，而且他们只有一个健康的肺。他们互相看不顺眼。我只好对他俩到我这儿来彼此抱怨装聋作哑。坎贝尔的房间正好在麦克劳德的楼下，坎贝尔喜欢拉小提琴，这惹得麦克劳德狂怒。他说他十五年来听的都是同一首曲子，但坎贝尔说麦克劳德听不出曲子的不同。麦克劳德想要我禁止坎贝尔拉琴，但我不能那么做，只要他不在休息的时间影响别人，他完全有权利拉琴。我建议麦克劳德换房间，但他又不肯这么做。他说坎贝尔拉琴的目的就是为了把他赶出这间最好的房间，自己好取而代之，他真是个该死的混蛋。两个上了年纪的人竟然会认为彼此让对方不好过是值得的，这可真是不可思议，不是吗？他们谁都不让对方单独待着。他们在同一张桌上吃饭，一起打桥牌，没有一天不拌嘴。有时我威胁他们如果再这么胡闹就把他俩都赶出去，这能让他们消停一阵子，毕竟他们都不想离开这里。他们久居此地，没人敢小看他们，而且他们也不适应外面的世界。几年前坎贝尔想出去度几个月的假，结果一周后就回来了。他说他对外面的喧嚣无所适从，街道上拥挤的人群也让他手足无措。"

随着阿申登健康状况的日益好转，他能逐渐跟病友们交往了，这时他发现自己身处一个奇怪的圈子。一天早晨伦诺克斯医生告诉他以后可以在餐厅用午餐了。这是个宽敞而又低矮的房间，窗户的面积很大并常年敞开，天气好的时候大片的阳光倾泻而入。用餐的人很多，他花了一段时间才分清楚他们。他们年龄差别很大，有年轻人、中年人，也有老年人。有些人像麦克劳德和坎贝尔，在疗养院里待了数年之久，并准备老死在这里。另一些人则刚来这里几个月。有个中年老处女名叫阿特金小姐，她每年冬天来住一段时间，夏天就离开和朋友及亲戚待在一起。她无牵无挂，随时都可以离开这个世界，但她还是很热爱生活的。她长期在此居住让她拥有了一定的职位，她是名誉图书管理员，并且跟护士长关系密切。她总是乐于跟你聊些八卦，但你很快就会知道你所说的一切都会被透露出去。伦诺克斯医生倒是借此得知他的病人们相处融洽，彼此开心，并且不会违反他的规定做些出格之事。什么都躲不过阿特金小姐的火眼金睛，事情总是由她告诉护士长，再汇报给伦诺克斯医生。由于她在这儿居住多年，因此她跟麦克劳德和坎贝尔坐同一张桌子，此外还有一位老将军因为他的级别也被安置在这张桌子。这张桌子跟其他桌子没什么差别，摆放的位置也不是特别优越，只是由于使用者的老资格而让人对这张桌子心生向往之情。有几个老女人就有些愤愤不平，为什么阿特金小姐每年夏天都要离开四五个月还能坐这张桌子，而她们一整年都待在疗养院却被分到了其他桌子。还有一位老印度官员待在疗养院的时间仅次于麦克劳德和坎贝尔；他在他那个年代曾经统治一个省。他正性情狂躁地等待他们俩其中一人死去，好在这头号桌子上博得一席之地。阿申登结识了坎贝尔。他是个高个子大块头没头发的家伙，消瘦到让人担心他的四肢怎么能撑起他的身体；但当他瘫坐在扶手椅里，又让人惊讶地觉得他好似木偶剧里的小矮个。他唐突无礼，过分敏感，脾气暴躁。他问阿申登的第一个问题就是：

"你喜欢音乐吗？"

"喜欢。"

"这里根本没人他妈的在乎。我拉小提琴，如果你喜欢，改天到我房间，我拉给你听。"

"你千万别去。"麦克劳德听到后说，"那真是种折磨。"

"你怎么这么无礼？"阿特金小姐叫了起来，"坎贝尔先生拉得很好。"

"这个鬼地方没人能听得出曲子有什么不同。"坎贝尔说。

带着一声嘲弄的轻笑麦克劳德起身离开了。阿特金小姐试图当个和事佬。

"你别管麦克劳德说什么。"

"哦，别担心，我会找他算账的。"

他整个下午都在反反复复地拉着同一首曲子。麦克劳德把地板敲得砰砰作响以示抗议，但坎贝尔不理不睬。他让女佣递个口信说他头痛，问坎贝尔是否能停止拉琴；坎贝尔回复说他完全有权拉琴，如果麦克劳德先生不喜欢听也只能将就一下。结果第二天俩人一见面就是唇枪舌战。

阿申登被安排和漂亮的毕肖普小姐坐一桌，同桌的还有坦普尔顿和一个来自伦敦名叫亨利·切斯特的会计。他是个健壮结实、肩膀宽厚、精瘦矮小的男人，也是最不可能患上肺结核的人。这突如其来的病对他来说有如一个意想不到的打击。他完全就是个普通人，年纪在三十到四十岁之间，已婚有两个小孩。他住在一个像样的郊区。每天早上去城里上班看早报，晚上下班回家看晚报。除了生意和家人，他没有其他爱好。他热爱他的工作，努力赚钱让生活更加舒适，每年都有一定的储蓄。他周六下午和周日打高尔夫，每年八月份去东海岸的同一个地方度三周的假期；他的孩子会长大成家，他会把生意交给儿子经营，自己则退休和妻子住在乡村的小房子里，在那里打发日子直到寿终正寝。他对生活的要求无非如此，像其他成千上万的同胞一样。他只是一个普通人。然后事情就发生了。他在打高尔夫时偶染风寒，病情影响到他的胸部，他咳个不停，一直没有好转。他身强力壮，一向很健康，从未想过去看医生，但最后在妻子的劝说下他同意去看一下。结果他震惊地得知自己的双肺都有结核，唯一的生存机会就是立即住到疗养院去。为他看病的主治专家告诉他也许再过几年就可以康复回去工作了，但现在已两年过去了，伦诺克斯医生却劝他一年以内工作想都别想。医生给他看了他痰里面的结核菌，以及 X 射线图像所显示他肺里的病理活动斑点。他的心凉了半截。他觉得命运是如此残忍而又不公，对他开了这么大一个玩笑。如果他的生活放荡不羁，每日花天酒地，沉溺女色，他或许能理解，毕竟是他活该如此。可是他从未做过这些事，这真是极其不公平。他没有其他办法，对看书也不感兴趣，除了思考他的健康，终日无所事事。这已成为一种执念。他非常焦虑地观察自己的症状。他一天要测十几次体温，他们只好把他体温计拿走。他偏执地认为医生们都对他的病情漠不关心，为了引起他们的重视，他千方百计地让体温计上升到一个警戒高度；当他的伎俩被识破后他变得更加烦躁易怒。但他本质上还是个快乐友善的人，当忘记自己的处境时，他能跟你谈笑风生。冷不防想起自己是个病人，你就能看到他的眼里顿时充满了对死亡的恐惧。

每个月末，他的妻子都会来看他，顺便在附近的出租房住一两天。伦诺克斯医生并不喜欢亲属过多探望病人，这会让他们兴奋，也会让他们不安。看到亨利·切斯特如此热切地期盼妻子的到来真的很感人，但你又会很奇怪地发现当她来看他时他显得并不怎么开心。切斯特夫人是个简单快乐、让人愉悦的小个子女人，不漂亮但很干净整洁，和她丈夫一样普通，你一眼就可看出她是个贤妻良母，细心的家庭主妇，一个友善而不多话、安分守己与世无争的女人。多年来她一直过着快乐而又平凡的日常生活，唯一的消遣就是去看看画展，或是在伦敦商店大促销时兴奋地采购一番；她从不觉得生活单调无趣，正相反，她觉得心满意足。阿申登喜欢她，他常饶有兴味地听她喋喋不休地说着她的孩子、她郊区的房子、她的邻居及她的日常琐事。有一次他在路上遇见她。切斯特因为在疗养院有些治疗要做没有陪她。阿申登提议他们可以一起走走。他们随意地聊了些无关紧要的话题。突然她问他对她丈夫的病情怎么看。

"我想他正在好转。"

"我非常担心。"

"要知道这个是漫长的过程，你必须要耐心。"

他们继续往前走了一小段，然后他看到她哭了。

"你不用为他太难过。"阿申登温和地劝说。

"唉，你不知道我每次来这里都要忍气吞声。我知道我不该说这个，但我忍不住。我能信任你的，是吧？"

"当然。"

"我爱他，对他全心全意，愿意为他做任何事。我们从未争吵过，我们对任何事总是意见一致。但他现在开始讨厌我，这让我的心都碎了。"

"哦，这我可不信。怎么会呢？你不在这里时他可是从早到晚都提起你，把你夸得再好不过了。他对你也是一片真心。"

"是的，那是我不在这里的时候。但当我在这里，当他看到我健康强壮时，他就失去理智了。你看，他心里非常怨恨，因为他生病了而我却好好的。他害怕他将要死去，而他恨我因为我还活着。我一天到晚都提心吊胆，几乎我说的所有事都会惹怒他。比如我说到孩子，说到将来，都会引来他的冷嘲热讽、恶语中伤。当我谈及要对房子做一些改变或是换掉某个用人时，他就会暴跳如雷。他抱怨我越来越不把他当回事了。我们曾经如此团结，现在我感到我们之间有一种强大的敌意。我知道我不该指责他，这一切的罪魁祸首都是因为生病，他是多么好的一个人，多么的和善，事实上他是这个世界上最容易相处的人了。但现在我总是小心翼翼地来这里，直到离开才能松一口气。如果我得了肺结核他也会非常愧疚的，但我知道在他的内心深处这会是种解脱。如果他认为我也会死，他就会原谅我，原谅命运。有时他会说些他死后我该怎么做的话来折磨我，当我歇斯底里地哭着恳求他不要说了，他就说他快要死了，而我还能年复一年快乐地活着，让我不要忌妒他，连这么点乐趣都不给他。唉，一想到我们这么多年的相爱就要以这种令人痛苦沮丧的方式结束，我就痛不欲生。"

切斯特太太坐在路边的一块石头上任由自己痛哭流涕。阿申登怜悯地看着她，却不知道该说些什么来安慰她。他对她所说的话并没有感到太惊讶。

"给我一支烟。"她最后说，"我不能让我的眼睛又红又肿，否则亨利就会知道我哭过了，然后他会以为我得到了关于他的坏消息。死亡很可怕吗？我们都会像这样害怕死亡吗？"

"我不知道。"阿申登说。

"我妈妈临死前好像一点都不介意。她知道死神马上就要来了，甚至还讲了个小笑话。但她是个老太太了。"

切斯特太太重新振作起来，他们继续默默地往前走了一段。

"你不会因为我今天说的就把亨利看扁了吧？"她最后说。

"当然不会。"

"他是个好丈夫、好父亲。我从未见到过比他更好的人了。我想他从未有过任何尖酸刻薄的想法直到这次生病。"

这番对话让阿申登陷入了沉思。人们总说他对人性评价不高。这是因为他并不常以通常标准来衡量身边的人。他能接受许多在别人看来很沮丧的事，仅仅报之以一个微笑或一颗泪珠，甚或是一个耸肩。的确，你从来不会认为一个性情温和的普通小伙子会有什么恶毒卑劣的想法；但谁又能准确地断定一个人可以大起到什么样的峰顶或大落到什么样的谷底呢？一切错误的根源在于一个人思想的贫乏程度。亨利·切斯特生长在一个平凡的家庭，过着普通人的生活，经历了正常的人世兴衰和沧桑变化，一旦遭遇不可预见的意外，他就会手足无措，不知如何应对。他就像制砖厂里成千上万块砖头中的一块，被制造出来并被安放到合适的地方，但偶然出现瑕疵后就不足以继续完成它的使命了。砖头也跟人一样，如果它有思想也会哭泣：我做错了什么让我不能有个好的归宿，而要把我从所有砖头里挑出来扔到垃圾堆里？如果亨利·切斯特无法做到在灾难来临时心平气和地顺从命运的安排，这也不能归咎于他。并不是所有人都能从艺术和思考中获得慰藉，这是这个时代的悲剧，谦卑的人们已失去对上帝的信仰，他们曾经对他寄托希望，并相信他的复活能带来快乐，但现在这种快乐不复存在，而且人们现在找不到其他东西来代替这个信仰。

有些人认为痛苦能让人高贵，这不是真的。通常情况下痛苦让人变得卑微、易怒并自私。在肺结核的某些阶段低烧能让人兴奋而不是忧郁，因此病人会感觉清醒，充满希望并乐观地面对未来。但对所有的人来说，死亡的想法总是悄悄占据心头挥之不去。它就像一首充满讥讽的主题曲贯穿整部活泼的轻歌剧。偶尔这欢快、旋律优美的咏叹调，以及舞蹈的节奏，突然奇怪地转变成一段悲哀的音乐，让人的神经剧烈地跳动着；平日里卑微的乐趣、小小的忌妒和无关紧要的琐事全都不值一提。怜悯和恐惧冷不防让大家的心跳都暂时停止，静静地等待可怕的死亡降临，就像在热带暴风雨来临之前热带丛林一片寂静一样。阿申登在疗养院待了一段时间后又来了位二十岁的小伙子，他在海军服役，是潜水艇上的海军中尉，得的是通常在小说里出现的奔马痨[①]。他是个高个子、长相帅气的年轻人，棕色的鬈发，蓝色的眼睛，笑起来非常甜美。阿申登见到过他两三次躺在露台上晒太阳，并跟他一起打发过时间。他是个快乐的小伙子，喜欢谈论音乐剧和电影明星，看报纸上的足球赛结果和拳击新闻。之后他就一直躺在病床上，阿申登再也没见过他。他的亲人被请来了，两个月后他死了。他

———————————————

① 奔马痨（galloping consumption），一种恶化极快的肺结核。

毫无怨言地死了。他对他所遭受的一切知之甚少。这一两天，疗养院里所有人都情绪低落，就像在监狱里有人被处以绞刑时的气氛。随后，大家都心照不宣地顺从自我保护的本能，谁也不再提起这个男孩，生活还是一如既往地继续：一日三餐，迷你高尔夫球场，规律的锻炼，规定的休息，吵架斗嘴相互忌妒，散布流言蜚语，各种不足为道的小烦恼。面对麦克劳德的咬牙切齿，坎贝尔依旧在他的小提琴上拉着那首让麦克劳德咬牙切齿的曲子以及《安妮·劳瑞》①。麦克劳德继续吹嘘他的牌技，对别人的健康和品行说长道短；阿特金小姐继续在人背后嚼舌头；亨利·切斯特继续抱怨医生对他不够重视，并咒骂命运不公，因为他这么多年来规规矩矩地生活，到头来命运却用这么卑鄙的伎俩对付他；阿申登继续看书，并玩味地冷眼旁观疗养院里芸芸众生的变化无常。

他和坦普尔顿少校渐渐熟稔起来。坦普尔顿年纪大概在四十出头，曾在英国近卫步兵团服役，战争结束后就辞职不干了。由于家境殷实，他退役后专注享乐。赛马的季节去赛马，射击的季节去射击，狩猎的季节去狩猎，当这一切都结束了，他就去蒙特卡洛②。他告诉阿申登他玩巴卡拉纸牌时输赢无数。他非常喜欢女人，如他所说属实，她们也非常喜欢他。他喜欢美食和美酒，认识伦敦每一家知名饭店的领班并能叫得出他们的名字。他加入了半打俱乐部，过了多年颓废、自私而无用的生活，也许这种生活是别人一辈子都不想过的，他却过得心安理得、甘之若饴。阿申登曾问他如果有机会让他重来一次他会怎么过，他说还是会像现在这样生活。他是个喜欢逗乐的人，快

---

① 《安妮·劳瑞》(Annie Laurie)，一首节奏明快、旋律优美又带着一种不易察觉到的忧伤的苏格兰民谣，曾被广泛流传。
② 蒙特卡洛（Monte Carlo），摩纳哥公国的一座城市，位于欧洲地中海之滨、法国的东南方，著名的赌城。

活并幽默，他善于轻而易举地化解表面上的一些事情。他总能找到令人愉快的字眼夸夸疗养院里邋遢的老处女，也能跟脾气暴躁的老绅士开开玩笑，这都出自于他良好的修养和友善的天性。他知道怎么跟这些肤浅的有钱不知道怎么化的人打交道，正如他知道如何混迹于梅费尔上流社交圈一样。他是那种总是乐意打个赌、帮个朋友、甚至给个无赖十英镑的人。如果他在这个世上从未做过什么好事，那么他也从未做过什么坏事。他一事无成，但是比起许多品格高尚、令人钦佩的人，他更是个称心如意的好伙伴。他现在病得很厉害，快要死了，他自己也清楚这一点。他同样从容地接受了，跟接受他生命中所发生的其他一切一样，若无其事地笑着。他这一生过得极为开心，没什么可后悔的。一个人得了肺结核真够倒霉的，但管他呢，没有人能长生不老，并且你仔细想想，他有可能在战争中就被杀了，或者也有可能在越野赛马中把脖子摔断。他的人生原则就是，即便你的赌运不佳，你也要把钱付清，然后彻底忘掉。他这一生过得很充实，随时都准备好可以离开。活着的人生就好比一个美妙的聚会，但任何聚会都有结束的时候，无论你是玩了个通宵还是你在活动进行到高潮时就中途退场，到了第二天都没有区别。

在所有疗养院的病人当中，如果从道德角度来看，他可能是最不值得一提的，但他是唯一真正以无所谓的心态来接受这个不可避免的事实的人。他面对死亡打着响指，你可以觉得他的轻率举动有些不得体，也可以认为他的满不在乎其实是一种勇敢的表现。

当他来疗养院时，他觉得最不可能发生的事就是他会比以往更深地陷入爱河。他有过许多段恋情，但都是浅尝即止；他满足于跟唯利是图的歌舞女演员们短暂周旋，也热衷于跟在乡村聚会上结识的水性杨花的女人逢场作戏。他总是很小心避免被纠缠上从而影响到他的自由。他的人生目标就是抓住一切机会及时享乐，在性这个问题上他认为不断变化的性关系没什么不好。但他喜欢女人。即便面对年纪很大的老女人，他说话时仍能含情脉脉，眼中带着爱慕，嗓音里透着蜜意。他随时准备好取悦她们。她们惬意地感觉到他对她们的兴趣，并为此受宠若惊，甚至错误地认为她们可以相信他不会辜负她们。他曾说过一句话让阿申登觉得他很有深度。

"你知道，任何男人只要足够努力都能得到他想要的女人，这没有什么，但一旦得到她之后，只有尊重女人的男人才能做到摆脱她而不让她觉得丢脸。"

他开始追求艾薇·毕肖普时也仅仅是出于一种习惯，因为她是疗养院里最漂亮也是最年轻的女孩。她实际上并非像阿申登初次见她时以为的那样年轻，她二十九岁了，但过去的八年她不断地辗转在不同的疗养院，从瑞士、英格兰到苏格兰，而这世外桃源般的生活很好地保持了她年轻的容貌，因此你很容易以为她只有二十岁。所有她对这个世界的认知都来自这些机构，所以在她身上神奇地糅合了极端的天真和极端的世故。她见过许多悲欢离合的爱情故事。有很多不同国籍的男人追求过她，她泰然自若而又幽默地接受他们的殷勤，但如果他们表现出过分的倾向就会在她坚定的意志跟前碰钉子。她长相娇嫩如花，却罕见地很有个性，当需要摊牌时她也能用简单明了的语言冷静果断地表达自己的意思。她已准备好跟乔治·坦普尔顿调情了。她清楚这是个游戏，虽然对他来说她依然迷人，但在轻快的戏谑中显而易见她已将他看透，并与他一样没有把这爱慕当回事。像阿申登一样，坦普尔顿每天晚上六点上床并在房间里吃晚饭，因此他与艾薇只能白天见面。他们一起散会儿步，但除此之外几乎没有机会单独相处。午饭时艾薇、坦普尔顿、亨利·切斯特和阿申登他们四个人聊天的话题很笼统，但很明显坦普尔顿不再煞费苦心地插科打诨来逗两个男人开心。在阿申登看来，他不再与艾薇打情骂俏来打发时间，他对她的感情似乎越来越深厚，越来越真诚；但阿申登不能断定艾薇是否意识到，抑或她对此一无所知。每当坦普尔顿试探地对她说出一句过于亲密的话，就会引来她略带嘲讽的反驳，惹得大家哄堂大笑。但坦普尔顿的笑有些凄然。他不再只满足于她把他视为花花公子。阿申登越了解艾薇·毕肖普就越喜欢她。在她病态的美中有种让人心生怜悯的东西，她那可爱的近乎透明的肌肤，瘦削的脸庞上又大又迷人的蓝眼睛。而她的处境也让人同情，跟疗养院里其他那么多人相比，她似乎是孤零零一个人在这世上。她母亲过着忙碌的社交生活，她的姐姐都结婚了，她们对这个分开八年的姑娘很是敷衍了事。她们跟她通信，偶尔来看看她，但除此之外再无联系。她毫无怨言平静地接受这一切。她对所有人都很友好，总是同情地倾听人们的各种抱怨和忧伤。她尽力地善待亨利·切斯特，想方设法逗他开心。

"你瞧，切斯特先生。"有一天午饭时她对他说，"今天是月底了，你的太太明天就要来了，这可真是让人期待。"

"不，她这个月不会来了。"他平静地说，眼睛看着盘子。

"是吗？我真抱歉。为什么不来呢？孩子们都好，对吧？"

"伦诺克斯医生认为她不来对我来说更好些。"

大家一时沉默。艾薇忧心忡忡地看着他。

"你可真倒霉，老兄。"坦普尔顿真诚地说，"你为什么不告诉伦诺克斯让他见鬼去呢？"

"他应该知道怎么做最好。"切斯特说。

艾薇又看了他一眼然后开始谈论其他话题。

回头一想，阿申登明白了她当时就已怀疑事情的真相。因为第二天他正好跟切斯特一起散步。

"你太太不能来，我真为你感到难过。"他说，"你是那么想让她来看你。"

"非常想。"

他侧目看了阿申登一眼。阿申登感觉他想说什么，但又说不出口。最后他生气地耸了耸肩。

"如果她不能来这都是我的错。我请求伦诺克斯写信让她别来。我再也受不了了。我一整个月都盼望着她来，可当她来了我又恨她。你瞧，我讨厌自己得了这糟糕的病。她既强壮健康又充满了活力，当我看到她眼里痛苦的神情我就要发疯。这跟她有什么关系？如果你生病了谁会在乎你？他们只是假装关心，但他们高兴极了，因为生病的是你而不是他们。我真让人讨厌，不是吗？"

阿申登想起切斯特太太是如何坐在路边的石头上哭泣的。

"你就不担心不让她来的话她会非常难过？"

"她必须要学会忍受。我已经受够了自己的不幸，我不想让她也跟着痛苦。"

阿申登不知道该说些什么，他们沉默地走着。突然切斯特情绪失控地爆发了。"你当然可以这么冷静这么公正，因为你能活下去，而我就要死了。该死的，我不想死啊。为什么是我？这不公平。"

时间静静地流逝，像疗养院这种藏不住事的地方，很快所有人都知道了乔治·坦普尔顿爱上了艾薇·毕肖普。但艾薇是怎么想的却不容易打听出来。看得出她喜欢有他陪伴，但并不刻意寻求，并且看起来她似乎尽力避免单独和他相处。一两个中年女士试图诱使她承认自己的感情，她虽然很单纯，但对付她们还是绰绰有余。她无视她们的暗示，对她们直白的问题报以难以置信的笑声。她成功地惹恼了她们。

"她不会那么蠢看不出他正疯狂地爱着她。"

"她没有权利这么玩弄他。"

"我相信他们俩彼此爱恋。"

"伦诺克斯医生必须要告诉她母亲。"

没有人比麦克劳德更愤怒的了。

"太荒唐了，这是毫无结果的事。他饱受肺结核的折磨，而她也没好到哪里去。"

坎贝尔的反应则嘲讽而粗俗：

"我完全赞成他们及时行乐。我敢打赌他们之间一定搞过，而我不会怪他们。"

"你这个下流胚。"麦克劳德骂道。

"得了，别胡扯了。坦普尔顿不是那种会跟女孩玩初级桥牌的人，除非他别有用心，而我敢打赌她完全明白。"

阿申登是见他们俩次数最多的人，也比其他任何人都了解他们。坦普尔顿最终把他视为知己。他有些自嘲。

"这可是我一生中难对付的事，爱上了个正经女孩。这是我最不愿做的事，但不可否认我已深深地陷进去了。如果我是个健康的人，我明天就会请求她嫁给我。我从来不知道一个女孩可以这样美好。我以前总是认为好姑娘都是无趣的，但她一点也不乏味，非常聪明，而且也漂亮。天啊，多么好的肌肤！还有美丽的头发：但这些都不足以让我像九柱戏里的木棒一样被彻底击倒。你知道是什么打动了我吗？仔细想想真他妈可笑，像我这样一个浪子，竟然被美德打动，让我像只土狼一样笑了半天。这是我最不希望女人拥有的东西了，但事实如此，我不想逃避，她是如此美好，让我觉得自己就是个可怜虫。这一定让你很吃惊吧？"

"不，一点也不。"阿申登说，"你又不是第一个被纯真征服的浪子。这不过是中年人的多愁善感的思春罢了。"

"狗嘴吐不出象牙。"坦普尔顿笑骂道。

"她怎么说？"

"天啊，你不会认为我对她告白了吧。这些我从未对其他任何女人说过的话我也不会对她说。我也许六个月后就死了，再说，我又能给像她这样的女孩什么？"

阿申登此刻非常确定她也深爱着坦普尔顿，就像坦普尔顿深爱着她一样。他发现当坦普尔顿走进餐厅时，她的脸上顿时泛起了红晕。他还注意到当坦普尔顿没有看她时，她不时温柔地瞥他一眼。当她倾听他讲起过去的经历时，她的笑容里有种特别的甜蜜。阿申登觉得她惬意地沐浴在他的爱情中，就像露台上的病人面对着雪山，享受着炙热的阳光。但她很有可能心甘情愿地到此为止，无论如何这不关他的事，他不该把这些告诉坦普尔顿，也许她也并不想让他知道呢。

然而发生了一件事扰乱了单调的生活。虽然麦克劳德和坎贝尔总是动辄怄气，他们打桥牌时却是搭档，因为在坦普尔顿来之前，他们俩在疗养院是最好的牌手。他们喋喋不休地争吵，事后没完没了地分析，这么多年来彼此都非常熟悉对方的牌技，因此在赢对方分时的他们都感到狂喜。通常坦普尔顿都拒绝跟他们玩牌，虽然他是个出色的牌手，却更喜欢和艾薇·毕肖普一起玩牌。麦克劳德和坎贝尔也都一致认为她常常毁了牌戏，她是那种牌手，由于犯错而输了牌局，却会大笑着叫道，这只是一副不同的牌而已。但有一天下午，艾薇由于头痛而待在房间里没有出来，坦普尔顿同意跟麦克劳德和坎贝尔一起玩牌。阿申登也加入了。虽然已是三月末了，还是连下了好几场大雪，他们在一个三面通风的阳台上打牌，穿着毛皮大衣，戴着帽子，手上还戴着露指手套。因为赌注对于坦普尔顿这样的老手来说太小，因此他没有全神贯注，并且他的叫价太高，所幸他的牌技比另外三人要高很多，他基本上能达到定约墩数，或是接近，但有太多的加倍和翻倍。牌越堆越高，因此叫牌的小满贯次数太多了；这是一次激烈的游戏，麦克劳德和坎贝尔相互唇枪舌剑不休。此时已是五点半，最后一局开始了，六点铃响护工就要送大家去休息了。这是一场硬仗，双方都有套，因为麦克劳德和坎贝尔是对手，他们谁都不希望对方赢。五点五十分时双方打成平局，最后一手牌也分好了。坦普尔顿是麦克劳德的搭档，阿申登是坎贝尔的。麦克劳德开始以两个梅花叫牌，阿申登没要，坦普尔顿跟牌，最后麦克劳德叫了大满贯。坎贝尔加倍，麦克劳德再翻倍。听到这个，其他桌的牌手纷纷停下手中的牌聚集到他们这桌来，最后一手牌在一群围观者的屏息静气中打出。麦克劳德的脸因紧张而变得苍白，眉毛上挂着豆大的汗珠。他的手颤抖着，坎贝尔则面色严峻。麦克劳德需要打出两张飞牌来赢得大满贯，而它们都成功了。他最终以一个连牌得到了最后的十三墩牌。围观的人群爆发出一阵掌声。麦克劳德，因胜利而趾高气扬，从座位上一跃而起。他对着坎贝尔挥舞着紧握的拳头。

"继续拉你那该死的小提琴吧。"他叫喊道，"我可是加倍又翻倍的大满贯。我这一生都想得到它，现在我的愿望实现了。老天爷作证。"

突然他喘着气，挣扎着向前蹒跚了两步，然后扑倒在桌子上。从他的嘴里涌出了一股鲜血。医生被请来，护理人员也来了。他死了。

两天后在上午的早些时分他被埋葬，这样其他病人就不会被葬礼打扰了。他的一个亲戚从格拉斯哥赶来参加他的葬礼。生前没人喜欢他，所以没人为他感到遗憾，一周以后他就被遗忘了。印度官员取代了他在主桌的位置，坎贝尔也如愿搬进了他的房间。

"现在我们总算安静了。"伦诺克斯医生对阿申登说，"你难以想象这么多年我是怎么忍受他们俩之间的争吵和抱怨的……相信我，一个人需要耐心才能管理好一个疗养院。再想想他带给我这么多麻烦，最终落得这个下场足以把其他人吓得半死。"

"是的，这确实让人有点震惊。"阿申登回应。

"他是个不值一提的家伙，但还是有些女人为此感到难过。可怜的毕肖普小姐为他痛哭流涕。"

"我怀疑她是唯一一个不是为自己、而是真心为他哭泣的人。"

现在看来有一个人没忘记他。坎贝尔像个走失的狗一样恹恹不乐。他不想打桥牌，也不想说话。毫无疑问，他闷闷不乐是因为麦克劳德。许多天来他一直待在房间里，一日三餐也都由人送到房间。之后他去找伦诺克斯医生，说他觉得这个房间没有他原来的好，他想搬回去。伦诺克斯医生罕见地大发雷霆，对坎贝尔说他这么多年来一直缠着他要这个房间，现在他要么继续在这个房间待下去，要么滚出疗养院。

他回到房间坐着，忧郁地沉思着。

"你为什么不拉小提琴呢？"最后护士长问他，"我有两周没听你拉了。"

"我不拉了。"

"为什么呢？"

"它不再好玩了。我曾经拉得很开心因为我知道这会让麦克劳德发疯。但现在没人在乎我拉不拉。我再也不拉了。"

在阿申登待在疗养院的余下日子里坎贝尔再没拉过琴。这真是很奇怪，现在麦克劳德死了，生活好像也失去了滋味。没人跟他拌嘴，没人可以让他激怒，他好像失去了活着的动力，很显然不久之后他就会追随他的对手走向坟墓。

但对坦普尔顿来说，麦克劳德的死又是另一种影响，并很快就有了意想不到的结果。他用一贯冷静、超然的口吻跟阿申登聊起这个。

"不错，在他心满意足的那一刻死去。我搞不明白为什么每个人都这么想。他在这里很多年了，对吗？"

"应该有十八年了。"

"我不知道这是否值得。我想知道如果一个人恣意行乐并且承担

248

后果是否会更好。"

"我想这取决于你怎么看待生命的价值。"

"但他那样的生活有价值吗?"

阿申登无法回答,几个月后他有望恢复健康。但看着坦普尔顿你就知道他不会康复。他的脸上有死亡的迹象。

"你知道我做了什么?"坦普尔顿问,"我向艾薇求婚了。"

阿申登大吃一惊。

"她怎么说?"

"她很惊讶,她说这是她一生中听到的最可笑的想法了,并且我一定是疯了才会这么想。"

"你必须承认她是对的。"

"没错。但她决定要嫁给我。"

"这太疯狂了。"

"我也这么认为。但不管怎么说,我们要去见伦诺克斯医生问问他的看法。"

冬天终于过去了;远处的山顶上还有些积雪,但山谷里的雪都融化了,在较低斜坡上矗立的桦树已悄然抽出新芽,很快就能迸发出嫩绿的叶子。空气中洋溢着春天迷人的气息。艳阳正当头高照。每个人都感觉神清气爽,有些人甚至感到快乐。那些只在这儿过冬的常客已经开始计划到南方旅游了。坦普尔顿和艾薇一起去见伦诺克斯医生。他们对他袒露了他们的想法。医生为他们做了检查,他们接受了X光透视及其他各种各样的化验。伦诺克斯医生跟他们定了个日子,他好把检验结果告诉他们,并据此来讨论他们的计划。阿申登在他们去赴这个约定前看到他们,他们有些焦虑,但尽力对此一笑了之。伦诺克斯医生给他们看了检查结果并用通俗的语言解释他们的现状。

"您说得都很好很详细。"坦普尔顿说,"但我们想知道的是我们是否能结婚。"

"这恐怕极为不明智。"

"我们知道，但这会有影响吗？"

"并且如果你们有孩子的话是不道德的。"

"我们没想过要孩子。"艾薇说。

"好吧，我现在简单地告诉你们事态会如何，然后你们再作决定。"

坦普尔顿对着艾薇轻轻一笑并握住她的手。医生继续说：

"我不认为毕肖普小姐能恢复到过普通人的生活，但如果她继续像她前八年那样生活……"

"在疗养院里？"

"是的。那么她可以很舒适地活着，即便不是高寿，也能活到一般人期望的寿命。她的病现在是休眠状态。但如果她结婚，想过正常的生活，那感染的病灶就有可能被再次激活，没人能预料之后会发生什么。至于你，坦普尔顿先生，我可以更简短地概述。你也看过你的 X光片了，你的肺上布满了结节。如果你结婚，你六个月后就会死去。"

"如果我不结婚，我能活多久？"

医生有些踌躇。

"别担心。你可以告诉我实情。"

"两到三年。"

"谢谢你，这就是我们想知道的。"

他们像来时一样手牵着手离开，艾薇轻声地哭了。没人知道他们彼此倾诉了什么心声，但当他们来吃午饭时显得容光焕发。他们告诉阿申登和切斯特，他们一旦拿到结婚证就要举行婚礼。然后艾薇转向切斯特。

"我非常希望你的妻子能来参加我的婚礼。你觉得她会来吗？"

"你们不会想在这里结婚吧？"

"是的。我们各自的亲人应该都不会同意，所以我们想等这一切都完成后再告诉他们。我们会邀请伦诺克斯医生当我们的主婚人。"

她温和地看着切斯特，等待他开口，因为他还没回复她。另外两个男人也看着他。当他开口说话时他的嗓音有些颤抖。

"你能邀请她这真是太好了，我马上写信问问她。"

消息在病人中传开时，即便所有人都祝贺他们，大多数人在私底下还是会相互议论说这太不理智了。但正如在疗养院里发生的所有事迟早都会公之于众一样，当人们得知伦诺克斯医生曾经告诉坦普尔顿，如果他结婚，他将活不过六个月时，他们都因敬畏而缄默不语了。一想到这相爱的两个人为了爱随时准备牺牲自己的生命，即使是感情最迟钝的人都会被感动。一种善良和仁慈的精神悄悄降临到了疗养院：从未说过话的一些人开始互相打招呼了，另一些人则暂时放下了自己的焦虑。每个人都在分享这对幸福伴侣的快乐。不但是春天带给了这些受伤的心灵以新的希望，这个男人和女孩之间伟大而真挚的爱的光辉也播撒到了每一个靠近他们的人身上。艾薇悄然地沉浸在极度的喜乐中；兴奋让她变得更年轻更漂亮了。坦普尔顿则兴高采烈，洋洋得意。他洒脱地笑着，肆意地开着玩笑，好像在这世上什么烦心事都没有。你一定会认为他期待着天长地久的幸福。但有一天他向阿申登吐露了真情。

"这真是个不错的地方，是吧。"他说，"艾薇答应过我，等我走了后她会再回到这儿。她认识这里的人，这样就不会太孤单。"

"医生经常会弄错。"阿申登试图宽慰，"如果你合理地生活，你一定会活得很长的。"

"我只想要三个月。如果我能再活三个月，这一切都值得了。"

切斯特太太是在婚礼前两天过来的。她有好几个月没见到她丈夫了，乍一见面彼此都有些害羞。可想而知当两人单独相处时他们会有些尴尬和拘束。但切斯特还是尽力摆脱他已习以为常的沮丧情绪，不管怎样，他在用餐时表现得完全是个快活、热诚的小个子男人，这也许就是他生病前的本来样子。婚礼的前夜大家一起吃饭，坦普尔顿和阿申登一起吃到很晚，他们喝着香槟，开着玩笑，彼此开怀大笑，玩得很尽兴，一直到十点才结束。第二天婚礼在苏格兰教会举行。阿申登是伴郎，疗养院里所有能站起来的人都出席了。午饭后这对新婚夫妇就立即乘车出发了。病人、医生及护士都站在一起为他们送行。有人把一只旧鞋绑在车的后面祝他们好运，当坦普尔顿和他的妻子从疗养院的大门里出来时有人把稻米撒在他们身上为他们祈福。送行的人群爆发出一阵欢呼声，伴着他们驱车离去；他们渐行渐远，义无反顾地驶向那爱和死亡的彼岸。人群慢慢散去。切斯特和他的妻子肩并肩沉默地走着。他们走了一小段路后切斯特略带羞涩地握住她的手。她的心差点漏跳了一拍。她侧目瞥了他一眼，看到他的眼里盈满了泪水。

"原谅我，亲爱的。"他哽咽地说，"我曾经那么恶劣地对待你。"

"我知道这不是你的本意。"她嗓音颤抖地回答。

"不，我的确这么想过。因为我痛苦，所以我也想让你痛苦。但我不会再这么做了。坦普尔顿和艾薇·毕肖普所做的一切——我不知道该怎么说才好，改变了我看事情的态度。我不再害怕死亡。我不再认为死亡有那么重要了，至少没有爱重要。我要你快乐地活着。我不再忌妒你，也不再抱怨任何事。现在我庆幸要死的人是我而不是你。我祝福你在这个世界上一切都好。我爱你！"

后　记

　　以《月亮和六便士》《人生的枷锁》等长篇小说闻名于世的英国作家毛姆在短篇小说创作上也是一流的。一九五一年，他亲自甄选九十一篇精品佳作，汇集为三大卷本《短篇小说全集》。一九六三年，英国企鹅出版公司将其作为四大卷本重新刊印。三年前的一天，著名翻译家吴建国教授告诉我，九久读书人有意将该《短篇小说全集》翻译出版，问我有无兴趣和勇气牵头，尽快组织人员做成这件事。我二话没说，非常爽快地答应下来，根本没有充分考虑可能会遇到的各种困难。

　　众所周知，毛姆的短篇小说大体可分为三种类型：以欧美为背景的"西方故事"，以南太平洋、东南亚和中国、印度等为背景的"东方故事"以及"阿申登间谍故事"。这些故事：1）内容源于生活又高于生活。既能满足读者的猎奇心理，激发其心灵共鸣，也能帮助读者认识历史原貌，感悟人生；2）语言谐谑风趣，寓庄于谐，就连讥诮、讽刺也不乏幽默感，意味深长；3）半数以上采用了第一人称讲述，亲切自然，仿佛在和家人以及朋友们闲聊社会各个阶层的世情风貌和生活姿态；4）具有一种愤世嫉俗、悲天悯人的基调，人情味浓郁，道德意义深刻，而且结局出人意料，非常契合普通读者的心理诉求和审美品位。掩卷之余，令人难以忘怀。迄今为止，不仅在欧美各国一版再版，而且被翻译成多种文字，在世界各地广为流传。

我们本次翻译任务所恪守的一个总原则可以用四个字来概括：达信兼备。所谓"达"，意思是译文语言须符合汉语的"语文习惯"。用钱钟书先生的话来讲就是，译文语言"不因（英汉 ①）语文习惯的差异而露出生硬牵强的痕迹"。所谓"信"：一是译文语义"不倍原文"；二是译文语效与原文相同或相似。用钱钟书先生的话来讲就是，尽量"完全保存原作风味"。实话说，译文语义"不倍原文"，做到这一点不是太难；难就难在使得"译文语效与原文相同或相似"，其前提自然是译文语言须符合汉语的"语文习惯"。众所周知，毛姆的短篇小说语言清新流畅、简洁朴实、诙谐幽默、通俗易懂，鲜有诘屈聱牙的辞藻堆砌以及艰涩难懂的句法结构，可读性极强。这也是他能够拥有众多读者的重要原因。这就是说，若要译好毛姆的短篇小说，就必须全力保存其语言风格，即要在译文语义"不倍原文"、译文语言须符合汉语"语文习惯"的同时，尽最大努力实现"译文语效与原文相同或相似"。

值得一提的是，我们经过反复讨论，最后决定将英国企鹅四卷本《毛姆短篇小说全集》拆分成 7 册，其中第一卷拆分成第 1—2 册；第二卷拆分成第 3—4 册；第三卷不作拆分，为第 5 册；第四卷拆分成第 6—7 册。而且，我们将每一册都加以命名。我本人主译第 1 册《雨》，邀请哈尔滨工业大学齐桂芹副教授主译第 2 册《狮子的外衣》，山东大学赵巍教授主译第 3 册《带伤疤的男人》，上海海事大学青年教师李佳韵和才女董明志女士主译第 4 册《丛林里的脚印》，上海交通大学王越西教授主译第 5 册《英国特工》，上海电机学院李和庆教授主译第 6 册《贪食忘忧果的人》，上海海事大学吴建国教授主译第

---

① 作者加。

7 册《一位绅士的画像》。

最后，请允许我借此机会表示我由衷的谢意。首先，感谢九久读书人和人民文学出版社，感谢他们"为人作嫁衣"的奉献精神，感谢他们"吹毛求疵"的敬业精神。第二，感谢各位译者，感谢他们不畏艰难的笔耕，以及他们的家人所给予的莫大支持。最后，衷心感谢作为读者的您，如蒙批评指正，我和各位译者将倍感荣幸！

薄振杰

2020 年 3 月